整理前言

一

按照古人的説法，族是湊、聚的意思，同姓子孫，生相親愛，死相哀痛，時常聚會，所以叫族（參見班固《白虎通德論》卷八《宗族》）。家族以家庭爲基礎，指的是同一個男性祖先的子孫，即使已經分居、異財、各爨，形成了許多個體家庭，但是還世代相聚在一起，按照一定的規範，以血緣關係爲紐帶結合成爲一種特殊的社會組織形式。家族是組成古代中國國家機制的細胞，是傳統社會的基礎和支撑力量。

文學家族從魏晉時期开始出現，一直延續到近代，是中國古代文學史上的一種特殊的、極具研究意義的文學現象，是在師友聲氣、政治之外的另一種文學創作的共同體。文學世家的研究，已成爲文學界和史學界共同關注的熱點，成果蔚爲大觀。縱觀近百年來的研究成果，清代家族文化研究仍主要集中於江南地區與中原腹地的漢族高門大姓。代表作如潘光旦的《明清兩代嘉興的望族》，製作了嘉興 91 個望族的血係分圖、血緣網絡圖、世澤流衍圖，將嘉興一府七縣望族的血緣與姻親關係進行了系統梳理。吴仁安《明清時期上海地區的著姓望族》對上海地區 300 餘家著姓望族的世系及形成的歷史原因、發展演變及其社會影響等進行了考察。江慶柏《明清蘇南望族文化研究》分析蘇南望族與家族教育、科舉、藏書、文獻整理、文化活動等諸方面的關係。羅時進《地域・家族・文學——清代江南詩文研究》、淩郁之《蘇州文化世家與清代文學》、朱麗霞《清代松江府望族與文學研究》分别以系統梳理與個案探析的方式，對蘇州、松江等江南地區的世家大族進行剖析。徐雁平《清代世家與文學傳承》則以重要問題研究與家族個案研究相結合的手法，探究清代漢族世家文學傳統的衍生、繼承與發揚。

而作爲中國歷史上第二個由少數民族建立的全國政權，清代統治者對八旗、對各地的回族、對南方地區的少數民族，採取了不少促進社會經濟發展的措施，爲民族地區儒學的傳播打下了一定基礎。清代少數民族文學家族是在各民族文化交融的背景下形成壯大的。漢文化尤其儒家文化與少數民族文化交融激蕩，少數民族文化對儒家文化的價值認同以及多民族文化的互攝交融，形成了我國多民族文化發展的格局。

清代少數民族文學家族作爲英賢家族群體，以其巨大的文學創造力和傳承力，用文字記録行知，以文學方式展現社會風貌，其影響輻射範圍激蕩邊疆、聲聞中華。清代少數民族文學家族充分呈現出悠久的地域文化色彩，凸顯了濃郁新奇的民族特色。清代少數民族文學家族的研究意義，在於深度挖掘清代少數民族文學家族文學創作文本和生態環境的闡釋意義，層層深入清代少數民族文學家族存在方式和關照格局的背後價值。

近年來，少數民族文學家族开始進入研究者的考察視綫，成爲古代文學領域新的學術增長點，出現了一批研究清代少數民族文學家族的論文。如陳友康《古代少數民族的家族文學現象》論及白族趙氏、納西族桑氏兩個文學家族。李小鳳《回族文學家族述略》粗略梳理了明清時期的回族文學家族，並淺析了回族文學家族産生的原因。王德明《清代壯族文人文學家族的特點及其意義》、《論上林張氏家族的文學創作》兩文對清代壯族文學家族進行了一定的梳理與論析。多洛肯、安海燕《清代壯族文學家族及其詩文創作》對清代壯族文學家族中的作家、詩文作品進行全面考察，指出壯族家族文學在地域上分佈不平衡，並將其與同時代的滿族家族文學、蒙古八旗家族文學、雲貴少數民族家族文學（主要是白族、彝族、納西族）進行比較研究。米彦青《清代邊疆重臣和瑛家族的唐詩接受》與《清代中期蒙古族家族文學與文學家族》兩篇論文，對清代蒙古族文學家族尤其和瑛家族進行了較爲系統的考察和探析。全面考察八旗蒙古文學家族文學活動的論文有多洛肯的《清代八旗蒙古文學家族漢語文詩文創作述論》和《清代後期蒙古文學家族漢文詩文創作述論》。涉及滿族家族文學的僅有多洛肯、吴偉的《清後期滿族文學家族及其詩文創作初探》和《清代滿族文學家族文學創作叙略》，二文立足文獻，對清代後期45家和整個清代出現的80家文學家族進行了全面考察與評述。

我們要深入地考察梳理清代少數民族文學家族文學創作的基本情況，摸清現存詩文别集的存佚情況、流佈現況。清代少數民族文學家族的文學創作繁興突出的表徵是一門風雅。一門風雅反映出清代少數民族文學家族内部文人化的聚合狀態。清人詩文集浩如煙海，少數民族文學家族成員創作作品分散庋藏各地，有不少還是未經刊印的稿本、鈔本，有些刻本僅存孤本。對這筆文化遺産進行調查、摸底，爲防文獻散佚，必須將之進一步輯録、整理。這些文學作品藴涵著豐富的歷史文化信息，是我國古代文學重要組成部分。

據對現有相關文獻資料的調研摸底，清代滿族文學世家有80家，家族詩文家270人，存詩人數238人，别集總數360部，散佚115部；回族文學世家14家，家族詩文家53人，存詩人數34人，别集總數91部，散佚25部；蒙古族文學世家10家，家族詩文家31人，存詩人數10人，别集總數44部，散佚5部；壯族文學世家11家，家族詩文家33人，存詩人數16人，别集總數28部，散佚18部；白族5家，家族詩文家18人，存詩人數18人，别集總數26部，散佚15部；彝族4家，家族詩文家14人，存詩人數11人，别集總數9部，散佚3部；納西族 3 家，家族詩文家 11 人，存詩人數 11 人，別集總數 13 部，散佚 3 部；布依族 1 家，家族詩文家 3 人，存詩人數 3 人，別集總數 6 部，未散佚。摸清家底，爲深入考察清代少數民族文學家族文學創作狀況奠定了堅實的文獻基礎。編纂一部清代少數民族文學家族詩文總集，並做相應學術研究，這是一項重要的基礎工程。

二

以鄂爾泰爲中心的鄂爾泰文學家族是清代滿族文學家族中的典範代表，其以豐富的文學作品、獨特的家學淵源爲清代滿族文學的畫卷添上了濃墨重彩的一筆。鄂爾泰文學家族包括鄂爾泰、鄂爾奇、鄂容安、鄂忻、鄂弼、鄂昌、鄂敏、顧太清、西清、西林旭十位作家在内，是延續四代的文學創作群體。

鄂爾泰（1680—1745），字毅庵，西林覺羅氏，隸滿洲鑲藍旗。康熙三十八年（1699）己卯舉人，襲佐領，授侍衛。五十五年任内務府員外郎。雍正三年（1725）遷廣西巡撫，次年調任雲貴總督，兼轄廣西，執行改土歸流。後任軍機大臣，晉三等伯。世宗雍正帝駕崩，受遺命與張廷玉等同輔政，總理事務。乾隆元年（1736）爲欽點會試大總裁，加銜太傅，國史館、三禮館、玉牒館總裁，賜號“襄勤”。乾隆十年卒，謚號“文端”，配享太廟。生平事跡見《清史稿》卷二八八。

鄂爾泰有《文蔚堂詩集》八卷，卷首有張廷玉序，現有其子鄂弼竹虚齋鈔本，藏於天津圖書館。有《鄂文端公遺稿》（又名《西林遺稿》）六卷，門生楊潮觀編，卷首有阿桂序，末有楊潮觀二跋及顧光旭跋。有乾隆三十九年葆貞堂刻本，國家圖書館、上海圖書館、南京圖書館等館有藏；又有嘉慶二十五年（1820）重刻本，遼寧圖書館、廣東圖書館、山西大學圖書館等館有藏。《文蔚堂詩集》共存詩七百六十二首，幾乎囊括整部《西林遺稿》六卷（收詩四百六十七首），僅未收後者卷六《侍衛有尋鷹不得者詩以記之並示鷹》兩首。另外二集個别文句亦有不同。《西林遺稿》當爲在《文蔚堂詩集》基礎上編選而成。

鄂爾泰的詩歌反映了他的政務和生活經歷,表現出對朝政、人生和社會的認識,是他生活經歷的産物。詩歌内容主要包括寫景紀遊、酬唱贈答、書畫題詠、憑弔悼亡、分韻應制、燕居逸樂、現實民生等七大類。正如阿桂於乾隆三十九年刻本《西林遺稿序》中稱:"公之詩本於性情,發於忠誠,繫於朝常國是之大,不必藉詩以自重,而由詩可以見公之真,故其感於人者綦深。"

鄂爾奇(1682—1712),鄂爾泰弟,字季正,一字復庵,號朦客。康熙五十一年壬辰進士,改庶吉士,散館授編修。累官户部尚書,兼管步軍統領。雍正十一年以壞法營私、紊制擾民被劾。十三年卒。鄂爾奇生平事跡見《清史稿》卷二八八。鄂爾奇無詩文别集存世,僅見《八旗文經》所收《河清頌》一文,與《熙朝雅頌集》卷二三所録《聖武遠揚平定青海詩八首》。

鄂容安(1714—1755),鄂爾泰長子,字休如,號虚亭。雍正十一年進士,官至兩江總督,加授太子少傅,襲三等襄勤伯爵。在伊犁叛亂中殉節,謚"剛烈",祀昭忠祠。生平事跡見《清史稿》卷三一二。《八旗通志・藝文志》載其著有《鄂虚亭詩草》一卷,震鈞《天咫偶聞》著録有《虚亭遺稿》,皆已散佚。現存《鄂剛烈詩》一卷,抄本,國家圖書館、北京大學圖書館分别有抄本一部,存詩五十首,多爲五七言律詩,詩歌或寄情山水,或登臨題詠。國圖本係民國十年(1921)曹秉章請王惠民據法式善舊藏鄂容安手寫本鈔録,並迻録原本卷末翁方綱、王芑孫、法式善、吴清鳴等人題跋。另鄂容安與鄂忻纂輯《南國清風集》二卷,臺灣大學圖書館藏清刻本。

鄂忻,鄂爾泰第五子,字怡雲,莊親王額駙。官至工部侍郎。有《清虚齋稿》,已散佚。又有《詠菊百絶句》一卷,乾隆二十七年鄂氏清虚齋刻本,國家圖書館、浙江圖書館有藏。

鄂敏，鄂爾泰從子，初名鄂敏，後奉命改爲鄂樂舜。雍正八年進士，改庶吉士，散館授編修，累官安徽巡撫。輯有《西湖修禊詩》一卷。

另鄂弼，鄂爾泰第三子，《八旗藝文編目》載其輯有《蘇詩抄》四卷。鄂昌，鄂爾泰從子，《八旗藝文編目》載其著有《塞上吟》。西林旭，顧太清妹，《名媛詩話》載其著有《延青草閣詩草》，可惜三人著述皆不見傳本。

本次校點整理以家族爲整體，概收清代滿族鄂爾泰文學家族五人詩文作品。

《文蔚堂詩集》據天津圖書館所藏竹虚齋鈔本爲底本標點，以國家圖書館所藏乾隆三十九年葆貞堂刻本《鄂文端公遺稿》爲校本。《鄂剛烈詩》以國家圖書館所藏鈔本爲底本標點，《詠菊百絶句》以浙江圖書館所藏刻本爲底本標點，集外詩、頌輯自《熙朝雅頌集》。

目　録

整理前言 …… 1

文蔚堂詩集

文蔚堂詩集卷一 …… 3
五言古詩二十三首
詠懷四首 …… 3
其一 …… 3
其二 …… 3
其三 …… 3
其四 …… 4
偶作 …… 4
繙經廠海棠甚佳,約有日矣,終不果。東院紫丁香一株花特盛羣薄弗賞也雨後同蒙又上家季正小酌,作此詩 …… 4
聽姜仙客彈琴因贈以詩 …… 4
結交一首爲吴鵬九佛第五阿岳生三侍衛賦 …… 5
六月苦雨示馬鳴吉 …… 5
贈蒙又上 …… 6
立春後一日二首 …… 6
雍正三年欣荷 …… 7

其一 …… 7
其二 …… 7
其三 …… 7
其四 …… 8
贈法中丞 …… 8
抵平越縣 …… 9
壽桐城張相國 …… 9
恭讀御製心遠閣秋眺示大學士及南書房翰林詩敬賦 …… 10
三場試畢檢閱從此始矣述懷三百字柬同事諸君子 …… 10
湯泉東偏有寺,寺僧皆肉食,問之殊有愧色,詩以寬之 …… 11
德太親母八十壽詩 …… 11
恭和御製聞近京一帶得雨喜而有作元韻 …… 12
恭和御製憂旱自咎古十六韻 …… 12
恭和御製秋夜泛湖賦唐文皇爽氣澄蘭沼之句得詩五首
元韻 …… 13
其一 …… 13
其二 …… 13
其三 …… 13
其四 …… 13
其五 …… 14
恭和御製泛月有作元韻 …… 14
題西湖花友課孫圖 …… 14

七言古詩八首

閏四月十五日喜雨 …… 15
題茶坪書屋圖 …… 16
恩樂縣歌 …… 16
生子歌贈黃子長觀察 …… 18

八月八日小集倚松書屋，庭畔碧桃樹重放兩三枝，花爛漫穠麗復不減春前，時金子軼東初偕曾貫之回滇，殊慰老懷，不禁色喜，因泚筆寫數十字用似軼東並示蔡魏公諸君子 …… 18
憂災行 …… 19
恭和御製瀛臺木變石歌效李長吉體元韻 …… 19
恭和御製題王諤豐年農慶圖元韻 …… 20
贈方望溪 …… 20
昭陵石馬歌恭和御製元韻 …… 21

文蔚堂詩集卷二 …… 22
五言律詩
陪德松如侍太翁住西園感賦即呈松如 …… 22
秋日西園蒙又上有花静得開遲之句喜而有贈 …… 22
秋八月吴子瑞來京邀同蒙又上、德松如、家季正並王踵息、張野鶴、沈鷗亭、李伯農諸清士東廂小集、同賦用仙字 …… 22
秋雨連日聊短述 …… 23
述懷柬蒙又上 …… 23
獨酌遣懷 …… 23
對竹 …… 23
大雨連綿泥濘没膝，間日一直班奴輩殊有難色，退食餘閒作此自遣 …… 24
次韓師召感懷韻 …… 24
秋窗微雨，意興殊佳，忽索逋人至，剥啄不休，潘十老良有以哉，因作詩自遣 …… 24
富景韓見過因以詩贈 …… 24

雁 …… 25
獨客 …… 25
雨後又上過東廂問病兼贈詩因次韻三首 …… 25
　其一 …… 25
　其二 …… 25
　其三 …… 26
宿真空寺柬蒙又上二首 …… 26
　其一 …… 26
　其二 …… 26
三月二十一日雨 …… 26
荷花納涼次韻 …… 26
秋日同德松如遊怡園 …… 27
常謝庭久不至作詩戲柬 …… 27
南營山房紀興 …… 27
大東門聞蛙 …… 27
直宿東門偶成 …… 28
由熱河將往禁狗屯途中感興 …… 28
即夜感懷 …… 28
塞上重九二首 …… 28
　其一 …… 28
　其二 …… 29
懷來道中感事二首 …… 29
　其一 …… 29
　其二 …… 29
土木堡有感正統遺事 …… 29
獨樂寺 …… 30
自歎 …… 30

嘉平月初一日雪 …… 30
寄示昌敏二姪 …… 30
侍衛有尋鷹不得者詩以記之 …… 31
柬蒙又上 …… 31
又上和詩因更用元韻 …… 31
除夜仍用前韻 …… 31
十四日雪暢春園直廬有作 …… 32
十五日大雪夜坐有懷德松如並柬蒙又上 …… 32
和蒙又上醉中放言二首 …… 32
　其一 …… 32
　其二 …… 32
有懷六弟隨征感賦四韻 …… 33
西園作 …… 33
園居晚過天仙庵問僧古月二首 …… 33
　其一 …… 33
　其二 …… 33
中秋日得六弟甘州信 …… 34
書西園壁二首 …… 34
　其一 …… 34
　其二 …… 34
答蒙又上 …… 34
書懷 …… 35
三月十六日南亭即事 …… 35
有以余迂拙忤俗，不務生理，呼余書生者，余本書生也，
　既自責亦復自辯 …… 35
　其一 …… 35
　其二 …… 35

其三 …… 35
其四 …… 36
其五 …… 36
同季正夜坐遣懷 …… 36
新秋蟬聲 …… 36
西園作 …… 37
明日再用前韻 …… 37
黑山道中 …… 37
中秋夜有懷 …… 37
寄六弟 …… 38
辛丑元日 …… 38
述懷 …… 38
有懷王踵息因寄 …… 38
白雲觀即事 …… 39
贈沈知觀 …… 39
載酒過王踵息留詩二首 …… 39
其一 …… 39
其二 …… 39
雨後同季正夜坐有感 …… 40
招友人過西園 …… 40
秋日西園作 …… 40
奉差出都旋以司事調回用呈僚友 …… 40
和勵南湖學士僦居韻 …… 41
同季正述懷得人字 …… 41
謁楊忠愍公祠兼示縣尹二首 …… 41
其一 …… 41
其二 …… 41

湯陰縣弔岳忠武 …… 42
沅陵晚泊 …… 42
次沅江驛却寄五弟 …… 42
謁熊太占夫子墓 …… 42
次貴筑訪熊大世兄舊宅聞移居平遠州覓寄三首 …… 43
　其一 …… 43
　其二 …… 43
　其三 …… 43
次普安縣 …… 43
黔南道中 …… 44
抵都有感 …… 44
對殘菊呈趙秋谷 …… 44
寄京城兄弟 …… 44
寄蒙又上 …… 45
秋日寄贈梅池和尚 …… 45
甲辰元旦 …… 45
奉酬徐荼坪同年 …… 45
秋蘭 …… 45
夜坐有述 …… 46

文蔚堂詩集卷三 …… 47
五言律詩
乙巳元旦述懷三首 …… 47
　其一 …… 47
　其二 …… 47
　其三 …… 47
人日寄夏太史曉堂 …… 48

過浦東晚抵川沙城夜坐有述 …… 48
初度日謝客詠懷三首 …… 48
其一 …… 48
其二 …… 48
其三 …… 48
春風亭酬夏曉堂和韻詩，仍用原韻四首并序 …… 49
其一 …… 49
其二 …… 49
其三 …… 49
其四 …… 49
内府胡君屢問疾兼和小詩裂紙奉報 …… 50
阻風燕子磯二首 …… 50
其一 …… 50
其二 …… 50
默上人餽園蔬詩以謝之 …… 50
抵揚州 …… 51
寄懷蒙又上二首 …… 51
其一 …… 51
其二 …… 51
羊流店 …… 51
贈程静菴 …… 52
程静菴有和詩次用元韻 …… 52
程静菴再和詩再疊前韻 …… 52
詠優曇花 …… 52
觀風日再示諸生 …… 53
登太和宫并序 …… 53
同楊凝齋先生藩署觀荷 …… 53

荷亭小集疊前韻二首示僚佐 …………………………… 53
其一 …………………………………………………… 53
其二 …………………………………………………… 54
甘中丞園秋海棠盛開,邀同楊大司馬、蔡侍讀學使過賞,
次韻短律,時六月廿二日也 ………………………… 54
東園偶興和朱邑令疏字 ………………………………… 54
中秋夜有懷諸兄弟 ……………………………………… 54
中秋小集東署中諸君子二首 …………………………… 55
其一 …………………………………………………… 55
其二 …………………………………………………… 55
過甘立軒寓園 …………………………………………… 55
九日海天閣 ……………………………………………… 56
優曇,西竺花也,色比玉蘭,微黄,大倍之。香夜發,宛如
幽蘭花,蕊似菡萏,葉與貝葉無異。每清和後初放,春
前未曾有。三月中浣杭靖公副憲任香谷閣學,將由滇
赴粤,南臨陜阯,行有日矣,羣以不及見優曇爲恨。至
十七日薄暮,園丁忽報優曇開,隨折取一枝供膽瓶中,
燒燭邀賞,妙相如如,不禁有人天之想。香谷有詩因和
之,兼呈靖公 …………………………………………… 56
種筠書屋有弄色木芙蓉數株戲詠示僚佐并序 ………… 56
寶雲亭賞荷 ……………………………………………… 57
孔雀 ……………………………………………………… 57
戊申九日幕中諸子約赴圓通寺先此奉柬 ……………… 57
三清觀看梅 ……………………………………………… 58
從趙廉使請赴署偏別墅留竟日筵罷題壁歸 …………… 58
過黔靈山寺慨然有述二首 ……………………………… 58
其一 …………………………………………………… 58

其二 …… 58
留別徐立人學使 …… 59
立春日舟次示諸候吏 …… 59
除夕 …… 59
庚戌元日疊前韻再示僚佐 …… 59
東園優曇樹忽放夭紅色花,静妙佳麗,南人未曾覩。然一日開,二日爛,三日零謝,與衆曇花等好相殊色,究於無所住,而仍不應生心哉。作此詩,聊當偈。庚戌五月八日 …… 60
滇藩張覲臣特晉大中丞開府,遜謝如不勝,請益於余,余樂其虚以受也,既通賀并酬以詩 …… 60
酬甘立軒秋夜見懷用元韻 …… 60
中秋夕小集分韻得襟字 …… 61
庚戌九日小集來鶴軒示幕中諸君子 …… 61
九月十九日偶檢叢碧山房集有懷龐子雪崖 …… 61
遊近華浦 …… 62
立秋日飲張覲臣中丞署齋有述 …… 62
辛亥九日東園作 …… 62
早發安南次普安縣晚抵州治 …… 62
送蔡魏公暫返蘇州時予將入都并申前約 …… 62
恭和御製詠竹詩元韻 …… 63
鹽州 …… 63
十月朔曉發肅郡將由陝還京晚抵雙井堡夜坐詠懷 …… 63
癸丑三月十六日抵軍營有述 …… 63
第八臺途次即事書懷時五月二日也 …… 63
曉發宣鎮度響水晚抵榆林堡 …… 64
中秋夜對月詠懷 …… 64

八月十六日夜獨坐有述 …… 64
夜坐有述 …… 64
甲寅立冬日述懷 …… 65
覺生寺題似文覺禪師 …… 65
御河新柳 …… 65
西園 …… 65
丁巳上元同史象周陳星齋夜話,得軒字 …… 66
三月暮舊疾間作,鬱煩日甚,暫假小閒賦詩,遣意殊無可
　安心法也。戊午四月六日 …… 66
對牡丹率成 …… 66
中元陰雨,潘立夫、笠亭、張莩菴、姚念慈書堂小飲,予病
　不耐事,詩以代陪,得賓字 …… 66
敬和御製六月十八日初霽恭侍皇太后園中遊賞元韻 …… 67
偶然作 …… 67
庚申人日立春聊短述 …… 67
恭和御製秋夕齋居元韻二首 …… 67
　其一 …… 67
　其二 …… 68
七夕詩 …… 68
恭和御製永定河元韻 …… 68
偶過大慧寺有作并序 …… 68
贈予告九十翁丁鶴亭二首敬次御賜詩元韻 …… 69
　其一 …… 69
　其二 …… 69
恭和御製修葺皇祖暢春園中無逸齋爲問安憩息之所二首
　元韻 …… 69
　其一 …… 69

其二 …… 69
朝罷 …… 70
桐城太保和余朝罷詩二章用元韻奉報 …… 70
其一 …… 70
其二 …… 70
再疊前韻酬周旭之和詩 …… 70
遊大覺寺舉似佛泉禪伯二首 …… 71
其一 …… 71
其二 …… 71
香山來青軒二首敬依御製元韻 …… 71
其一 …… 71
其二 …… 71
次韻胡飴齋侍御中秋夜直 …… 72
癸亥九日 …… 72
對菊小酌再疊前韻 …… 72
恭和御製遊潭柘岫雲寺即事六首元韻 …… 73
其一 …… 73
其二 …… 73
其三 …… 73
其四 …… 73
其五 …… 73
其六 …… 73
恭和御製四月朔日作 …… 74
四月十日述懷仍依御製元韻 …… 74
暮蟬 …… 74
重九日南園獨坐用阿樸存苑直即景韻 …… 75
九月十五夜平臺望月得林字 …… 75

文蔚堂詩集卷四 …… 76
七言律詩
暮春喜吴子瑞來京，同蒙又上、德松如並家季正絜影軒小集 …… 76
柬蒙又上并序 …… 76
雨後東軒小酌次蒙又上韻 …… 77
城南書所見 …… 77
立秋日作 …… 77
蒙又上贈詩用韻酬之二首 …… 78
其一 …… 78
其二 …… 78
新秋山色 …… 78
中秋對月感興 …… 78
由白溝抵趙北口途中雜興 …… 79
九日禁狗屯 …… 79
賦得霜葉紅於二月花 …… 79
不寐 …… 80
隨駕行圍恭紀四韻 …… 80
熱河年屢豐，京畿米價騰貴，議者每過慮，作詩告之 …… 80
直宿小南門擬賦萬壑松風 …… 81
熱河中秋次吴昌言韻 …… 81
有懷五弟因寄 …… 81
深秋再寄季正 …… 82
不寐有述 …… 82
直宿萬壑松風敬賦月色 …… 82
隨駕避暑山莊直次同輩偶索詩賦此 …… 82
湯泉應制二首 …… 83

其一 …… 83
其二 …… 83
永寧觀瞻禮敬述 …… 83
自嘲 …… 84
喜吴昌言見過 …… 84
歲盡病起呈蒙又上 …… 84
蒙又上贈詩次韻答之 …… 85
十三日雪同蒙又上、德松如、家季正東廂小集用年字 …… 85
白雲觀次吴子瑞韻並柬諸道侶 …… 85
燕丘日白雲觀訪道人甚夥作詩酬之 …… 86
聞張野鶴將直永寧觀詩以告之 …… 86
春日遣懷 …… 86
三月二十七日蒙又上携伴遊東嶽廟,余以病不與遊,因即以不與遊爲余病,病可原,遊亦可紀也。乃午後忽大雨,點點滴滴曾不小住。閒窗聽雨人,忽憶蕭寺著雨人。此時光景是遊是病,正復不辨。或更以與遊爲病,以病不與遊爲真,可以當遊,未可知也。薄暮雨歇,遊人歸來,問病人,病人因吟詩贈之 …… 87
蒙又上小窗種竹作詩奉簡 …… 87
寫懷八首 …… 87
其一 …… 87
其二 …… 88
其三 …… 88
其四 …… 88
其五 …… 88
其六 …… 88
其七 …… 89

其八 …… 89
酬蒙又上 …… 89
康熙庚子秋，友人富景韓以户曹主政隨川陝，年制軍散賑秦中，旋奉恩命特授甘肅布政使，僕時爲内府郎，聞喜增憂作詩并札付伊兒子郵寄 …… 90
對雨有作 …… 90
得六弟到京信却寄 …… 90
夜坐有述 …… 90
庚子除夜同季正得年字 …… 91
柬蒙又上二首 …… 91
其一 …… 91
其二 …… 91
喜晤若水上人有贈 …… 91
沖谷著帛賢昆玉相招横山偏凉汀作竟日遊，感時即事情見乎辭 …… 92
蒙又上憂我甚詩以寬之 …… 92
立春日南苑有述 …… 92
南苑即事呈張卜臣寅丈 …… 92
闈中述懷呈同事諸君子 …… 93
十三日衡鑑堂呈同事諸君子 …… 93
贈許希孔 …… 93
贈陳沆 …… 93
關嶺靈光寺并序 …… 94
贈同事胡一山檢討 …… 94
安南道中次胡一山韻 …… 94
歸次南寧賦懷 …… 94
飛雲巖并序 …… 95

夜泊潛溪即事 …… 95
雍正元年八月初抵江蘇藩署,感遇抒懷呈幕中諸君子 …… 95
寄五弟 …… 95
答陳静夫 …… 96
答高商白先生 …… 96
詠殘菊并序 …… 96
夏二曉堂來蘇過訪和余殘菊詩作此奉報 …… 97
奉酬王復村前輩寄懷之作仍用元韻 …… 97
對雪 …… 97
對雪漫成 …… 97
病懷 …… 98
甲辰除夕 …… 98
乙巳元日 …… 98
人日寄示昌敏諸姪 …… 98
賦得疏影横斜水清淺 …… 99
郊行示耕者 …… 99
三月二十四日會課春風亭,命賦"邑有流亡愧俸錢"句,蓋以自況抑亦自省,未敢效韋郎思田里也。聊申鄙意用告羣賢 …… 99
春風亭會文畢賦贈華子豫原並申前約 …… 100
春暮發石城,將抵淮揚,阻風江口,三宿燕子磯悵然有作 …… 100
贈學使中丞法淵若 …… 100
元旦辰州道上 …… 100
用韻酬甘大中丞二首 …… 101
其一 …… 101
其二 …… 101

贈大司馬總制楊凝齋先生 …… 101
春暮詠懷 …… 101
詠芍藥 …… 102
甘大中丞裁和芍藥詩用元韻報之 …… 102
贈郝提督軍門 …… 102
五日寄諸兄弟 …… 103
觀風日示諸生 …… 103
貢院課士坐竟日即事書懷，再成長句，時丙午重午後二日也 …… 103
武闈十五夜受卷示諸生 …… 104
丁未除夜有述并序 …… 104

文蔚堂詩集卷五 …… 105

七言律詩

戊申元日有述并序 …… 105
戊申元旦越四日朝期罷，佇望雲巒，俯瞰春樹，烟火萬家，豆麥青黄如繡。朱子驄撫軍賦詩二章投贈，用酬元韻并廣其意 …… 106
其一 …… 106
其二 …… 106
朱子驄中丞蒞滇廿日矣，百務畢興，幹濟自喜，録舊作示余并致謙沖，用元韻奉報兼以奉規 …… 106
四十九初度 …… 107
杭副憲靖公奉使安南留滇三閲月，季春廿一日將由粤前進，叙舊餞别不勝悵悒，因繫以詩并志顛末云 …… 107
元副使邀集荷亭用韻再酬長句 …… 107
蜀人李專年七十二初來署有贈詩依韻答之 …… 107

寄示季正 …… 108

甲秀樓小集,同粤西金中丞暨鄂方伯趙廉使、楊参政、王參議并太守牧令諸人分韻得恬字 …… 108

黔中五日 …… 108

日來疾作清癯益甚,羣僚有憂色,詩以寬之 …… 109

秋七月貴筑詠懷三首 …… 109

其一 …… 109

其二 …… 109

其三 …… 109

留贈鄂質夫方伯 …… 110

返抵嵩明過海潮寺有述 …… 110

羣官和過海潮寺詩叠前韻申意 …… 110

送龍牧爲霖歸省將赴粤東幕并序 …… 111

即席賦贈金震方中丞 …… 111

由粤埠頭河入永州界晚泊木瓜鋪獨坐有述 …… 111

舟次祁陽示蔡魏公諸子 …… 111

晚晴次衡州,夜度横江浦,叠韻成詩,書一紙示陳沆 …… 112

庚戌初度日辰陽詠懷 …… 112

由粤返滇抵貴陽,方伯廉使諸君邀同大中丞學使者甲秀樓小讌,作此詩。庚戌二月廿五日 …… 112

送李專歸蜀 …… 113

重九日對菊詠懷 …… 113

初度日賦感 …… 113

七月十五夜獨坐勘書,漏已三十下,月明如水,羣動咸寂,小步中庭,蕭然閒放。此中況味祇堪爲醒者道耳。詠長句聊當靈篇 …… 113

東歸有日矣題法界寺壁 …… 114

廿六日宿易隆送者不欲返詩以告之 …… 114
紅梨花 …… 114
賜園牡丹 …… 114
對瓶中白芍藥有作 …… 115
安邊道中述懷示隨行穆將軍、班閣學並舒蔣兩侍讀 …… 115
肅州九日夜坐聊短述 …… 115
壬子九月既望送查蒙宰領大將軍敕出嘉峪關 …… 116
送尹元長制軍赴滇黔粤西任 …… 116
老松 …… 116
秋懷 …… 116
夜坐檢書偶讀工部《蜀相》篇慨然有述 …… 117
甲寅元旦立春雪竟日，明朝晴霽，王大臣稱賀，時祈穀齋期召入西暖閣，愷切訓示，稱賀是當賀也。臣鄂爾泰恭賦長律一章用誌忻忭 …… 117
紀課詩 …… 117
賦得二月春風是剪刀 …… 118
海棠詩示觀海棠者 …… 118
賜園海棠樹有放白花者，殊未曾覩也，戲詠長句 …… 118
遊卧佛寺與青公茶話二首 …… 119
其一 …… 119
其二 …… 119
七月七日夜坐漫成 …… 119
予告後上命養疾内所書懷 …… 119
闈中述懷柬同事諸君子 …… 120
丙辰中秋夜詠懷 …… 120
小卧東堂，棗花盛放，與潘立夫、史象周、陳星齋同作用家字 …… 120

欲雨不雨者累日矣,望甚恐甚,夜坐口占 …………………… 121
雨霽西堂小坐得苔字 …………………………………… 121
哭朱可亭先生并序 ……………………………………… 121
乾隆二年八月二十三日憲皇帝忌辰臣爾泰敬賦長律一章
　用誌哀感 …………………………………………… 122
賜遊西苑恭紀并序 ……………………………………… 122
題我所壁 ……………………………………………… 122
甘霖普降特召大學士内廷翰林圓明園泛舟賦詩恭和御製
　元韻 ………………………………………………… 123
恭讀御製面賦詩敬依元韻 ……………………………… 123
己未新正二日乾清宫侍晏賦柏梁體詩恭和御製元韻 …… 123
己未初度日謝客詠懷 …………………………………… 123
恭和御製詠瓶中新荷元韻 ……………………………… 124
己未六月六日上賜玻璃瓶荷花恭紀一章敬依元韻 ……… 124
野蓮次汪謹堂學士韻 …………………………………… 124
午窗睡起和桐城太保偶然作元韻 ……………………… 124
己未七月十五日夜坐紀興 ……………………………… 125
己未七月廿日甲子雨奉酬桐城太保,和余《十五日夜坐紀
　興》詩,仍用元韻,兼述鄙懷 …………………………… 125
觀稼書懷二首 ………………………………………… 125
　其一 ………………………………………………… 125
　其二 ………………………………………………… 126
恭和御製秋日侍皇太后幸静明園奉聖母命敬成長律得佳
　字元韻 ……………………………………………… 126
恭和御製九日元韻 ……………………………………… 126
南園九日 ……………………………………………… 127
恭和御製登盤山天成寺江山一覽閣元韻 ……………… 127

敬讀御製幸盤山寺閣詩，回憶舊遊，如夢如覺，用抒鄙懷仍依元韻 …… 127
庚申元旦直南書房，梁少司農詩正、蔣閣學溥、汪學士由敦、張學士若靄、錢通政陳羣、佟侍講介福、彭侍講啟豐、金修撰德瑛、莊修撰有恭、秦編修蕙田暨大兒侍讀容安，同用文韻各賦長律一章余讀之忻然不辭繼作 …… 128
恭和御製題畫八首元韻 …… 128
其一 …… 128
其二 …… 128
其三 …… 129
其四 …… 129
其五 …… 129
其六 …… 129
其七 …… 129
其八 …… 130
南園漫述 …… 130
恭和御製喜雨詩元韻 …… 130
恭和御製奉皇太后幸静明園元韻 …… 130
石亭小坐聊短述 …… 131
恭和御製秋英燦然可觀元韻 …… 131

文蔚堂詩集卷六 …… 132

七言律詩

恭和御製孟秋時享回宫齋戒喜見禾黍茂密元韻 …… 132
庚申中元節夜坐遣興 …… 132
恭和御製中秋日恭侍皇太后萬善殿瞻禮隨遊瀛臺諸勝元韻 …… 132

庚申中秋與金軼東、周旭之、潘立亭、楊洪度暨大兒容安東軒小集，向夕微陰，少焉月出，坐對素心人，老子興復不淺，同用庚韻各賦長律一章 …… 133
重陽日登高侍宴詩二首 …… 133
其一 …… 133
其二 …… 133
長安城南下途中書懷 …… 134
村行 …… 134
辛酉中秋夜直禁詠懷并序 …… 134
初六日入闈與同事諸君子言懷即用闈字 …… 134
初九日閱諸君和詩，有參用禪語者，恐甲乙去取間，或務求高妙，從渠殺活，反失此平常心，殊非慎重搜羅意也。戲疊前韻即效禪語答之 …… 135
初十日又柬諸君子 …… 135
十三日有作 …… 135
十六日東房夜坐聊短述仍用元韻 …… 136
閱卷數日矣，恐遺佳文，重負鉅典冀望，悚仄情見乎辭 …… 136
恭和御製夏日御園閒詠元韻八首 …… 136
其一 …… 136
其二 …… 137
其三 …… 137
其四 …… 137
其五 …… 137
其六 …… 137
其七 …… 138
其八 …… 138
賦得既雨晴亦佳恭和御製元韻 …… 138

恭和御製食荔枝有感元韻 …… 138
賜荔枝恭紀 …… 139
恭和御製青龍橋曉行韻二首 …… 139
　其一 …… 139
　其二 …… 139
九月九日書懷 …… 139
恭和御製落葉詩六首元韻 …… 140
　其一 …… 140
　其二 …… 140
　其三 …… 140
　其四 …… 140
　其五 …… 141
　其六 …… 141
壬戌十月二十四日喜雪，時小雪前二日上幸紫光閣試武舉第三日也 …… 141
恭和御製冬日瀛臺即事元韻二首 …… 141
　其一 …… 141
　其二 …… 142
恭和御製元旦試筆元韻二首 …… 142
　其一 …… 142
　其二 …… 142
恭和御製正月初十日立春元韻 …… 143
恭和御製上元前一日雪 …… 143
上元日瑞雪盈尺侍晏觀燈火恭賦長律二章 …… 143
恭和御製紙鳶元韻 …… 144
奉和桐城公擬和詩仍依御製元韻 …… 144
恭和御製御園仲春元韻二首 …… 144

其一 …… 144
其二 …… 144
恭和御製柳絮五首元韻 …… 145
其一 …… 145
其二 …… 145
其三 …… 145
其四 …… 145
其五 …… 146
恭和御製御門日雨元韻二首 …… 146
其一 …… 146
其二 …… 146
閏四月五日直廬偶作 …… 147
過冷泉有懷張野鶴二首并序 …… 147
其一 …… 147
其二 …… 147
西溪道中觀麥得秋字 …… 148
温泉菴二首得關字 …… 148
其一 …… 148
其二 …… 148
由温泉過大覺寺 …… 149
與佛泉禪話再成長律 …… 149
壽筵紀事并呈德大松如 …… 149
重九至矣東盛五仰山 …… 150
杪秋佳日同閣部諸公賀盛司寇新居即席賦詩用志嘉會 …… 150
對黃菊有述 …… 150
詠楓四首敬依御製元韻 …… 150

其一 …… 150
其二 …… 151
其三 …… 151
其四 …… 151
恭和御製秋蒐雜記五首元韻 …… 151
其一 …… 151
其二 …… 152
其三 …… 152
其四 …… 152
其五 …… 152
恭和御製望長城作元韻 …… 152
恭和御製登澄海樓望海元韻 …… 153
恭和御製夷齊廟元韻 …… 153
兼領掌院事張天扉少詹贈詩四章依元韻報之 …… 153
其一 …… 153
其二 …… 153
其三 …… 154
其四 …… 154
和富察相國癸亥除夕甲子元旦及人上元元韻四首，録一紙請益不足示外人也 …… 154
其一 …… 154
其二 …… 154
其三 …… 154
其四 …… 155
桐城相國示觀送宗伯南歸詩，讀一再過，若亦有不能已於言者，次元韻二章用申同僚悵别之意，不足以言詩也 …… 155

其一 …… 155
其二 …… 155
恭和御製夜雨元韻 …… 156
恭和御製甘霖既霑詣暢春園問安仰慰聖母望歲之誠并成長句恭誌盛德元韻 …… 156
立秋日海淀即目 …… 156
恭和御製駕幸翰林院賜宴分韻聯句後復得七言律四首元韻 …… 157
其一 …… 157
其二 …… 157
其三 …… 157
其四 …… 157
恭和御製幸翰林院賜大學士及翰林等宴因便閱貢院得詩四首元韻 …… 158
其一 …… 158
其二 …… 158
其三 …… 158
其四 …… 158

文蔚堂詩集卷七 …… 159

五言排律

閏四月二十三日喜雨 …… 159
祝内府印堂胡三苞客三十韻 …… 159
六年正月十日恭紀聖恩十六韻 …… 160
重九日小集東園有述 …… 161
乾隆二年夏四月五月久不雨，風霾間作，粦麥失收。自惟奉職無狀，致此愆陽重貽主上憂，日夕負疚，内熱如焚。

皇帝深慮預防，貶食、散利、蠲租、赦罪、責己、求言。一誠所召，嘉霔普應，六月十三四等日大雨滂沱連綿霑足，畿輔遠近亦叠報甘霖高下周徧。病中霍然，喜賦三十韻，用代吾民擊壤云爾 …………………………… 161
賜遊圓明園徧覽勝景恭紀五言十韻 …………………… 162
六月十二日晚晴喜賦五言十二韻 ……………………… 162
乾隆四年仲冬上日聖駕臨幸南苑，大閲六師，神武丕揚，天人協應，風和日麗，將士歡騰，臣爾泰恭紀五言四十韻 ……………………………………………… 163
恭和御製駐蹕長山峪詠懷元韻 ………………………… 163
賦得望雲思雪意恭和御製元韻 ………………………… 164
賦得折檻旌直臣得交字，上親試翰林詹事官題也，試畢張學士景采請余擬作，因用韻如數 ……………… 164
恭和御製對雨元韻 ……………………………………… 164
恭和御製避暑山莊有感元韻 …………………………… 165
恭和御製過廣寧望醫巫閭山敬依皇祖聖祖仁皇帝元韻 ……………………………………………………… 165
恭和御製山海關敬依皇祖聖祖仁皇帝元韻 …………… 165
南園詠菊 ………………………………………………… 166
恭和御製秋日奉皇太后遊玉泉山周覽西海近郊穫事即景賦詩元韻 ………………………………………… 166
恭和御製賜大學士徐本詩元韻 ………………………… 166
乾隆九年十月南書房承旨，重葺翰林院落成，車駕臨幸，錫宴送大學士掌院事鄂爾泰、張廷玉進署。以張説"東壁圖書府"五律字爲韻，賦東字、音字二首，勅諸臣各分一字賦詩。臣爾泰得壁字 ……………………… 167
十月二十七日翰林院宴罷，車駕幸貢院，偏觀堂所周覽號

舍,辛苦風檐,帝心軫念,臣爾泰恭紀五言十二韻仍用壁字 …… 167
履邸壽讌詩四十韻 …… 167
七言排律
六月九日紀事詩并序 …… 168
恭和御製謁陵禮畢車駕入盛京元韻 …… 169
五言絶句
偏涼汀 …… 169
宿板橋寺 …… 170
隆安舟中 …… 170
答人 …… 170
秋八月西園桃放花作絶句示蔡魏公、金軼東 …… 170
返抵古浪夜宿清涼寺 …… 171
由偏涼汀返七臺,見壁間聯語,書"瞑目瞑心坐,花開花落時"十字,知於塵勞中頗覓清涼界者,爲更進一解,亦不知誰何 …… 171
其一 …… 171
其二 …… 171
中冬喜雪周孝廉日藻呈三截句依韻答之 …… 171
其一 …… 171
其二 …… 171
其三 …… 171

文蔚堂詩集卷八 …… 173
七言絶句
贈沈鷗亭二首 …… 173
其一 …… 173

其二 …… 173
道院納凉次韻 …… 173
東王踵息二首 …… 174
其一 …… 174
其二 …… 174
生字詩示乞食僧 …… 174
姜去聞世兄甫入館，爲書“讀書明理”四字於壁并述
其由 …… 174
清明祭掃畢悵然有感 …… 175
雨窗用蒙又上韻 …… 175
小夢初醒，大福適至，分陰可惜，細雨誠佳，因更用元韻
問之 …… 175
四月廿三日南庵見牡丹 …… 175
吕祖洞 …… 176
迎學日示敏姪 …… 176
熱甚邀蒙又上閒話 …… 176
昌敏輩住西園，過天仙庵題壁因廣其意 …… 176
病中友人餽牛乳二首 …… 177
其一 …… 177
其二 …… 177
再贈蒙又上 …… 177
禮阿彌陀畢有述 …… 177
詠史六首 …… 178
其一 …… 178
其二 …… 178
其三 …… 178
其四 …… 178

其五 …… 178
其六 …… 178
紫丁香四絶句并序 …… 179
其一 …… 179
其二 …… 179
其三 …… 179
其四 …… 179
用韻酬蒙又上二首 …… 180
其一 …… 180
其二 …… 180
絶句 …… 180
題壁 …… 180
寫家信畢悵然有感 …… 181
熱河雜詠十六首 …… 181
其一 …… 181
其二 …… 181
其三 …… 181
其四 …… 181
其五 …… 182
其六 …… 182
其七 …… 182
其八 …… 182
其九 …… 182
其十 …… 182
其十一 …… 183
其十二 …… 183
其十三 …… 183

其十四 …… 183
其十五 …… 183
其十六 …… 183
客有過青山梁聞子規者,詩以誌之 …… 184
由偏凉汀泛舟至塏籠山 …… 184
絶句十七首 …… 184
其一 …… 184
其二 …… 184
其三 …… 184
其四 …… 185
其五 …… 185
其六 …… 185
其七 …… 185
其八 …… 185
其九 …… 185
其十 …… 186
其十一 …… 186
其十二 …… 186
其十三 …… 186
其十四 …… 186
其十五 …… 186
其十六 …… 186
其十七 …… 187
雨抵楊林驛 …… 187
十五夜贈胡一山太史 …… 187
黄平道中柬胡一山太史 …… 187
掛石峰 …… 188

華嚴洞 …… 188
　其一 …… 188
　其二 …… 188
桃源渡 …… 188
舲山 …… 189
詠盆内白蓮 …… 189
鳳仙 …… 189
木芙蓉 …… 189
桂 …… 190
雞冠 …… 190
枯桐 …… 190
殘菊 …… 190
四十六初度口占 …… 191
望虞山弔錢牧齋宗伯 …… 191
句容道中四绝句 …… 191
　其一 …… 191
　其二 …… 191
　其三 …… 192
　其四 …… 192
弘濟寺二絶句 …… 192
　其一 …… 192
　其二 …… 192
早發燕子磯晚抵儀真小泊舟中雜興三首 …… 193
　其一 …… 193
　其二 …… 193
　其三 …… 193
過揚州欲訪梅上人不果却寄三絶句 …… 193

其一 …… 193
其二 …… 193
其三 …… 194
晚抵淮安 …… 194
積雨陡凉，裌衣重著，時維夏五將勾當海上，晚次崑山縣舟中賦此 …… 194
其一 …… 194
其二 …… 194
將出都赴滇，却寄吴中王子重、吴漪堂、夏曉堂、徐學人諸老友 …… 194
晚抵平溪衛，維揚金仲持梅枝向予詢之，爲館主人所贈，覩物牽情，忽不禁有江南之感，繫以詩 …… 195
登安阜閣望金馬、碧雞二山 …… 195
六月二日抵安籠 …… 195
滇署伏日 …… 195
次韻甘立軒中丞秋海棠四絶句 …… 196
其一 …… 196
其二 …… 196
其三 …… 196
其四 …… 196
柬杭副憲靖公并序 …… 196
柬任閣學香谷并序 …… 197
仙鶴花 …… 197
白鶴花 …… 197
荷亭四詠 …… 198
其一 …… 198
其二 …… 198

其三 …… 198
其四 …… 198
過圓通寺題壁 …… 198
嵩明道上 …… 199
滇署重陽絶句 …… 199
蔡魏公昆季同王昆賢、譚武菴遊龍泉道院，登絶頂探梅，還聊紀一絶句用贈魏公 …… 199
對瓶牡丹有述 …… 199
登甲秀樓二絶句 …… 200
其一 …… 200
其二 …… 200
望東山寺 …… 200
几牘偶暇熟睡，日移午四載勞人殊得，未曾有也 …… 200
偶成 …… 201
二色蓮又名鴛鴦，合樹駢花紅白各半，殆異種不恒有也。盆池中得二本，羣尤以爲瑞，作二截句誌之。庚戌七月五日 …… 201
其一 …… 201
其二 …… 201
七夕前一日，東園優曇樹又開紅花兩枝，宣城梅叟有詩，翻用坡老山茶句。因申意奉報 …… 201
詠天女花 …… 202
近華浦 …… 202
西郊觀禾抵紅廟東迴，由城南返署四首 …… 202
其一 …… 202
其二 …… 202
其三 …… 203

其四 …… 203
經畧北軍弔戰歿諸將佐 …… 203
二月十九日十二臺道上口占 …… 203
送楊閎度南歸 …… 204
自詠 …… 204
題我所壁 …… 204
紅梨花 …… 204
木槿 …… 204
紫薇 …… 205
發孫家坨晚抵桃花口登舟口占二截句 …… 205
其一 …… 205
其二 …… 205
賜扇恭紀 …… 206
閏六月九日上賜内園蔬十種,恭紀七言絶句各一章 …… 206
葱 …… 206
韭 …… 206
芥菜 …… 206
白藊豆 …… 206
紫藊豆 …… 207
銀茄 …… 207
水茄 …… 207
南瓜 …… 207
瓠子 …… 207
春不老 …… 207
勘河抵碭山,晚宿雲水書屋,見壁間“霖雨蒼生”字,愧甚恐甚,泚筆抒懷,示從者兼呈高二東軒 …… 208
吴家兆學士賜戴孔雀翎戲贈絶句一首 …… 208

恭和御製三月初四日癸亥耕耤禮成元韻八章 …………… 208
其一 …………………………………………………… 208
其二 …………………………………………………… 208
其三 …………………………………………………… 209
其四 …………………………………………………… 209
其五 …………………………………………………… 209
其六 …………………………………………………… 209
其七 …………………………………………………… 209
其八 …………………………………………………… 209
予告丁鶴亭入請聖安相值於内右門與之語成截句二章
……………………………………………………… 210
其一 …………………………………………………… 210
其二 …………………………………………………… 210
元旦試筆並示諸兒 ……………………………………… 210
其一 …………………………………………………… 210
其二 …………………………………………………… 210
廣通寺題壁 …………………………………………… 211
黑龍潭瞻禮畢敬述二截句 …………………………… 211
其一 …………………………………………………… 211
其二 …………………………………………………… 211
絶句三首 ……………………………………………… 211
其一 …………………………………………………… 211
其二 …………………………………………………… 212
其三 …………………………………………………… 212
中秋夜對瓶桂口占二首 ……………………………… 212
其一 …………………………………………………… 212
其二 …………………………………………………… 212
九月十九日絶句 ……………………………………… 213

白菊 …… 213
紫菊 …… 213
紅菊 …… 213
雜色菊 …… 214
六月菊非菊也既名菊詠菊及之 …… 214
有勸余集詩問世者賦此謝之 …… 214
題蠟梅花 …… 214

附《西林遺稿》詩一首 …… 215
侍衛有尋鷹不得者詩以記之並示鷹 …… 215

附阿桂《西林遺稿序》 …… 217
附楊潮觀《西林遺稿序》 …… 219
附楊潮觀《西林遺稿續序》 …… 221
附顧光旭《西林遺稿跋》 …… 223

附鄂爾泰銘一首、頌一首 …… 225
平苗紀功鐵柱銘 …… 225
聖駕東巡盛京恭謁祖陵大禮慶成頌 …… 225

附鄂爾奇詩八首、頌一首 …… 229
聖武遠揚平定青海詩八首 …… 229
河清頌并序 …… 230

鄂剛烈詩

皖江對月 …… 235
長江 …… 235

六月一日早飯慈雲寺 …… 235
臨江吉安道上 …… 235
寓目 …… 235
南贛道中 …… 236
　其一 …… 236
　其二 …… 236
法王寺 …… 236
盧巖寺 …… 236
早發陶仲驛宿梅心驛對雨有作 …… 237
　其一 …… 237
　其二 …… 237
　其三 …… 237
泊皂河集 …… 237
題道旁亭子 …… 237
登小孤山 …… 238
通遠驛 …… 238
重上潯陽樓 …… 238
　其一 …… 238
　其二 …… 238
秋夜吟 …… 238
　其一 …… 238
　其二 …… 239
絶句 …… 239
臘月一日作 …… 239
蠟梅 …… 239
題漁翁 …… 239
　其一 …… 239

其二 …… 240
其三 …… 240
試院夜坐 …… 240
對雪 …… 240
月夜行涇縣道中 …… 240
其一 …… 240
其二 …… 241
二月廿一日濟南試院作 …… 241
辛未除夜濟南作 …… 242
泛舟 …… 242
同幕中諸君子登樓却贈 …… 242
登慈濟禪林 …… 242
過陶仲驛 …… 242
見芙蓉 …… 243
寒夜舟中作 …… 243
題扇上畫琵琶亭 …… 243
深夜 …… 243
其一 …… 243
其二 …… 243
題畫辛夷 …… 244
壬申元日 …… 244
泛江感舊簡逸休 …… 244
初五日又成一首 …… 244
聚龍菴和壁上韻 …… 244
其一 …… 244
其二 …… 245
濟南春日 …… 245

其一 …… 245
其二 …… 245
仲冬九日贛州道上作 …… 245
三月八日從南昌時將巡行江右 …… 245
三月九日舟中作 …… 246
月夜泛江 …… 246

題跋 …… 247

附鄂容安詩一百零九首 …… 251
和蓮亭度績溪新嶺作即用原韻 …… 251
早發黄縣雪中作 …… 251
覺生寺大鐘歌 …… 252
登沙河香山寺有懷 …… 252
歸鴉 …… 253
首山朝陽寺 …… 253
松山道上遣興 …… 253
重宿廣寧驛地藏寺 …… 253
小桃源 …… 253
重過醫巫閭山 …… 254
同林曉峰黑山小獵 …… 254
八月十一日自瀋陽赴京仍宿萬壽寺有作 …… 254
殘夢 …… 254
獨夜 …… 255
登孤竹山 …… 255
冬日過緑皋草堂 …… 255
重陽前二日雨 …… 255

十四五歲時曾夜過洞庭湖,今十餘年矣,偶然有思,恍如夢境,隨便書四十字 ······ 255
曉霜 ······ 256
過濰縣 ······ 256
同逸休青豁蓮亭待月 ······ 256
五溪橋作 ······ 256
過彭澤 ······ 256
夏夜 ······ 257
晚過吴城 ······ 257
歲既暮矣,幕中諸君吟詠頗豪,爲成短句仍索和章 ······ 257
江楚道中 ······ 257
泛舟黄河 ······ 257
維揚舟中作,時巡江北災邑 ······ 258
桐城道上 ······ 258
春日下河舟中作 ······ 258
仲冬廿四日作 ······ 258
孟縣道上雨中作 ······ 258
試院聞鐘 ······ 259
將赴江左,早發長清,行二百里宿寧陽,簡同行阿廣庭農部 ······ 259
七月二日燕子磯阻風作 ······ 259
甲戌九月永平道中 ······ 259
重過峽江舟中對雨 ······ 260
南昌看中作 ······ 260
西江漫賦 ······ 260
鎮江樓 ······ 260
庚午暮春白雲寺有述 ······ 260

重過薄壁鎮 …… 261
登金山 …… 261
閒情 …… 261
龍潭寺 …… 261
六月六日早發南昌 …… 261
樵舍舟次 …… 262
水廣下小憩聚龍庵 …… 262
和改之春暮偶然作原韻 …… 262
興化舟中答嵇少農 …… 262
萬安舟中 …… 262
豐城道中 …… 263
雪後即事 …… 263
薄暮登樓 …… 263
立秋重過南陵簡幕中諸君子 …… 263
癸酉元日南昌作 …… 264
有寄 …… 264
登蓬萊閣二首 …… 264
舟次和韻 …… 264
臨清道上次張定夫偶成原韻 …… 265
春暮 …… 265
春暮柬幕中諸君子 …… 265
過徐州 …… 265
將赴洛陽呈同行諸君子 …… 266
即景 …… 266
宿章邱氏別業 …… 266
蓮亭疊和夜行山中詩有白髮青山之思奉酬 …… 266
登州道上 …… 267

自南安回南昌有寄 …… 267
晚飯柳泉和壁上韻 …… 267
元日暑齋和青溪見過韻 …… 267
江都舟行和蓮亭原韻 …… 268
月山寺 …… 268
桃源九日 …… 268
東林寺 …… 268
三月二日作 …… 269
渡大凌河 …… 269
同林曉峰郎中觀潮 …… 269
早發廣寧驛寺 …… 269
山海關道中作 …… 270
宿撫寧縣觀音寺即事 …… 270
山海關 …… 270
登澄海樓 …… 270
過松山渡小凌河 …… 271
沈陽萬壽寺詠佛手柑 …… 271
登首山絶頂 …… 271
撫寧道中 …… 271
天妃宫待潮 …… 272
馬上見海鶴飛鳴 …… 272
早發寧遠沿河取路投松山 …… 272
兩月間三宿二道井野寺用壁上韻 …… 272
僧房雜興 …… 273
入山海關 …… 273
草橋感舊兼懷友人 …… 273
高橋驛 …… 273

宿寧遠州野寺不寐 …… 274
寧遠道中 …… 274
宿練潭驛 …… 274
絶句 …… 274
癸酉三月蘇州作 …… 274
楓香驛 …… 275
過黄梅 …… 275

詠菊百絶句

序 …… 279
題詞 …… 281
弁言 …… 283
麯粉 …… 285
柘枝黄 …… 285
檀香毬 …… 285
粉蝴蝶 …… 285
紫薇郎 …… 285
紅絲玉 …… 286
銀鳳羽 …… 286
赤瑛盤 …… 286
燈下黄 …… 286
蜜荷 …… 286
松子菊 …… 287
青心玉 …… 287
緑衣黄裳 …… 287
紫龍鬚 …… 287

姑射肌 …… 287
靚妝西子 …… 288
繡芙蓉 …… 288
大金輪 …… 288
紫袍金帶 …… 288
青蓮 …… 288
含煙鋪錦 …… 289
銀鶴氅 …… 289
粉妝 …… 289
紫羅襦 …… 289
水精毬 …… 289
紫金盤 …… 290
楊妃晚妝 …… 290
檀香盤 …… 290
麯紫 …… 290
解環絛 …… 290
雪蓮臺 …… 291
珊瑚枝 …… 291
紫茸 …… 291
一粒毬 …… 291
玉毫光 …… 291
銀撚線 …… 292
天孫錦 …… 292
玉連環 …… 292
錦心繡口 …… 292
白鮫綃 …… 292
海紅蓮 …… 293

粉鶴翎 …… 293
金撚線 …… 293
粉鍼 …… 293
金膏水碧 …… 293
琥珀蓮 …… 294
紫霞觴 …… 294
白鳳 …… 294
六郎面 …… 294
七寶盤 …… 294
贏師管 …… 295
金鳳羽 …… 295
國色天香 …… 295
金鍼 …… 295
玉玲瓏 …… 295
粉翠 …… 296
落紅萬點 …… 296
軟枝桃紅 …… 296
金絲蓮 …… 296
金剪絨 …… 296
福橘紅 …… 297
杏花順 …… 297
黃玉琮 …… 297
紫裝 …… 297
金海棠 …… 297
銀牡丹 …… 298
金芙蓉 …… 298
佛手黃 …… 298

白玉纏光 …… 298
朝陽素 …… 298
粉撚線 …… 299
雨闌紅 …… 299
金絲樓 …… 299
鷺鷥管 …… 299
截肪玉 …… 299
玉芙蓉 …… 300
粉心蓮 …… 300
御愛黄 …… 300
紫鋮 …… 300
旨藹 …… 300
海獻金毬 …… 301
松鋮 …… 301
碧桃紅 …… 301
粉菉竹 …… 301
海雲紅 …… 301
紫荷衣 …… 302
虎皮蓮 …… 302
二喬 …… 302
波斯帽 …… 302
紫纓 …… 302
赤脂瓣 …… 303
栗留黄 …… 303
珊瑚雪 …… 303
銀繡毬 …… 303
緑荷衣 …… 303

砝砂盤 …… 304
紫翠蓮 …… 304
蠟盤 …… 304
錦邊蓮 …… 304
追金琢玉 …… 304

附鄂忻詩二十九首 …… 305
勵志詩 …… 305
枕石 …… 305
初冬雜詠 …… 305
讀《漢書》三首 …… 306
賈誼 …… 306
汲黯 …… 306
司馬相如 …… 306
秋日曉行望西山作 …… 306
齋中對月 …… 306
雜詩四首 …… 307
秋日清虛齋獨坐 …… 307
園居秋雨 …… 307
春日繫影軒作 …… 308
竹虛齋詩 …… 308
詠蘭 …… 308
重過陶然亭作 …… 308
和闐四景詩并序 …… 308
平湖新柳 …… 308
緑樹聞鶯 …… 309
東林秋霽 …… 309

南山積雪 …… 309
登秘魔崖 …… 309
元夕觀燈歌 …… 310
秋懷 …… 310
重陽日北園登高即呈主人 …… 310
萬柳堂，相傳本元廉右丞别墅，今歸石氏，名拈花寺，山僧居焉，而舊址無存。乙酉八月過此，見遺石零落，與荒草爲伍，愛其質古，遂以米與僧易之，異致緑筠書屋，作移石詩記其事 …… 310
予得緑萼梅一株，頗蒼老，種之齋頭，終日相對，興致殊不淺也。周思遠有詩見贈，因次韻答之 …… 311
和闐吟 …… 311

附鄂敏詩一首 …… 313
湖上修禊招同厲太鴻孝廉、杭堇浦太史、王曾祥秀才、施竹田、丁敬身二布衣賦詩 …… 313

文蔚堂詩集

（清）鄂爾泰　撰

文蔚堂詩集卷一

五言古詩二十三首

詠懷四首

其　一

在昔少壯時，磊落任躋攀。自謂復挺出，願爲天下先。蹉跎二十載，到眼增悲酸。碌碌雜朋輩，外熱心膽寒。志大竟轉拙，力短若爲慳。願言謝知己，時會良獨難。

其　二

下策取富貴，上策學神仙。二者成兩失，相將食與眠。謀身貴有術，得計良獨偏。予遂無此心，欲語增羞顔。

其　三

丈夫不苟得，自處審所難。多願長惻惻，小心日拳拳。曠達不敢出，激烈非所安。終懼昧道要，拘鄙愧高賢。材力豈[一]不廣，天地定[二]不寬。嗟嗟西林子，徒乃損肺肝。

其　四

天道有終極，人事互更遷。造物詎不仁，斯理固自然。勿爲失者笑，勿爲得者懽。凉風來北窗，得失誰復言。

【校記】

［一］“豈”，《西林遺稿》作“苦”。

［二］“定”，《西林遺稿》作“豈”。

偶　作

至一有何名，無端分奇偶。自一以至三，自三以至九。遂使人世間，萬事無不有。嗟爾首出人，徒然爲禍首。

繙經廠海棠甚佳，約有日矣，終不果。東院紫丁香一株花特盛羣薄弗賞也雨後同蒙又上家季正小酌，作此詩

今日祇林園，明日芙蓉主。但憶海棠約，不見東堂樹。屋角丁香花，裊裊發春雨。微風動輕烟，餘芳散院宇。肥瘦竟奚如，晨夕此共茹。人心有差别，緘情寄爾汝。快意貴目前，妍媸余何與。

聽姜仙客彈琴因贈以詩

初春多佳日，旭影照高林。曉烟歛木末，暖意浮衣襟。檐前有嘉樹，枝上有鳴禽。道人太古士，幽旨寄瑶琴。元聲隨指下，和氣散輕陰。聽者各有得，豈必在知音。歎息前人言，枯桐徽黄金。

結交一首爲吴鵬九佛第五阿岳生三侍衛賦

結交桃李花，桃李多芬芳。結交青松枝，松枝老蒼蒼。老蒼時輩憎，芬芳道路將。無人争[一]桃李，不及松枝强。男兒立天地，朋友列綱常。死生堪可[二]托，肝膽豈終藏[三]。顧我衰鈍姿，百分無一長。紛紛數輕薄，切切熱中腸。況乃與諸弟，休戚不暫忘。汝肥我則喜，汝瘠我則傷。肥瘠倘不知，秦越寧可量。萬類雜硃墨，混混同目盲。黑白固有别，朱紫胡不商。白雲停高嶺，明月落屋梁。願言顧形影，莫結少年場。

【校記】

[一]"争"，《西林遺稿》作"知"。

[二]"可"，《西林遺稿》作"寄"。

[三]"豈終藏"，《西林遺稿》作"耻閉藏"。

六月苦雨示馬鳴吉

六月久不雨，一雨逼秋旻。蒼茫結天地，四望失嶙峋。自從廿三日，廿四廿五匀。滴瀝破晨夕，泥濘和灰塵。維我與阿季，爾鳴吉三人。下直紅橋北，烟影接黄昏。吉也殊不歡，兀坐忽吟呻。吟呻亦何爲，請試爲子陳。萬類無好醜，對待呈屈伸。無强誰爲弱，無卑誰爲尊。尊卑與强弱，造物豈不仁。而乃與爾汝，少小侍楓宸。出入鳳池畔，宿衛青瑣門。公卿視肩項，五侯差等倫。自顧果何能，中心胡不捫。即今熱河道，謀生多平民。滑滑奔南北，叫呼燥舌[一]唇。爾我坐直廬，相將弟與昆。笑傲促燈火，滿酌東家醇。此意頗不惡，我生寧不辰[二]。秖此殊難得[三]，胡爲轉苦辛。大地如夢幻，醉醒互冬春。

四海一泡沫，萬古此乾坤。弄影爲影弄，滅影爲形屯。自非神仙儔，孰能抉其垠。我醉爾莫笑，我歌爾莫嗔。歌罷檐聲息，聲息疑鬼神。悲哉吁嗟乎，何有乎鬼神。嗚吉嗚吉兮，庶以會吾真。

【校記】

［一］“舌”，《西林遺稿》作“齒”。

［二］“我生寧不辰”，《西林遺稿》無此句。

［三］“祇此殊難得”，《西林遺稿》無此句。

贈蒙又上

志士惜聲名，壯士輕衣馬。賤士無不爲，擾攘都城下。胸中各有營，逐逐未能捨。賢愚雖異儔，物役竟相若。又上清狂人，出處任瀟灑。憐予如弟兄，日久不暇假。豁達吐肺肝，濁醪每共把。上以念朝廷，下以及風雅。感慨涕淚零，激烈音聲啞。[一]大言寧不慙，同調應已寡。寄語素心人，相期死草野[二]。

【校記】

［一］“上以念朝廷，下以及風雅。感慨涕淚零，激烈音聲啞”，《西林遺稿》無。

［二］“寄語素心人，相期死草野”，《西林遺稿》無。

立春後一日二首[一]

東風昨夜來，庭草已含碧。小鳥破晨鳴，胍胍如相識。人情私向背，寒暄錯今昔。物候詎遂殊，去住煩心力。

一春復一春，相代實相逼。東皇者誰子，鼓盪不暫息。大生亦何恩，欲語愧雕餙。庶類苟有託，一身安足惜。

【校記】

［一］《西林遺稿》未收此二詩。

雍正三年欣荷[一]

其　一

蘇松困浮糧，弊政始洪武。小民何堪校，蓄怨增租簿。上稽史臣書，禹貢傳中古。厥田惟下下，九等塗泥土。厥賦六七錯，實賴人工補。地勢無改移，瘠薄久共覩。奈何溷催科，正供寓斤斧。二百八十年，悠悠常疾苦。不見八閩地，嶺海環深阻。蘇屬一縣額，貢金已相伍。加以漕糧艘，十又增其五。不見滇與黔，綿延亘疆宇。眷兹松陵區，蕞爾何足數。寧知一邑租，兩省尚多許。寒暑咨農甿，杼軸空士女。凉法自前朝，抑鬱竟誰語。

其　二

洪武賦已重，永樂加耗連。二百七十萬，吴民苦烹煎。宣德聽周忱，畸零偶賜蠲。新澤施未久，舊澤[二]仍重編。增餉始萬曆，末季遂相沿。反裘負益敝，毳盡難爲氊。皇朝大一統，夏殷監從前。恩深若覆載，輸納羣勉旃。巍巍二祖繼，德音歲自天。賜全與賜半，曠典時昭宣。萬邦均愷澤，豈但吴國沾。循環著爲令，遐邇共熙恬。吴民勤耕鑿，安爾宅與田。寧復懷奢望，敢冀惠我偏。惟希旱潦均，高下同豐年。太平八十載，急公分宜然。

其　三

皇帝御寶極，三載恩波長。豈惟邁唐虞，直欲超羲黄。念此兩郡民,前代苦輸將。内無列卿請,外無大吏章。恩綸下九天,獨斷自乾剛。四十有五萬,億載垂焜煌。吴民喜踰望,流涕翻浪浪。久在幽谷暗,遷喬覩青蒼。塗巷盡歌舞,里社喧笙簧。一朝天語頒,萬户樂無央。宸衷燭蔀屋,大澤沛汪洋。從此力田疇,雨露滋穰穰[三]。從此供炊杵,粳稻倍馨香。紛紛耕饁輩,顔色增輝光。禾麥生嘉穗,雞犬識豐穰。回思協風初,天文示休祥。二曜映五星,珠玉燦紫閶。何期萬國瑞,先兆湖山鄉。

其　四

微臣奉旬宣,龍飛歲之首。頻年歲事歉,閭閻靳升斗。今秋雨暘和,比户歌大有。穗滯棅還遺,玉粒黏箕帚。臣嘗巡隴阡,一一徧擊扣。天人境渺茫,此理爲吾剖。愚民跪陳詞,頌聖不去口。往時賦未減,支左或絀右。方將集公門,何由力南畝。自蒙聖主恩,夜卧快舒肘。朝光起荷鉏,耘耔直到酉。畇畇百萬區,秩秩十千耦。老弱益加歡,婦子不相詬。但言天和降,寧識主恩厚。水深魚自肥,林茂鳥愈彀。聞兹父老[四]言,北望爰額手。微臣駑鈍姿,牛馬供奔走。錢穀實專司,所期百物阜。倉箱既盈寧,風化自長久。循循方岳班,庶幾免瑕垢。願傾葵藿忱,與民祝萬壽。

【校記】

[一]《文蔚堂詩集》題後有小序:"皇恩特免蘇松浮糧四十五萬恭紀四章。"

[二]"澤",《西林遺稿》作"額"。

[三]"穰穰",《西林遺稿》作"瀼瀼"。

[四]"父老",《西林遺稿》作"老老"。

贈法中丞

齋閣閉寒雨,文書散香烟。何期郇公雲,飛墮來江天。始披色生動，久繹神纏綿。迴君萬里風，置我千仞巔。我夙忝禁近，耳熱推才賢。門第切閶闔，心攀[一]足不前。朅來江湖間，欲罷詩書緣。金穀但在眼，襟裾日隨肩。履坦矢自直，懷恩火常然。每憂道孤危，遑計身騰騫。喜君銜命至，冰鏡高堂懸。内作天腑肝，外爲士陶埏。雪巘獨挺拔，寒松寧棄捐。應聲非附和，執弭慙周旋。方當新[二]休明，皇路行平平。敢辭操弱楫，從君濟長川。

【校記】

[一]"攀"，《西林遺稿》作"拳"。

[二]"新"，《西林遺稿》作"世"。

抵平越縣

已度葛鏡橋，更訪高真境。月桂露華滋，石盂水清冷。不見邋遢人，巉巇駐飛影。

壽桐城張相國

湛露曉瀼瀼，黄花標令節。嘉會及芳辰，杯斝同高潔。祝詞戒溢美，惟公實上哲。譬彼筵中羹，淡旨兼清洌。譬彼盤中璧，温粹兼冰雪。禁闥垂十年，尺寸無遺缺。世德鍾嘉祥，小許逞秀傑。紫極會瑶光，此事應奇絶。佳話播古今，馨香被同列。緊余本凉薄，滇黔濫節鉞。奉敕備綸扉，相對日親切。黽勉隨步趨，朝夕勤補綴。深愧芝蘭交，懿美心相悦。風度仰前徽，榮光重閥閲。維帝念師模，崇祠褒世烈。忠純接後先，萬古無比轍。龍文焕天章，朗如日初揭。私心祝且慶，敢復惜離别。願公壽而康，永媲稷與契。

恭讀御製心遠閣秋眺示大學士及南書房翰林詩敬賦

澮洍玉泉清，岧嶤瓊閣峙。九點俯神州，一氣通天咫。來游及幾暇，臨眺抒妙理。睿豫有遐襟，帝歌無凡旨。是時秋已深，林巒絢朱紫。風壑答鏦錚，霜華披靃靡。延賞豈不佳，宸衷獨遥企。地勝周卷阿，道嚴商顧諟。民情慮鬱湮，國是或臧否。即事示遠思，流詠乃斐亹。圓蓋日一周，乾德純不已。定知照重離，匪徒瞻百里。矧兹行苑名，研揣良有以。衆動静爲根，太清明無滓。靈臺泯纖塵，虚室澄止水。黈纊資返聽，凝旒貴内眎。燭隱及蔀檐，貽謀媲豐芑。仰闚日月光，心遠庶在是。堯欽而舜恭，后先真一揆。敕命愧載歌，矢詩敢竊比。

三場試畢檢閱從此始矣述懷三百字柬同事諸君子[一]

乾隆歲壬戌，二月舉賓薦。再命領春闈，惕息增驚憚。自維荒落姿，學植無偏擅。況乃衰病牽，心摇目昏眩。聚奎仰高堂，旁求殷秘殿。持此衡量才，奚翅夔咎讙。所賴同事賢，深感皇情眷。巨眼推老劉，汪仲並高選。分校十八人，一一瀛洲彦。學優行尤方，力充才不衒。流派窮淵源，元音審正變。推是足經綸，何有於摩研。念兹復聽然，手脚忽欲旋。從來科目場，功過常居半。毦毲餙風標，鹵莽矜月旦。論文貌雌雄，憎命形歡歎。渠伊寸晷長，余吾五色眴。得人良獨難，失者孰稱善。願言體誠求，有祇殫心辦。中不中云何，無然乘懈倦。文章品類殊，穠妙各真贋。拙樸合離奇，穠華併孤幹。或瘦而温腴，或短而精悍。但令氣味存，妍醜皆生面。可畏非人言，人言等諧諺。凡百瑕與疵，吹求自躬先。惟虚明斯生，惟明公斯現。虚明兩或虧，一公詎能判。無心以爲心，見見原非見。勖哉熨帖平，庶以答恩盼。

【校記】

［一］《西林遺稿》未收此詩。

湯泉東偏有寺，寺僧皆肉食，問之殊有愧色，詩以寬之[一]

大千紛如蜎，同是火宅僧。得皮與得骨，能者終無能。何須别三身，底用持五戒。不信問盧師，且喫肉邊菜。

【校記】

［一］《西林遺稿》未收此詩。

德太親母八十壽詩[一]

古詩冠二南，閫德十八九。王者育萬邦，閨門風化首。公卿大夫家，尤人所推右。天予内行敦，寧靳錫之壽。冬卿開國裔，相識卅年久。始與卯君善，遂於髯也厚。蚤暮互招尋，常常見阿母。重以秦晉姻，女姪備箕帚。巾櫛從寢門，提携及孫婦。儀範實稔聞，匪藉他人口。緊母初來歸，生長襲富有。翁性殊曠恬，碎務等芻狗。甘旨七鼎鬺，藥餌劑舂臼。怡顔奉老姑，居侍行將肘。伯氏從遠征，翁爲儲糧糗。大半脱簪珥，自内達翁手。殷勤撫諸女，不落已出後。親串木李投，一一報瓊玖。凡屬母能賢，總成翁孝友。邢譚宗黨傳，鍾郝音微耦。訖今八十載，禮施而德守。矧乃家教嫺，義方資善誘。子成天下材，爲國之柱料。丸熊與畫荻，佳話同不朽。孫謀又復良，驊騮展抱負。方今道化隆，里多黄髮叟。母也應時運，大耋豈云偶。六宫待女師，一人崇鮐耉。賜以芳規篇，“彤管芳規在”，御賜詩中句也。光彩耀星斗。嘉辰近重陽，晚香爛庭牖。家慶初筵開，賓朋介春酒。驩譁動慈顔，聽然問誰某。顧我無母人，凡百安粗醜。羨歎綵衣斑，樂事可能否。懸弧憶庚申，獻壽逢乙酉。九月六日。長言當嘏詞，才拙意非苟。

【校記】

[一]《西林遺稿》未收此詩。

恭和御製聞近京一帶得雨喜而有作元韻[一]

虞帝昔巡方，負圖呈芝泥。龍祥雖云叶，寧如嘉禾滋。我皇念歲功，丁癸占偶奇。敬勤彌夙夜，普覆洽物宜。屬當翠華東，秋郊動憫思。行李畏塗潦，膏潤切農時。萬衆非一心，稱心詎易施。不謂高高天，因應若低垂。京畿解澤下，候甸浹恩私。長塗無霑濡，陽和轉媚兹。大造意難量，盛德美自貽。雨暘兩如願，更望三白期。逮此來牟詠，譜入迎鑾詩。

【校記】

[一]《西林遺稿》未收此詩。

恭和御製憂旱自咎古十六韻

民有不逢年，君無或罪歲。金木異饑穰，氣候古難記。吾皇如天仁，曰惟一身累。解慰鄙虚談，婞婀儆職司。緬兹稼維寶，安危實有[一]寄。白從冬徂春，雨雪希能致。望望夏之秋，百不當人意。聖慮周四方,丁癸籌先備。罄廪愜民隱,極睇覘雲瑞。矧當郊與畿,遐邇心所繫。睿覽一以親,軫念彌難置。安得[二]膚寸來,瞬息驅屏翳。油然萬物蘇,飽飫麥禾地。憂惕感誠德,沴忒訟愆戾。愧切爲霖資,調爕者何事。退食重徬徨,寢興失常次。

【校記】

［一］"有",《西林遺稿》作"攸"。

［二］"得",《西林遺稿》作"能"。

恭和御製秋夜泛湖賦唐文皇爽氣澄蘭沼之句得詩五首元韻

其　一

既雨晴自佳,方秋氣初爽。向夕景尤清,流覽森緯象。波緺月迴舟,雲來山蓬萊亦曰雲來。對掌。遥邇入空明,水天一俯仰。

其　二

長夜宴云何,懸珠須亥既。珠如不可求,遊賞還曾未。愛月與愛珠,此情無賤貴。即夜即秋湖,會者增道氣。

其　三

滉瀁霄光澄,霏烟净如凝。宛來天上坐,泛此一輪冰。泉石何足娱,蓬瀛安所勝。了了人境奪,彼岸窺先登。

其　四

紅衣纈黄螺,白鷺移碧灘。秋水永蒹葭,玉藻分[一]芝蘭。五字燦華星,萬象臚殊觀。嗟彼夜遊曲,何徒泥悲歡。

其　五

深澤懷溟池，勝跡緬靈沼。平湖接高天[二]，弦月度禾秒。朗朗如畫圖，一一涵皛了。含豪思同光，大地山河皎。

【校記】

［一］“分”，《西林遺稿》作“芬”。

［二］“高天”，《西林遺稿》作“遠天”。

恭和御製泛月有作元韻[一]

霽色團秋光，蓮葉繫修渚。明鏡浩無邊，纖翳渺何許。放舟舟盪霄，瞰月月翻浦。清曠坐延襟，煙霞互爲侶。水天下上間，鳧雁亦吾與。皇哉今古情，聖作萬物覩。

【校記】

［一］《西林遺稿》未收此詩。

題西湖花友課孫圖

我友衡山氏，佐掌邦之憲。承督八郡學，事竣還京甸。從容一過我，語次發喟歎。自言筮仕來，常懷將父願。父性愛湖山，徜徉蘇堤畔。年來諸孫長，課誦自忘倦。教兒切無歸，力圖答恩眷。古人一日養，不以三公换。顧我何爲者，廿年事遊宦。倩工貌近狀，客邸作依戀。因屬題其端，行爲老人獻。展卷接君子，德容洵粹善。雙桐蔭古石，秋荷竟長岸。遶膝見蘭芽，珠玉相輝焕。知翁積者厚，食報應無算。有子夔龍班，孫會虎豹變。於翁未足多，所欽足世勸。天與脱羈羈，名山業獨擅。

彼蒼存碩果，何論潛與見。我亦鬢雙皤，披圖愧且羡。

七言古詩八首

閏四月十五日喜雨[一]

三吳長夏風披猖，經月無雨愁驕陽。身爲方岳寄民命，潛引湯火煎中腸。籲天祈神典禮舊，晨朝寮寀羣趨蹌。卜月之吉匍匐始，微誠敢必通穹蒼。是日曉色變凄緊，侵尋午景成摧[二]藏。山雲油油覆城郭，江雨颯颯吹軒堂。初驚高檐懸數丈，漸喜中庭積一方。我時公退未暇食，[三]恍援北斗吞天漿。隔牖已覺目開朗，巡階自訝神飛揚。病身却坐默歎息，詎有感召來倉皇。憶從去秋銜命至，正當久旱罹凶荒。補救有心起溝壑，拮据無術盈倉箱。冬春荏苒饘粥給，竊幸比屋無流亡。眼看薄俗欲移易，其奈沉痼迷膏肓。粉黛流連徧初地，歌管雜沓交歡場。六博潛蹤學鬼蜮，四郊攘臂多豺狼。從容我但用文告，狡猂爾自求桁楊。雷霆既震勢小定，事與霖雨寧相妨。深閨咒咀市兒詬，怨氣共説騰天閶。人情向背本難一，帝心降鑒安可量。今朝畢禱得大霈，一洗萬口諸昏狂。暮燈既明聲轉急，勢欲穿屋侵匡牀。呼兒出酒勞賓佐，酒氣與雨争淋浪。興酣不寐向丙夜，蛟龍暫與收鋒鋩。沉憂頓豁生遠思，馳夢已到彤墀傍。擬追賀雨才力薄，况今官守非詞章。聖主精誠與天合，垂意南國崇農桑。旬宣報稱首何事，所期年歲恒豐穰。化民成俗可次第，頌聲謗口俱荒唐。待呼大舶具鐃吹，出觀四野青茫茫。

【校記】

［一］《西林遺稿》題作"吳門閏四月十五日喜雨"。

［二］"摧"，底本作"推"，據《西林遺稿》改。

［三］“我時公退未暇食”，《西林遺稿》作“喜心翻倒不暇食”。

題茶坪書屋圖

我披茶坪書屋圖，茶坪茹荼荼如薺。平生我亦茹荼人，披圖未竟先流涕。茹荼辛苦有誰知，天荒地老心含悲。君甫十四痛失怙，予亦多君無幾時。菜根自嚼冰自飲，悠悠逝者無還期。門人已廢蓼莪什，好友忍讀茹荼詩。君有文章妙天下，却解朝衣傍桑柘。右軍性本愛林泉，向平願只終婚嫁。結來老屋兩三間，自署茶坪甘息駕。笑我勞勞逐簿[一]書，何若嚴陵視侯霸。憶昔同看桂苑花，分岐南北長咨嗟。蘭陵古道一把手，弟兄會面真天涯。感君話我爲官苦，嚙蘗餐蒿强撑拄。那知高卧北山人，亦復茹荼同老圃。兩載吳閶逐斷蓬，同袍同澤聯飛鴻。今將脂車適粤嶠，惆悵雲水稀郵筒。回頭笑語茹荼者，舌本回甘倍瀟灑。一卷新詩幾帙封，總於舌[二]處供抒寫。我行君餞酒莫沽，但須分我盤中茶。嗚呼！但須分我盤中茶。

【校記】

［一］“簿”，《西林遺稿》作“薄”。

［二］“舌”，《西林遺稿》作“苦”。

恩樂縣歌

星連井鬼古荒服，蒙氏自王詔分六。馬龍他郎甸殊名，通呼者島夷所熟。更爲猛摩隸銀生，阿僰據之蒙日蹙。終唐迄宋六百年，蒙亡段繼那能復。元至元間轄元江，阿哀阿羅歸簿録。初授軍民長官司，蒙統蒙魯世夷目。洪武内附仍頭銜，者樂甸邑比湯沐。來者木版賜姓刀，户領幾千丁蕃育。祖孫父子十七傳，我朝四代歸臣僕。雍正丙午清邊疆，順者安恬逆者戮。萬寨百蠻皆傾誠，仰識天心聯斗獨。聯斗，刀氏之後。精悍由來是健兒，銜璧牽羊頫首伏。只求改土署流官，不愛腥羶愛薄粥。上章代奏達天門，榮頒官帶九品禄。升甸爲縣賜嘉名，詔傳恩樂人争讀。縣衙恰對文筆山，地脈受自碧松麓。松濤拂几筆陣雄，遥望一峰賽雞足。三字山名。繡嶂重圍似屏扆，山名。老梅山名。横出凹巴腹。夷呼老梅山爲凹巴山。霓旌炫日三家坡，立營於此。軍容壯麗邊聲肅。景來水名。河源自景東，哈噜嚕三字景東水名，魯馬所出。鞭魯馬水名。瀆。浦麻托寫二水名。出鎮沅，七鄉田疇同霑霂。漢人不及夷人多，分爲五種别其族。一種擺夷刀姓繁，性喜憑高居重屋。稱父爲爸母爲咩，艾男葉女相呼逐。衣著多與漢人同，偏好花巾頭上覆。女子綰髮青幅纏，短衣綫帶羞綺縠。端重整齊愛桶帬，翻嗤紈袴太澀縮。婚盟亦藉媒妁言，茶鹽通好兩姓睦。用茶鹽薑糖等作聘。催縫布袋賀新年，抛擲空中迓百福。六月廿四光燭天，燃炬鬪火雲烟矗。剁腥醢肉劇相呼，何必繁[一]絃勞絲竹。家家好鬼不信醫，吉凶疾病無須卜。也教子弟學讀書，但願留淳化其樸。一種蒲蠻似擺夷，譬如五穀穜與稑。若非黝黷面目殊，直欲指馬呼爲鹿。一種窩泥好樓居，屋角開門何跼蹴。王曾田畢與劉彭，方之漢姓無差繆。蓋頭四角綵綫垂，一方青布人何淑。别嫌亦惡同姓婚，親迎遠避蟲蛇值。始喪殺猪復砍牛，孝子心悲腸轉轂。媚朋入山木作槽，舉室哀吟向槽哭。筮日殯之葬山阬，忍效貍首歌登木。近日雅聞絃誦音，曲跽延師詩入塾。一種古棕性格懸，不耕水田種山穀。巖棲嗜酒訪街期，扶醉歸來喜可掬。佳人辮髮不横釵，笑殺簪珥藏妝簏。納聘納采銀與牛，歌跳吹笙傾百斛。却嫌牀蓐高生寒，環火同眠儉且燠。亡者既焚骨不收，撮土低埋嗟何速。一種猓玀豪姓誰，羅馬張楊比潘陸。山居不愛石作牆，環以木塊周四隩。牛豕滿欄雞滿栅，體肥骨細工牲畜。麻苧宜凉羊皮温，世間那怯有寒燠。閨中慣喜著長衣，裙穿百摺拖六幅。束髻懸彩類窩泥，冰上老人往而復。門外青青高結蓬，肥肉多煮酒多漉。新婦蓬下會佳兒，携手跳歌心轣轆。俗尚巫鬼構松亭，搖旗吶喊同尸祝。屋後喧闐屋前聞，宰殺犬羊等雞鶩。屍燒形化骨不銷，貯以罌瓶葬崖谷。結茅忽又向他山，啟瓶别擇踴躍築。天生夷猓各不齊，風猶近古渾樸邀。仁義禮智忠信鄉，六鄉名。願汝同心歸雝穆。勿須學劍但讀書，要知賣刀去買犢。讀書耕田享太平，恩樂無疆子孫毓。作此好歌敬聽之，什襲以珍藏之匱。

【校記】

［一］"繁"，《西林遺稿》作"管"。

生子歌贈黄子長觀察[一]

螺江老蚌出明珠，滇池神馬産名駒。觀察五十生男子，郎罷阿囝懽稱呼。一試啼聲辨骨格，賀者填門塞街陌。三朝筵罷宴重開，我來補作湯餅客。登堂致喜太母嬉，大兒之兒兒絶奇。不效衮衮公侯祝，勖哉積善皇天知。

【校記】

［一］《西林遺稿》未收此詩。

八月八日小集倚松書屋，庭畔碧桃樹重放兩三枝，花爛漫穠麗復不減春前，時金子軼東初偕曾貫之回滇，殊慰老懷，不禁色喜，因泚筆寫數十字用似軼東並示蔡魏公諸君子

學堂書老閉秋苔，青竹紫竹倚松隈。掃徑鋪筵欵二妙，忽覩千葉桃花開。桃花舊是仙源樹，倩粲方春一時足。含笑不借東風榮，栽培

詎有王瓊術。重來乍見莫須疑,早華晚華理亦齊。藏煇署東園額名。菊桂正堪賞,還擬延引凍頗黎。

憂　災　行

二年丁巳夏不雨,偃禾灼地暍如煮。小暑豐注徧京畿,快比清風去大暑。胡然泱漭滑霡霂[一],倒井立海連朝昏。蘆溝堤潰渾河溢,登陴不辨莊與村。猪龍怒吼奔豕鹿,混混滔滔泥萬斛。聞説廬舍半漂沉,人且爲魚安問穀。自來水旱促饑荒,二者駢至識天殃。願乞矜恕蚩蚩甿,我作宰相合身當。

【校記】

[一]“霂”,《西林遺稿》作“霪”。

恭和御製瀛臺木變石歌效李長吉體元韻

苑西岑崟何盤盤,呀雲豁霧翔胎仙。鑱青削去芙蓉顔,花潭灤互層隥連。沆瀣一氣散碧烟,瑶卉玉蕊皆鈞甄。中有異木紅椒巔,下蔭芷若蘼蘅蘭。爲堅多節艮少男,蒼蒼摩漢軋厚坤。荒忽變幻超常倫,皴色斑駮霜皮昏。石林羅立其兒孫,虬停鳳翥狻猊犇。作鱗之而蟠古根,一雨微洗青苔痕。想當拔地枝樛卷,曦煦露沐相新鮮。長離五色來棲眠,森梢挂月横天錢。啁啾翠羽翾飛翩,團蓋倒影清泠淵。殊形狡獪始何年,扶輿鬱積閟化權。生成凝泐司諸天,志怪豈必譌烏焉。不比櫟散依叢壇,棄等礓礫蒙矜全。拏空攫峙無差肩,疑移鰲柱飛瓊田。支機欲泝浮查源,蓬萊左股兹焉存。非山骨瘃非蔓援,雪沁溜蛀霞腳穿。河沙閲世逾鏐堅,六朝松石安足論[一]。葛陂叱竹神揮鞭,陋儒少見恒拘牽。平泉三品驚瓌觀,壺中九華徒鯢桓。天章錯落珠璣繁,手攀若木封泥丸。媧石璘彬緯芒寒，濡水不沉火不然，禹碑孔檜同流傳。

【校記】

[一]“論”，《西林遺稿》作“倫”。

恭和御製題王諤豐年農慶圖元韻

覆車黄雲交碧落，萬井驩騰動寥廓。手鐮腰索齊登場，孰辨環山與帶郭。童犢喫喫老牸閒，溪棱塍塾聽潺湲。廣糧門下無一事，墉崇櫛比相間間。賽神報社互稱壽，割肉在手歌在口。由來膏澤多豐年，大布新衣矜富有。挑菜兒歸女下機，渾家飽飯喧通闤。此圖此境[一]頗難覩，宵旰側窺披詠時[二]。

【校記】

[一]“境”，《西林遺稿》作“景”。

[二]“時”，《西林遺稿》作“詩”。

贈方望溪[一]

六經治世非土苴，幾人津逮闚垠涯。古來聖與不傳死，詞林文苑徒紛拏。博物但解辯鼮鼠，拶神或詫名騶牙。心井偪塞航斷港，銀海掉眩生狂花。此曹正坐讀書誤，矧餙經術文姦衺。眼中望溪我老友，金天華岳開谽呀。崛起江介鋭復古，磊落詎肯箋蟲鰕。弟子牆進奉劍珥，抨彈不惜鐫纖瑕。説經鏗鏗究終始，尤於三禮咀其華。曲臺石渠巃嵸午，唐疏漢注蓬扶麻。羣書擁棟自穿穴，下簾每聽更三撾。方今重輪陛下聖，五緯順序曜帝車。致君堯舜誠有術，許身稷契非高奢。天地人祀各適職，往諧秩宗帝女嘉。惟寅直哉恭朝夕，詔兼書局肆羅爬。吾衰舊聞苦荒落，安冀邃密商量加。間送一難輒肯可，投報謂等瓊李瓜。聽直古人原不易，兩獄之辭無私家。姚姒上溯下閩洛，青鏡恐食妖蝦蟆。豈要千載祠高朕，寧望一世登羲媧。所期經學適時用，瞑坐矐若翻金雅。委蛇退直間過我，劇譚恒瀹頭綱茶。倏閒依然兩舉子，相眂一笑無啾譁。張蒼伏勝曁轅固，經儒往往臻耈遐。朝廷會行乞言禮，洗爵君其斟流霞。

【校記】

［一］《西林遺稿》未收此詩。

昭陵石馬歌恭和御製元韻

行天維龍御飛霞，行地維馬周天涯。開張卓立須駕馭，豈獨巡遊西海騰渥洼。千金市駿世希有，美名徒掛涓人口。自來房駟無虛生，六轡乘時應乾九。聖朝啟運戰與農，輟耕[一]調馬羣摩[二]弓。文皇雙馬特超絶，騊駼騄駬堪齊蹤。扶輪夾轂開天下，天下從茲集純嘏。[三]叶。至今斲石傍昭陵，始信人間有神馬。雲臺烟閣銘功宗，策勛此[四]馬將毋同。在天之靈憑陟降，嘶隨列缺追豐隆。吾皇鼓車方記里，萬仞塞垣消壁壘。金鰲長見鞏如山，石馬何由汗如水。留都展禮朝翰屏，鸞旗照影遼河清。待翻樂府歌天馬，佇看馬負圖出龍祥徵。

【校記】

［一］“輟耕”，《清詩別裁集》作“秉耒”。

［二］“摩”，《清詩別裁集》作“雕”。

［三］“扶輪夾轂開天下，天下從茲集純嘏”，《清詩別裁集》作“艱難馬上得天下，累洽重熙集純嘏”。

［四］“此”，《清詩別裁集》作“山”。

文蔚堂詩集卷二

五言律詩

陪德松如侍太翁住西園感賦即呈松如

以爾金蘭契，親情不具論。登堂拜阿母，携杖侍而尊。老健無前輩，飛騰起後昆。隨行憶先子，忍淚過陵[一]園。

【校記】

[一]“陵”，《西林遺稿》作“西”。

秋日西園蒙又上有花静得開遲之句喜而有贈

右丞不可作，五字阿蒙詩。遲暮憐秋水，風懷怯柳枝。忘情緣静理，隨分值明時。便與庭花似，花開亦此期。

秋八月吴子瑞來京邀同蒙又上、德松如、家季正並王踵息、張野鶴、沈鷗亭、李伯農諸清士東廂小集、同賦用仙字

黍谷來幽客，琴臺下列仙。佳期如有待，好事定誰傳。詩骨經秋

老，塵緣入道捐。一金謀易得，未便惜華筵。

秋雨連日聊短述[一]

秋雨幾時歇，秋風任所之。芙蓉寧有恨，蟋蟀汝何知。啾唧從人慣，飄零向水痴。一燈殘影在，應見此吟詩。

【校記】

[一]《西林遺稿》未收此詩。

述懷柬蒙又上

阿昌堪作賦，阿敏恰能詩。兩字三字對，阿倫亦復知。衆稱如女[一]子，私許是男兒。此意何從著，應須問阿師。

【校記】

[一]"女"，《西林遺稿》作"四"。

獨酌遣懷[一]

散髮西窗下，輕陰上薜蘿。愁來憐病小，老去憎詩多。燕燕營巢入，猩猩趁酒過。誰應共杯醆，聊復喜微酡。

【校記】

[一]《西林遺稿》未收此詩。

對竹

果否能醫俗，北窗有此君。微風憐瘦影，疏節帶斜曛。生事爾何補，平安我自聞。舊時浮動意，慚愧説凌雲。

大雨連綿泥濘没膝，間日一直班奴輩殊有難色，退食餘閒作此自遣

暑至頻思雨，雨多轉憶晴。人心有差别，天意本生成。避漏收衣坐，衝泥勒馬行。僕夫休怯出，班劍爾還榮。

次韓師召感懷韻[一]

殘月秋山小，微凉逼夜清。忘時皆樂土，黏處即愁城。多病饒生趣，不才稱世情。百年消受地，那得謝浮名。

【校記】

[一]《西林遺稿》未收此詩。

秋窗微雨，意興殊佳，忽索逋人至，剥啄不休，潘十老良有以哉，因作詩自遣

未是重陽近，催租客到門。滿城自風雨，獨坐信朝昏。瀨女千金報，王孫一飯恩。古人不可作，惆悵欲奚言。

富景韓見過因以詩贈

秋色閉[一]門静，夕陽庭樹高。慣來忘客主，興至薄官曹。物議慵疏得，時名職役勞。人生行樂地，能不惜顛[二]毛。

【校記】

［一］“閉”,《西林遺稿》作“閒”。

［二］“顛”,底本作“巔”,據《西林遺稿》改。

雁

北渚寒沉曉,南山暖破秋。憶經紅葉寺,漸滿白蘋洲。矰弋寧堪卜,飛鳴不暫休。瀟湘輕萬里,愧爾稻粱謀。

獨　　客[一]

獨客少言歡,畏人鎮閉關。枝禽不歇宿,籬犬亦清閒。番貝愁遠理,陰符喜更删。坐因禪思懶,小立對寒山。

【校記】

［一］《西林遺稿》未收此詩。

雨後又上過東廂問病兼贈詩因次韻三首

其　　一

好雨能留客,殘春慣惱人。頻來憐絮影,懶去悼香塵。消瘦緣何事,清狂會有因。暫憑小疾候,翻稱是閒身。

其　　二

東閣偷閒客,西街縱飲人。暫過還共酒,小住不隨塵。天上神仙訣,人間福禄因。誰知歡笑裏,細術恰謀身。

其　　三

三萬六千春，東西南北人。誰能閒對雨，共此坐聞塵。芍藥離魂影，芭蕉入夢因。知君窺妙諦，應念宰官身。

宿真空寺東蒙又上二首

其　　一

古道黄塵滿，春溪碧溜乾。鳥棲雙樹晚，客至一燈殘。斷碣悲窮子，聯篇記妙翰。定知蒙又上，小夢亦闌珊。

其　　二

一榻禪棲穩，三更佛火新。披衣隨月影，倚石認松鱗。兔角曾何處，牛車自有輪。不須尋妙理，同是暫來人。

三月二十一日雨

一春久不雨，春盡雨霏霏。花藥霑應遍，桑田潤亦微。後時憐物候，隔夕念風威。上馬回休出，羣方惜錦衣。

荷花納凉次韻[一]

何處覓清凉，隨風過藕塘。紅花凝曉露，碧葉破微香。波底窺仙子，亭前認六郎。一杯閒放在，慚謝爾斜陽。

【校記】

[一]《西林遺稿》未收此詩。

秋日同德松如遊怡園[一]

西墅尋幽趣,松如山莊村名。名園挹秀來。閣名。地緣丞相貴,花爲旅人開。野色團秋影,晴嵐抱露臺。憑欄須有作,莫信夕陽催。

【校記】

[一]《西林遺稿》未收此詩。

常謝庭久不至作詩戲柬[一]

離舍方三里,裁書斷一行。鄙人仿杜老,小意怪韋郎。舊例貧兼病,恒言瘦並狂。出門尋契好,肯便過茅堂。

【校記】

[一]《西林遺稿》未收此詩。

南營山房紀興

卜築倚重巒,雲霄迥欲攀。開軒平對月,入户小登山。雞犬紅塵隔,牛羊碧落間。薄寒酬短景,隨意擘烏蠻。

大東門聞蛙[一]

瞠目窺長岸,潛身附短籬。鼓吹纔半部,跳躍不經時。晴雨獨煩卜,公私兩莫知。天池多怪物,何用汝曹爲。

【校記】

［一］《西林遺稿》未收此詩。

直宿東門偶成

翠羽簪冠好，山莊直宿頻。那知看劍客，仍是讀書人。藥裹閒中課，荷衣夢裏身。錘峰夕照滿，何處覓前因。

由熱河將往禁狗屯途中感興

已自離鄉井，西風更此行。迂疏輕碎務，勾當問前程。背嶺奇峯出，穿雲一雁横。放懷借杯酒，茅店有餘情。

即夜感懷[一]

天風吹木末，檝檝動寒聲。獨客緣秋景，重陽感舊名。拈詩殘燭换，呼酒小童驚。亦有家園夢，棲棲古塞情。余素不思飲悶輒謀醉。

【校記】

［一］《西林遺稿》未收此詩。

塞上重九二首

其　一

塞上看重九，凉風撲面來。葉紅山更老，沙白雁初回。落帽真成笑，題糕舊不才。故園殘菊滿，曾否向人開。

其　二

南山殊可愛，陶令自來賢。短髮逢今日，寒花憶去年。夕英餐未得，潭水事空傳。争似京城雨，茱萸對惠連。

懷來道中感事二首

其　一

罡風裂地軸，災異紀平陽。復此沙城店，遥連土木鄉。千門無半堵，十族只單行。痛定還思痛，瘡痍未忍忘。

其　二

坤維曾不奠，旱魃更成災。斗粟千錢值，田禾一望推[一]。流亡兼老病，黎黑到童孩。獨有神明宰，官衙日酒杯。

【校記】

[一]“推”，《西林遺稿》作“摧”。

土木堡有感正統遺事

事去羣争惜，完歸益可傷。元戎朽戰骨，舊閹[一]刻沉香。遺恨吞朱水[二]，緘情弔白狼。從來興廢地，祇合問蒼蒼。

【校記】

[一]“舊閹”，《熙朝雅頌集》作“凶寺”。

[一]“水”，《熙朝雅頌集》作“火”。

獨　樂　寺[一]

夕影下城闉，精藍隔世塵。大悲仍是幻，獨樂定何因。舍利晨燈散，蓮華妙相陳。不堪訊往事，惆悵宰官身。

【校記】

［一］《西林遺稿》未收此詩。

自　　歎

四十不聞道，吁嗟男子身。聰明非令器，耳目感洪鈞。各瘦憐諸弟，長貧愧老親。無能念家國，愁絶一沾巾。

嘉平月初一日雪[一]

著樹瑶光燦，迎人玉影開。六花應二氣，一理竅三才。林白烟長静，寒多春漸回。塞禾應有象，瑞兆契宸懷。

【校記】

［一］《西林遺稿》未收此詩。

寄示昌敏二姪

四十不爲少，年來覺更癡。好藏高士傳，莫讀老夫詩。鵬鶚飛應早，驊騮足恨遲。兒童須努力，冠珮及明時。

侍衛有尋鷹不得者詩以記之[一]

臘月八溝路,坡前野雉肥。却看鷹乍放,已見馬如飛。黄絆覓何處,白翎望漸微。著鞭向南北,回首任斜暉。

【校記】

[一]《西林遺稿》未收此詩。

柬蒙又上

日高眠不起,安穩閉荆扉。顧我元何事,如君近亦稀。呼兒出濁酒,看婦補寒衣。曾記通人語,榮華有是非。

又上和詩因更用元韻[一]

籬犬吠寒影,蕭蕭雪打扉。眼中忙事少,門外樂人稀。世界輸窮子,天工老布衣。一樽謀易得,生計未全非。

【校記】

[一]《西林遺稿》題作《答又上》。

除夜仍用前韻

守歲憑兒女,黄昏早閉扉。榮華閒日少,辛苦達人稀。柏葉勤添火,棉花厚絮衣。不須待五十,四十已知非。

十四日雪暢春園直廬有作[一]

萬里窮陰合,千山積雪平。邊兵殊可念,釣叟爾徒賢。剪燭頻叉手,拈杯試聳肩。誰能共佳節,相對惜華年。

【校記】

[一]《西林遺稿》未收此詩。

十五日大雪夜坐有懷德松如並柬蒙又上[一]

簾外春寒否,牀頭絮影連。一樽酬令節,五字憶新篇。燈火千門合,烽烟萬里傳。定知蒙又上,此會已高眠。

【校記】

[一]《西林遺稿》題作"元夕大雪有懷松如並柬蒙又上"。

和蒙又上醉中放言二首

其　一

豈獨龐居士,維摩亦有妻。鋤經齊白首,炊黍佐黄雞。世路防狐鼠,愁城罷鼓鼙。不須歌進酒,自要醉如泥。

其　二

人事如朝露,哲人浥[一]目前。榮枯應自取,苦樂本相連。過去憂埋地,儻來笑破天。功勞眠食裏,塵世此登仙。

【校記】

［一］“浥”,《西林遺稿》作“觀”。

有懷六弟隨征感賦四韻[一]

萬里輕胡虜,羣公意獨深。王師寧有敵,頑寇舊難尋。烽火高堂夢,馳驅少弟心。何時應罷戍,相對一開襟。

【校記】

［一］《西林遺稿》未收此詩。

西　園　作[一]

暮雨真空寺,西風楊柳灣。暫來此信宿,相對得清閒。白版青鐙裏,紅花緑酒間。從誰説恨事,殘月墮秋山。

【校記】

［一］《西林遺稿》未收此詩。

園居晚過天仙庵問僧古月二首[一]

其　一

欲投金粟界,暫過石橋西。壞道啼山鬼,荒墳竄野鼷。鐘聲聽處得,樹影望時迷。不有前溪路,何從覓虎蹄。

其　二

笑我爲官在,聞師説偈頻。到門溪月上,拂樹葉聲匀。梵貝泥經字,蓮華障佛身。何來是妙諦,一爲證吾真。

【校記】

［一］《西林遺稿》未收此二詩。

中秋日得六弟甘州信

一札自甘州,離情訴上頭。開緘圓對月,望遠闕登樓。鐵甲荒城戍,刀環古驛秋。清光思萬里,兒女亦添愁。

書西園壁二首

其　一

不負東堂約,提携問小蠻。荒村圍老樹,秋色静柴關。詩憶羣公在,人憐隔夜還。偷閒猶未得,那得便長閒。

其　二

自以拙名宦,羣言腐是儒。無聞過四十,多願飽艱虞。學道勤奚補,肥人計早迂。興懷謝徵士,吾亦愛吾廬。

答蒙又上[一]

阿蒙清狂客,白眼看皇都。裘馬憐同學,詩篇稱老夫。直今思放浪,鎮日任糊塗。此意應誰解,漆園方據梧。

【校記】

［一］《西林遺稿》未收此詩。

書　　懷

員外[一]秩五品，自信是微官。豈不懷安堵，終令耻素餐。酬恩七尺賤，畫策一籌難。未忍拂衣去，蹉跎愧懶殘。

【校記】

［一］“員外”，《西林遺稿》作“忝叨”。

三月十六日南亭即事

雨滴雲垂黑，風飄日漏紅。微官矜物候，幽恨觸田功。盜賊良民裏，衣冠小吏中。誰能將赤子，辛苦達高穹。

有以余迂拙忤俗，不務生理，呼余書生者，余本書生也，既自責亦復自辯[一]

其　　一

能事爾何有，蕭蕭鬢已絲。書生原自許，閣老更相知。一拙儔人內，長貧達宦時。行年過四十，余亦厭支離。

其　　二[二]

亦有逢時技，隨人問稱宜。賭棋輸一子，泥客引三巵。舌在長緘口，雄望祇抱雌。公門期老輩，耐唾是良規。

其　　三

家世懷東土，門庭感舊恩。香貂侍天子，肉食長兒孫。乞米無顏帖，埋棺有賜園。紛紛話生死，二事併奚煩。

其　四

信道貧非病，兼之吏不貧。太倉支祿米，官騎坐吟身。一飯便留客，得錢仍與人。夜燈話妻子，受享爾何因。

其　五

一擢思王命，服勞不愛身。散衙日[三]過午，束帶日趨寅。雜沓隨分簿，殷勤學事人。笑言謝知己，余懶未應真。

【校記】

［一］《西林遺稿》題作“有以余迂拙忤俗，呼余書生者，余本書生也，既用自許，即以解嘲四首”。

［二］《西林遺稿》未收此詩。

［三］“日”，《西林遺稿》作“時”。

同季正夜坐遣懷

窗外爾風雨，燈前我弟兄。自來無壯志，不解愛榮名。蕭散閒官職，么麽小事情。宜貧兼耐懶，差可送餘生。

新秋蟬聲

去暑應何恨，驚寒似有心。數聲秋欲墮，一樹聽[一]難尋。咽入低檐鐵，秋[二]兼隔苑[三]砧。五更殘月白，凄斷此酸吟。

【校記】

［一］“聽”，《西林遺稿》作“碧”。

［二］“秋”,《西林遺稿》作“愁”。

［三］“苑”,《西林遺稿》作“院”。

西　園　作

十里城南路,茅亭舊此間。暫來如夢寐,老至憶蕭閒。秋水橋頭寺,夕陽屋角山。薄凉應更好,與爾一開顔。

明日再用前韻[一]

黄葉下西灣,蒼茫秋水間。夕陽隨客至,衰草閉門閒。樹底來新月,牆頭接遠山。幽居俗吏少,小住亦歡顔。

【校記】

［一］《西林遺稿》未收此詩。

黑山道中[一]追憶舊作。

八月黑山路,西風日又斜。浮生迷鹿夢,薄宦誤牛車。試過上都水,還看大嶺花。舊時槽碾在,石柱向誰誇。上都河即元避暑地也,大嶺俗語肯搭把汗,槽碾溝、石柱子俱地名,舊址在焉。

【校記】

［一］《西林遺稿》未收此詩。

中秋夜有懷

雨霽微雲净,天高列宿稀。可堪關塞月,更與弟兄違。玉兔[一]

將秋老，銀蟾不夜歸。清光共千里，應否[二]照柴扉。

【校記】

[一]“玉兔”，《西林遺稿》作“金雁”。

[二]“否”，《西林遺稿》作“是”。

寄　六　弟

又是立冬節，雲陰黑四圍。征人歸未得，遊子定何依。寒念山頭雪，遥憐身上衣。數行憑寄汝，拭淚報慈幃。

辛 丑 元 日

流光不暫假，逼迫入新正。攬鏡人將老，開門草未生。玉闕思少弟，金殿祝長庚。悲喜何從著，悠悠此日情。

述　　懷

四十才逾二[一]，齒豁鬢毛垂。之子何爲者，寸心空自知。抗懷思前[二]哲，努力事今兹。若爲榮名計，抽身已較遲。

【校記】

[一]“四十才逾二”，《西林遺稿》作“行年四十二”。

[二]“前”，《西林遺稿》作“往”。

有懷王踵息因寄

踵息君安否，白雲老敝廬。門應無熱客，案自有殘書。氣味春相似，肝腸雪不如。西溪閒月影，回首憶窗虛。余奉勅瞻禮白雲觀，因識王踵息。“虛窗共對盤桓久，不負清霄月影閒”，踵息次韻句也。

白雲觀即事

白雲留客住，獨坐撥寒灰。風雪吴蒙至，吴子瑞，蒙又上。蕭閒鷗鶴來。道士沈鷗亭、張野鶴。因之幽興發，相對笑顔開。更訂西園約，花時一舉杯。

贈沈知觀[一]

甲子重週日，香貂載祝時。言尋鶴背侶，會與鷗亭鷗亭，沈字也。期。玉骨閒閒立，雲衣緩緩垂。駐顔應有術，大藥問宗師。

【校記】

[一]《西林遺稿》未收此詩。

載酒過王踵息留詩二首[一]

其　一

忽憶中州客，西溪問草堂。王居名西溪草堂。叩門籬犬出，檢字蠹魚僵。惜景知何益，遺生會有方。濁醪奉汝蓄，滋味試親嘗。

其　二

自辱山人友，時時一放歌。衰憐爲宦早，老愧賦詩多。市上誰堪隱，厨南此再過。寄生應有地，小避笑蜂窠。踵息屋北有蜂房，荆南羅生至坐房内，經月不出，羣因以爲神，昔有人避魂於蜂窠中，鬼尋不見。坡仙云“肯向蜂窠寄此身”，審此羅生亦畏死人哉。

【校記】

［一］《西林遺稿》未收此二詩。

雨後同季正夜坐有感

雨過雲初薄，風迴暑乍清。白頭人四十，紅燭夜三更。富貴終何事，神仙亦好名。暫憑樽酒意，安穩話平生。

招友人過西園

已有西園約，云胡命駕遲。秋來常獨往，好處即相思。紅葉文殊院，白雲武壯祠。蒼茫斜日裏，正是望君時。

秋日西園作[一]

策蹇石橋東，新涼下碧空。槐烟籠曉日，荷氣散微風。離黍村村合，鳴蟬樹樹同。閒亭秋思滿，索莫夕陽中。

【校記】

［一］《西林遺稿》未收此詩。

奉差出都旋以司事調回用呈僚友

一札憑郎署，兼程返帝京。取材感堂老，斷案用書生。清白先人訓，哀矜下士情。無才逐能吏，解事愧時名。

和勵南湖學士僦居韻[一]

高懷隨處好，半畝契幽居。詩老無熟字，官閒只舊書。青山當户蠹，明月入簾疏。莫謾嫌容膝，乾坤一草廬。

【校記】

[一]《西林遺稿》未收此詩。

同季正述懷得人字

與爾終何補，頭銜署近臣。難銷賈傅淚，空憶杜陵人。愛好寧非業，多情未是貧。願言各努力，勿負百年身。

謁楊忠愍公祠兼示縣尹二首

其　一

司馬分曹日，批鱗再諫時。求仁原自取，得死更何辭。激烈丹誠結，[一]從容[二]白簡垂。祗今瞻[三]祠宇，頑懦有餘悲。

其　二

鬚眉不仗節，巾幗亦何知。大義垂千古，明廷諱一時。捐軀報夫子，飲淚撫孤兒。憑語專城宰，夫人合有祠。

【校記】

[一]"激烈丹誠結"，《西林遺稿》作"殿上朱雲忤"。

[二]"從容"，《西林遺稿》作"人間"。

［三］“瞻”,《西林遺稿》作“仰”。

湯陰縣弔岳忠武

有宋争南渡,將軍誓[一]北師。天心終不祚,人事竟奚悲。道與良臣合,名因壯士垂。千秋感忠武,報國稱男兒。

【校記】

［一］“誓”,底本作“示”,據《西林遺稿》改。

沅 陵 晚 泊[一]

沅陵江上泊,露坐倚篷檐。人自懷風味,船應記孝廉。玲瓏歌散水,惆悵譜香奩。千里沅波月,祇應伴老髯。

【校記】

［一］《西林遺稿》未收此詩。

次沅江驛却寄五弟

計日沅州上,滇陽更幾旬。一封書報汝,萬里路行人。小疾仍須藥,殊恩恰及身。驚心對桃李,老眼倍愁春。

謁熊太占夫子墓

古筑記師門,皇華筑驛亦名皇華。遇主恩。七齡依外傅,萬里叩荒原。一滴源頭水,三生石上魂。存亡感今昔,迸淚欲奚言。

次貴筑訪熊大世兄舊宅聞移居平遠州覓寄三首

其　一

萬里駐黔雲，征衣黯夕曛。到門仍似夢，握手擬從君。報道携家去，遥之平遠軍。驛亭對風雨，零落不堪聞。是晚大雷雨。

其　二

舊説烏衣巷，居然王謝門。祇[一]緣輕故里，小避住蠻村。身世艱難併，人情翻覆論。夜燈遲令舅，姜啟東進士。相對話而尊。

其　三

憶别蘆溝水，天涯悵比鄰。一官曾不達，異俗定誰親。勾當辭龍里，省近邑。丁寧託雁臣。高堂須禄養，未合厭京塵。

【校記】

［一］“祇”，《西林遺稿》作“底”。

次普安縣[一]

坡西三十里，曲折到荒城。鹿鹿緣高嶺，猩猩坡名。感舊名。崖花紅暈褪，野竹碧梢横。日暮啼山鳥，因之過客情。

【校記】

［一］《西林遺稿》未收此詩。

黔南道中

五月黔南道，西行却復東。崖頭塘名。風細細，谷脚鋪名。雨濛濛。橦子千林碧，鸚哥花名。幾樹紅。征衣渾未減，丘壑滿心胸。

抵都有感

白髮經秋早，青陽落日斜。百年元是客，萬里此還家。菽水情何逮，榮華恨有加。余生負慈母，返哺愧烏鴉。

對殘菊呈趙秋谷[一]

剩有籬邊約，扶笻又出門。兩開分淚涕[二]，一束佐盤餐。瘦是柴桑骨，清憐楚澤魂。駐顔何處所，及爾話元根。

【校記】

[一]“谷”，底本作“客”，據《西林遺稿》改。按，秋谷爲趙執信之號。

[二]“淚涕”，《西林遺稿》作“涕淚”。

寄京城兄弟[一]

大江劃南北，京國老塵氛。季自耽鱸鱠，伯應念馬羣。千秋人得得，三影話紛紛。身後名何有，同須問酒軍。

【校記】

[一]《西林遺稿》未收此詩。

寄蒙又上

廿年共晨夕，分手上河湄。世路誰知己，人生有别離。防身須似女，學道莫如雌。凉夜應相憶，期君記勸詞。

秋日寄贈梅池和尚

誰解西來意，凉風正及時。欲尋開士去，却憶遠公詩。秋水白雲社，夕陽紅葉祠。禪心那可覓，應有月明知。

甲辰元旦

四十重加五，辰年正月初。癡人那斷酒，拙宦舊餘書。海日心相照，江雲手自鋤。不須問香雪，頭白對蘧蘧。

奉酬徐茶坪同年

老至春無賴，愁多鬢欲絲。故人惜衰白，吾道愧磷緇。窮醜榮通得，時名物議隨。寸心葵樣赤，五字茶坪贈句。有祗勖深期。

秋蘭

出谷辭芝侣，安籬就菊叢。自緣殊衆草，未敢敗秋風。小砌香凝碧，夕陽色染紅。夕陽紅，蘭名。托根依王者，紉佩付騷翁。

夜坐有述

庭樹夕陽滿,軒窗秋氣催。問官心似水,捫燭淚成堆。藥餌防多病,文書羈不才。無家返妻子,謀國正須哀。[一]

【校記】

[一]"謀國正須哀",《西林遺稿》作"謀拙正堪哀"。

文蔚堂詩集卷三

五言律詩

乙巳元旦述懷三首

其　一

流年看五十，元日復今兹。白髮成何事，青春繫[一]所思。江天換梅柳，冰雪泥堦墀。寒暖誰防得，隨人問酒宜。

其　二

閉門朝謝客，出酒坐延春。用拙元從乙，守雌早過辰。妻兒矜老大，奴子慢清貧。播勝誰家節，喧闐慰比鄰。

其　三

獨坐攤書夜，微醺罷酒時。衆人劇歡笑，吾道本艱危。點易研朱墨，裁詩比素絲。當春行自損，或肯[二]負恩私。

【校記】

［一］“繫”，底本作“擊”，據《西林遺稿》改。

［二］“肯”，《西林遺稿》作“恐”。

人日寄夏太史曉堂[一]

江南春事早，人日氣含升。對景懷司業，張司業有《江南春》詩。題詩寄少陵。羹傳挑菜手，餅惠入林僧。舊賦清暉閣，知君病不能。

【校記】

［一］《西林遺稿》未收此詩。

過浦東晚抵川沙城夜坐有述

時方賑饑，饑者殊不少也，正月十一日。

江上春都滿，堤邊草欲明。共知醫病起，"暖風醫病草"，李中句。誰分和愁生。兀坐思千里，行吟月二更。肥人應有術，慚愧爾藜羹。

初度日謝客詠懷三首

其　一

百年行過半，兀坐對江[一]扉。白髮無拘束，黃金有是非。吏人隨鳥散，奴子汲泉歸。嗤笑從渠會，余心終不違。

其　二

二月逢初度，春蔬薦午餐。自憐同病鶴，人道是窮官。江水流空碧，梅花骨尚寒。故園兄弟滿，此日定誰歡。

其　三

徙倚戀春暉，吟詩感式微。中原垂老別，南土幾人肥。稷契身將比，龔黄術亦稀。功勞眠食得，未便負荷衣。

【校記】

［一］“江”，《西林遺稿》作“紅”。

春風亭酬夏曉堂和韻詩，仍用原韻四首并序

甲辰秋，曉堂予休，奉母居京口。乙巳三月，余會課春風亭，曉堂先期至，蓋前此約修蘇郡志，遂有移家終老之舉。曉堂、余五弟季正同年，和韻余酬徐荼坪同年詩也。

其　一

舊雨迴江岸，新亭罥柳絲。髮垂香墮白，衣染落塵緇。三月三朝至，一琴一鶴隨。十年此重面，握手訴襟期。

其　二

詞賦抛黄閣，身名比素絲。一官殊落拓，百事不磷緇。佳客乘春集，忙人逐日隨。更須安筆格，酬唱足前期。

其　三

林下多[一]無事，醺蘿散日絲。萊衣奉慈母，蓮社結名緇。爰有姑胥約，重煩書局隨。致言寄包者，常住是心期。

其　四

官秩逾三品，功勛[二]愧五絲。情知雌共黑，孰辨涅非緇。花鳥判春住，形骸趣影隨。感君遂初服，余返定何期。

【校記】

［一］“多”,《西林遺稿》作“都”。

［二］“功勛”,《西林遺稿》作“勛名”。

内府胡君屢問疾兼和小詩裂紙奉報[一]

杜老情知病,韋郎跡不疏。新詩寄高潔,舊雨戀庭除。氣味春相似,肝腸雪不如。故園有兄弟,對爾一愁余。

【校記】

［一］《西林遺稿》未收此詩。

阻風燕子磯二首

其　一

燕子磯頭水,停橈對寺門。路高行客倦,風起大江昏。野渡迷歸鳥,夕陽駐遠村。無因窺白髮,聊復泥青尊。

其　二

山寺暮鐘起,篷檐晝燭縣。都官留且住,小吏坐能眠。水浪江天闊,[一]星芒吴野連。隔窗見渔火,渾欲及春還。

【校記】

［一］“水浪江天闊”,《西林遺稿》作“江浪楚天闊”。

默上人餽園蔬詩以謝之

爲減山厨供,應憐肉食人。盤飧[一]佐春韭,風味比江蓴。濯水芹絲滑，挑羹菜甲勻。重須添玉版，小駐叩前因。

【校記】

［一］“飧”，《西林遺稿》作“餐”。

抵　揚　州

風月古揚州，乘船溯上流。使君嗟太老，候吏會相留。蕭寺圖金粉，平山駐彩斿。夜闌思往事，寒盡欲披裘。

寄懷蒙又上二首

其　一

秋雨蕭蕭下，秋風得得吹。故人老京國，江上繫離思。蟋蟀吟何切，芙蓉悄不支。香山宦遊者，有祇寄微之。

其　二

西溪一茅屋，風雨蔽狂夫。别後吟詩否，新來得酒無。逢人嘲鹿鹿，對客唱嗚嗚。舊態誰原汝，應須憶古愚。

羊　流　店

野店溪流合，茅堂蠟燭明。坐憐羊太傅，祠傍李中丞。故里村南樹，殘碑漢上城。百年一杯酒，淚墮爾知名。

贈程静菴

萬里馳驅日，十年故舊人。乍逢開口笑[一]，相對數殘春。藥餌期仙侣，清癯與鶴鄰。兼金知有愧，應恕大官貧。

【校記】

[一]“口笑”，《西林遺稿》作“笑口”。

程静菴有和詩次用元韻[一]

獨坐憶前因，遥天小結鄰。西林慚熱客，南土愛羈人。老至惟須藥，情多轉泥春。中丞有佳句，慎勿厭清貧。末五字甘中丞句。

【校記】

[一]《西林遺稿》未收此詩。

程静菴再和詩再疊前韻[一]

無著識前因，相逢會有隣。朋儕看鹿豕，餐飯仰天人。小草囊中秘，深杯甕底春。翻憐三折後，妙術不醫貧。

【校記】

[一]《西林遺稿》未收此詩。

詠優曇花[一]

舊識瞿曇叟，忻聞優鉢花。寄色來萬里，空色睹三巴。

夜氣蘭盂臭，庭光雪嶺華。衆香國不遠，采采憶牛車。

【校記】

［一］《西林遺稿》未收此詩。

觀風日再示諸生

帖括元何事，飛騰道在兹。未能甘泯没，那得任支離。賓主禪宗偈，色絲孝女碑。汝曹須努力，冠劍及明時。

登太和宫并序

俗名銅瓦寺，鑄銅爲殿，環築甕城，明撫軍陳用賓偕沐公裔孫創建。時勸農東郊，抵般羅村，因就登焉。

迎仙橋入山處也。畔路，鸚鵡即此山又庵名。度驂騑。細徑盤高躅，横枝掠健衣。一行奉時令，小駐仰仁威。殿額名。銅瓦功勛碣，摩挲認夕暉。

同楊凝齋先生藩署觀荷

一勺碧頗黎，紅衣白羽齊。臨風標净質，出水濯淤泥。翡翠吟隨影，鴛鴦蓋被堤。豁然亭名。對君子，徙倚夕亭西。

荷亭小集疊前韻二首示僚佐

其　一

麗草遍迦黎，丰茸簇隊齊。托根依止水，倒影入污泥。窺妙三乘梵，光香四抱堤。恰宜周茂叔，叉手步塘西。是日周太守埰詩成獨後。

其　二

日夕花都歛，風翻葉不齊。愛他初出水，憐子本拖泥。蓬芰生連沚，叢蒲采共堤。問君魚樂否，聊與戲東西。

甘中丞園秋海棠盛開，邀同楊大司馬、蔡侍讀學使過賞，次韻短律，時六月廿二日也

名友趣同舟，閒園記勝遊。五華風雨墮，六月海棠秋。翠壁留春影，朱絲駐采斿。不須待寒菊，薦客佐滄洲。俞琬綸"堪佐黄花薦客觴"，滄洲謂蓮花也，時池蓮正放，故云。

東園偶興和朱邑令疏字[一]

方塘没半畝，波影緲窗虚。試詠籬邊竹，還抽架上書。無端生寥闊，隨意得蕭疏。判案何曾減，心閒簿領餘。

【校記】

[一]《西林遺稿》未收此詩。

中秋夜有懷諸兄弟[一]

昆海波明夜，華峯月上垣。清光思萬里，寒影照西園。棣萼堂開宴，松筠屋閉門。西園，余别墅也；棣萼堂，家兄弟宴會所；倚松、種筠，滇署二書屋名。江吴趣少弟，愁對欲奚言。

【校記】

［一］《西林遺稿》未收此詩。

中秋小集柬署中諸君子二首

其　一

兩度[一]三巴月，同來萬里看。夕筵劇簫鼓，佳節佐盤餐。持箸心長晝，銜杯慮小寬。疏材資卧理，切[二]莫憶江干。

其　二[三]

百年原是客，萬里盡爲家。蠻窟秋多景，荒林月倍華。蘆邊逢舊雁，樹底認歸鴉。莫憶東籬菊，南中有此花。

【校記】

［一］“度”，《西林遺稿》作“渡”。

［二］“切”，《西林遺稿》作“遮”。

［三］《西林遺稿》未收此詩。

過甘立軒寓園

出門少親識，動即到君家。茗椀留長晝，詩篇詠太華[一]。秋光一彈指，風意亂棲鴉。又早重陽近，或[二]來問菊花。

【校記】

［一］“詠太華”，《西林遺稿》作“記歲華”。

［二］“或”，《西林遺稿》作“還”。

九日海天閣

秋氣鬱佳哉，秋鴻歸去來。百年原是客，萬里獨登臺。黄葉寺前雨，茱萸江上杯。海天際寥闊，搔首矚林隈。

優曇，西竺花也，色比玉蘭，微黄，大倍之。香夜發，宛如幽蘭花，蕊似菡萏，葉與貝葉無異。每清和後[一]初放，春前未曾有。三月中浣杭靖公副憲任香谷閣學，將由滇赴粤，南臨陜阯，行有日矣，羣以不及見優曇爲恨。至十七日薄暮，園丁忽報優曇開，隨折取一枝供膽瓶中，燒燭邀賞，妙相如如，不禁有人天之想。香谷有詩因和之，兼呈靖公

之子看花慣，當春無此花。先枝供臺閣，高詠動蠻巴。拾葉繙多貝，含苞領妙華。色香人處少，端合駐行車。

【校記】

［一］後，《西林遺稿》作"候"。

種筠書屋有弄色木芙蓉數株戲詠示僚佐并序[一]

弄色木芙蓉，一日白，二日淺紅，三日黄，四日深紅，比落色紫，號爲文官花。見《羣芳譜》，俗名三醉，本此又一名拒霜花。

秋至排湘岸，南來倚畫闌。一行比静女，三醉笑文官。攬日紅衣

竝,禁風紫帶殘。隔籬對黃菊,或恐拒霜難。

【校記】

[一]《西林遺稿》未收此詩。

寶雲亭賞荷[一]

靈液注頗黎,名花壓舒齊。龍池斜帶水,蘋落細翻泥。麗上紅兒面,光延白蓼堤。不須尋玉井,吟望華峯西。滇太華山離城西三十里。

【校記】

[一]《西林遺稿》未收此詩。

孔　雀[一]

罽賓有都護,軒翥下南臯。雅自擅文采,羣方愛羽毛。齊裘圓錦碎,鑾纛翠旌高。豔説鸞凰友,疏羅愧汝曹。

【校記】

[一]《西林遺稿》未收此詩。

戊申九日幕中諸子約赴圓通寺先此奉柬

重陽舊風雨,殊俗亦登臺。君自出門去,人須送酒來。蓮花峰宛在,用無爲子事,以滇有太華山也。沙磧雁初回。日夕延東閣,還期共菊杯。

三清觀看梅[一]

玉界三盤上，瓊姿兩樹凭。何年人種得，今日我來曾。洞口桃分色，庭前柏轉乘。蕭寥問仙跡，留坐欲燒燈。

【校記】

［一］《西林遺稿》未收此詩。

從趙廉使請赴署偏别墅留竟日筵罷題壁歸

荷葉青猶小，楊枝緑早肥。一亭浮水面，五雉接牆圍。俯檻觀魚樂，開林見鳥飛。蕭閒元自得，隨意領斜暉。

過黔靈山寺慨然有述二首

其　一

弓衣馳小隊，紆徑入黔靈。隔岸竹林紫，舉頭天骨青。芻尼芻尼，喜鵲也，見《藏經》。馴上座，梵貝理殘經。問訊峨嵋老，南能認祖庭。主僧西川人宗曹溪派。

其　二[一]

刹那車三乘，莊嚴草一莖。衆人殊狗苟，吾道亦蠅營。殺活從渠會，泥沙迴自傾。底緣返初服，安養安養，即浄土。證無生。

【校記】

［一］《西林遺稿》無此詩。

留别徐立人學使

相期[一]匪素識，相識記殘春。桃李門前影，勛勞世上塵。一誠聊共汝，百事不如人。别後無煩憶，天涯舊比鄰。

【校記】

［一］“期”，《西林遺稿》作“逢”。

立春日舟次示諸候吏

沉寒趣烟景，旋臘已逢春。岸柳齊舒眼，村醪早上唇。豐年稀吏事，異類本周親。重與同官説，操舟學濟人。

除　夕[一]

爆竹兼雷動，鋪松帶雨平。白頭人五十，紅燭夜三更。絮聒家園景，團圞兒女情。酬恩何日了，安穩念餘生。

【校記】

［一］《西林遺稿》未收此詩。

庚戌元日疊前韻再示僚佐

三州領方岳，百越赴新春。赤水懷舟楫，蒼山念齒唇。增年通物性，味道識天親。若問理人術，豚魚不異人。

東園優曇樹忽放夭紅色花，静妙佳麗，南人未曾覩。然一日開，二日爛，三日零謝，與衆曇花等好相殊色，究於無所住，而仍不應生心哉。作此詩，聊當偈。庚戌五月八日[一]

好是菩提樹，誰從乞勝因。一枝幻空色，老眼認元神。金粟光中影，仙桃洞口塵。駐顔何術得，撒手欲觀身。《楞嚴經》光中湧出寶蓮，有化如來，坐寶花中。

【校記】

［一］《西林遺稿》未收此詩。

滇藩張覲臣特晉大中丞開府，遜謝如不勝，請益於余，余樂其虚以受也，既[一]通賀并酬以詩

萬里方州伯，頭銜替憲臺。恩深思大畧，寄重藉羣材。忠信豚魚格，憂勤智慧來。不須仿塵躅，老鈍舊如駘。謝靈運《晉書》：漢罷御史大夫，而憲臺猶置，以丞爲主，御史中丞是也。又《通典》：唐御史臺，龍朔二年改爲憲臺。又傅咸《中丞箴序》：余承先人之踪，竊位憲臺。是憲臺之名，内惟都御史，外惟制撫軍，當之今通稱上官爲憲臺，無所考據，蓋寅畏之。

【校記】

［一］"既"，《西林遺稿》作"即"。

酬甘立軒秋夜見懷用元韻[一]

一榻伴書檠，禁秋悵月明。故人勞記念，佳句會幽情。悄悄閒中

趣，波波世上情。庭花無恙否，歸與問前楹。

【校記】

［一］《西林遺稿》未收此詩。

中秋夕小集分韻得襟字[一]

竹竿青照眼，桂葉露延襟。異地團佳節，中筵緬素心。哦詩秋影墮，燒燭夜光沉。不及同庭宴，香醑庶可斟。

【校記】

［一］《西林遺稿》未收此詩。

庚戌九日小集來鶴軒示幕中諸君子

又是重陽候，南荒五度過。明年誰健在，此會客忻多。籬畔寒暄酒，燈前爾汝歌。人生行樂耳，斯語信如何。

九月十九日偶檢叢碧山房集有懷龐子雪崖[一]

吾愛龐居士，風流自古詼。重陽能再續，短景惜頻催。宴客無兼味，吟詩具妙才。斯人不可作，把卷意徘徊。

【校記】

［一］《西林遺稿》未收此詩。

遊近華浦

羣賢驅我至，小墅聚人多。枕水知魚樂，臨風聽鳥歌。幽情寄觴詠，佳序數清和。紈綺烟波洗，懷哉老蜀坡。

立秋日飲張覲臣中丞署齋有述

伏雨初收凍，涼風已散莓。賞荷憐破葉，勸酒怯深杯。香稻花開未，甜蕎麥熟來。當筵念秋野，一箸重徘徊。

辛亥九日東園作

萬户驚秋晚，凌晨一啟扉。果收羣鳥瘦，稻熟幾人肥。官舍足羔酒，田家少絮衣。迎涼感風雨，端坐重悽欷。

早發安南次普安縣晚抵州治

馬跡認前岡，鳥鳴度古塘。鳥鳴，塘汛名。九峯環縣郭，一線逗蠻疆。儒術慚奚補，邊甿願小康。明朝問行李，蕭索信殊方。

送蔡魏公暫返蘇州時予將入都并申前約

滇陽一杯酒，送汝江南行。舊雨罥鈴閣，歸帆趨鴨城。漸衰惜暫别，小住傷中情。此後定煩憶，相期尋上京。

恭和御製詠竹詩元韻

萬竿蔽千畝,深翠續繁陰。自有鳳鸞集,曾無苔蘚侵。虛中涵妙理,疏節動高吟。日月移寒暑,終年衹此心。

鹽　州

黑夜鹽州路,黄河西上高。千山望積雪,八月换征袍。狐兔横如虎,蟲沙棄不毛。憑誰論將帥,風雨正蕭騷。

十月朔曉發肅郡將由陝還京晚抵雙井堡夜坐詠懷

心跡比寒雪,南山坐照明。籌邊殊悵望,臨水又崢嶸。烽燧三更夢,關河兩地情。尋常論將相,慚愧爾知兵。

癸丑三月十六日抵軍營有述

萬里征誅會,羣公恩遇深。王師寧有敵,狡虜舊難尋。烽火三年戍,安危一寸心。何時真罷戰,飲至共開襟。

第八臺途次即事書懷時五月二日也

刮地風尤厲,埋沙草不長。無能作霖雨,未敢怨驕陽。瘏馬饑還嚙,羸駝仆欲僵。疏材慚燮理,翹首望穹蒼。

曉發宣鎮度響水晚抵榆林堡

雨過塵氛净，雞鳴山也，又驛名。道路長。經心思土木，到眼看牛羊。朱水紅旓影，白狼青草場。從來感興廢，有祗問斜陽。

中秋夜對月詠懷[一]

碧海秋沉魄，青天月挂情。寸心同皎潔，萬象入空明。影動層樓轉，光寒棲鳥驚。好憑問蟾兔，靈藥更須傾。

【校記】

［一］《西林遺稿》未收此詩。

八月十六日夜獨坐有述[一]

雨過浮雲净，天高列宿稀。乍寒秋弄影，兀坐夜添衣。燈火親如舊，蟾蜍是亦非。西巖看又墮，萬里望清輝。

【校記】

［一］《西林遺稿》未收此詩。

夜坐有述[一]

日夕吏初散，端居秋氣嚴。小閒點鬼薄，多病需人銜。燈火親逾舊，情懷老倍凡。憑誰論往事，斜月挂西巖。

【校記】

[一]《西林遺稿》未收此詩。

甲寅立冬日述懷[一]

秋風辭病客，延景閉中堂。爐節重添火，橘陽早履霜。绵袍天賜紫，绵襖日披黄。藥裹漸奚補，終成慮正長。

【校記】

[一]《西林遺稿》未收此詩。

覺生寺題似文覺禪師[一]

定不定俱法，學人焉所之。入門增慚愧，遺世念慈悲。寂寂中誰覺，惺惺處轉迷。安心心在否，戲論問宗師。

【校記】

[一]《西林遺稿》未收此詩。

御河新柳

何幸托根好，依依輦路傍。臨風摇翡翠，著雨滴鴛鴦。影躍趨朝馬，烟籠退食裳。恩波直萬頃，羨爾近龍光。

西園

西園一拳石，紆徑入雲隈。山果隨風墮，秋花出葉開。空庭餘[一]老鶴，古樹引寒苔。坐久忘衣薄，蕭蕭暮雨催。

【校記】

［一］“餘”,《西林遺稿》作“延”。

丁巳上元同史象周陳星齋夜話,得軒字

令節成吾懶,重門隔世喧。校書懷上座,偕月過東軒。簫鼓誰家曲,寒暄此夜罇。那無燈一盞,蕭索正堪論。

三月暮舊疾間作,鬱煩日甚,暫假小閒賦詩,遣意殊無可安心法也。戊午四月六日

繁花已零落,澍雨竟希微。白髮誰相放,青春好自歸。尋醫思老病,入務息深機。荷葉圓猶小,何時可製衣。

對牡丹率成

天香凝秘閣,清切正搖思。富貴及春暮,繁華曾幾時。野人未一覩,高士會相嗤。争似凡花好,家家得兩枝。

中元陰雨,潘立夫、笠亭、張莘菴、姚念慈書堂小飲,予病不耐事,詩以代陪,得賓字[一]

新秋逢笑節,良夜念嘉賓。大慶曾無月,清齋會有人。靈篇殊聒聒,燕坐亦申申。況復饒樽酒,催詩雨莫嗔。

【校記】

［一］《西林遺稿》未收此詩。

敬和御製六月十八日初霽恭侍皇太后園中遊賞元韻

蘭殿慈暉永，龍池霽景多。一人崇色養，六月紀謳歌。花笑鳥争舞，荷香魚戲過。驪珠四十顆，手捧樂云何[一]。

【校記】

[一]“云何”，《西林遺稿》作“何云”。

偶　然　作[一]

百年共逆旅，萬古一慚顔。我静世皆静，物閒心自閒。無端起籌幹，隨意入堅頑。能事終何有，幡然眠食間。

【校記】

[一]《西林遺稿》未收此詩。

庚申人日立春聊短述

週甲又逢申，流年嘆轉輪。人過全盛日，春入最靈辰。挑菜羣奚懶，探梅老興新。誰當問禮俗，綵勝謾紛綸。

恭和御製秋夕齋居元韻二首

其　一

齋宫圍御宿，甲乙夜如何。履節金風肅，體元玉燭和。羹墻欽有見,暘雨念無頗。清漏吟秋切,奎光爛絳河。

其　二

乙夜饒清景,宮壺漏幾何。臚驩忻雨霽,餘慶與雲和。無逸心常逸,懲頗道不頗。宸襟涵妙理,曙影爛星河。

七　夕　詩[一]

半臂著青荷,香筵兒女多。乍疑雲作幄,宛似鵲填河。巧果人家節,閒機月地梭。憑誰問秋諾,纖影一羅婆。

【校記】

[一]《西林遺稿》未收此詩。

恭和御製永定河元韻

無定河名古,南流帶北京。恍疑天上至,不肯地中行。無事智方大,窮源委可并。禹謨原自遠,延佇慶功成。

偶過大慧寺有作并序

主僧善藝花,言貌質樸,不作獻花人,亦不會拈花,旨殊可尚也。

蘭若背官道,春風[一]二月時。我來行樂[二]耳,寺合號花之。青州有花之寺,見《綿津詩》注。穢妙成香國,娑婆繞辟支。囂埃曾不到,安養佛言净土。羡名緇。

【校記】

[一]"風",《西林遺稿》作"花"。

［二］“樂”，底本作“藥”，據《西林遺稿》改。

贈予告九十翁丁鶴亭二首敬次御賜詩元韻

其　一

聖代崇勛舊，耆英孰似君。懸車遲歲月，皤髮尚忠勤。優禮從珍便，殊榮賜几聞。隨肩看絶少，誰話昔能軍。

其　二

樂善人難老，忘機物自齊。底須羡野鶴[一]，雅不聽荒雞。心地依金闕，身名躡寶梯。百齡中壽耳，談笑索班梨。

【校記】

［一］“鶴”，《西林遺稿》作“鳥”。

恭和御製修葺皇祖暢春園中無逸齋爲問安憩息之所二首元韻

其　一

綺樹千章合，文漪一鏡憑。詒謀仰堂構，幾暇愜攀登。心學嚴無逸，躬行凜弗勝。吾皇虚静意，遠邇覘[一]風承。

其　二

慈聖承歡地，謙尊衣德言。清凉真有界，深翠自迎軒。荷氣香逾静，蟬聲噪不喧。熏風多解阜，更驗大絃温。蘇軾詩：大絃春温和且平。

【校記】

［一］“覘”,《西林遺稿》作“見”。

朝　　罷

朝罷都無事,蕭然斗室寬。身應長是客,人似不曾官。花藥没三徑,晨昏并一餐。有時把詩卷,吟步任蹣[一]跚。

【校記】

［一］“蹣”,底本作“槃”。按該詩集二字混用,今統作“蹣”。以下徑改。

桐城太保和余朝罷詩二章用元韻奉報[一]

其　　一[二]

七十古稀有,如今數校寬。那能返初服,適得謝朝官。蕭散懷三影,功勞占兩餐。與公計奔走,同是一蹣跚。

其　　二

論道絲綸忝,銜恩日月寬。故知能好我,相對話爲官。祛病寧關藥,防饑或夢餐。登樓人不少,終恐笑蹣跚。

【校記】

［一］《西林遺稿》題作“桐城太保見和用前韻奉報”。

［二］《西林遺稿》未收此詩。

再疊前韻酬周旭之和詩[一]

道大天猶小,心閒境自寬。伊誰堪事事,仍不繫官官。入夢蝶先覺，尋醫止可餐。吾衰良已晚，聊復戲蹣跚。

【校記】

［一］《西林遺稿》未收此詩。

遊大[一]覺寺舉似佛泉禪伯二首

其　一

幽尋何處所，去去望斜曛。世上都黄土，山中有白雲。刹竿松頂出，塔影嶺頭分。不住風鈴語，皤然笑我聞。

其　二

一事信非佗，三乘話則那。人天雙白牯，日月幾羅婆[二]。問法世希有，觀生身在何。從師覓消息，聊爾誦伽陀。

【校記】

［一］"大"，《西林遺稿》作"天"。

［二］"羅婆"，《西林遺稿》作"婆羅"。

香山來青軒二首敬依御製元韻

其　一

蹇步慣低徊，忻然此曠哉。凭欄思入[一]觀，奪境入雲來。萬笏參天骨，三生點石苔。卅年曾不到，隨喜又初纔。

其　二

紫氣纈青光，華軒開秀野。四圍林壑收，三面犁鋤把。縱目力微輸，拈毫心已寫。牛羊詎戀山，草草夕陽下。

【校記】

［一］“入”，《西林遺稿》作“日”。

次韻胡飴齋侍御中秋夜直[一]

圓月又當頭，文書合暫收。把吟聞唳鶴，兀坐度牽牛。虛白鴉翻影，高寒兔引裘。不須問天上，今夕亦中秋。

【校記】

［一］《西林遺稿》未收此詩。

癸亥九日[一]

端居念風雨，初日曉霜催。鴻雁自孤往，黄花相伴開。晚香寒愈出，高翥遠無猜。我亦懷長久，牽吟又一回。

【校記】

［一］《西林遺稿》未收此詩。

對菊小酌再疊前韻[一]

不是籬邊菊，誰容老興催。凌霜旋日照，冒雨突烟開。人瘦花情洽，香寒蝶夢猜。一樽聊餞汝，安穩趁秋回。

【校記】

［一］《西林遺稿》未收此詩。

恭和御製遊潭柘岫雲寺即事六首元韻

其　一

紆折迴鑾斾，逍遥過鹿園。松濤漸盈耳，嵐翠已當門。藏篋懷龍子，寺有蛇，名大青、小青，僧能馴擾之，呼曰龍子，藏紅篋内或自逸野中，鳴鐘則至，見《帝京景物畧》及《耳譚》。穿林認鶴孫。去來誰解得，無隱亦無言。

其　二

柘老雲爲冪[一]，潭空岫作隣。歇心寺東亭名。倚泉石，行脚問天人。貝葉傳經久，芻尼唤客頻。宸襟知暫豁，猶念穎箕倫。

其　三

嚖蘿散林杪，百丈日絲懸。進步剎竿上，低心佛火前。風迴旛弄影，春至柳銜烟。問訊圖澄叟，何因鉢有蓮。

其　四

龍泉欽妙古，潭柘寺舊名龍泉寺。昔者念遲留。雲月看無厭，伽陀誦若流。拈花尋放處，掬水會源頭。到底都奚有，色空任所投。

其　五

曲磴婆羅引，南樓寺景最勝處。駐碧霞。移情入林壑，隨喜喻蓬紗。"人性猶蓬紗"，《論衡》語。椎白庭前樹，駢青竹上蛇。"青蛇上竹一種色"，李郢句。故知乾净土，無種下荆芭。《山海經》：騩山多荆芭。

其　六

清泉流不住，松竹蔭添濃。松竹清泉，聖祖御題額。聖跡人天眼，仙吟水月胸。羣峯歸静默,那岸注飛淙。早諳[二]風鈴語,應無待午鐘。

【校記】

[一]“羃”,《西林遺稿》作“幕”。

[二]“諳”,《西林遺稿》作“會”。

恭和御製四月朔日作[一]

春事縈懷久,南訛待澤過。心隨雲陣遠,愁奈雨絲何。雉少坡頭語,鶯翻葉底哦。跂思隴麥長,奚翅眄嘉禾。

【校記】

[一]《西林遺稿》未收此詩。

四月十日述懷仍依御製元韻[一]

先春望春雨,忽忽夏雲過。帝已焦勞甚,身如燮理何。恒風煽微潤,杲日動幽哦。靳澤寧天意,驚心念稺禾。四五月種者爲稺禾。

【校記】

[一]《西林遺稿》題作“四月十日述懷謹依御製朔日元韻”。

暮　　蟬[一]

獨坐小亭陰,夕陽上我襟。曳枝秋意動,抱葉露光深。叫月迴清籟,因風入遠砧。新凉人易感,不是感蟲音。

【校記】

［一］《西林遺稿》未收此詩。

重九日南園獨坐用阿樸存苑直即景韻[一]

獨坐念重九，迎凉望却回。籬花擁墮葉，砌草没寒苔。罷直人多懶，排空雁又來。老懷希漫與，不是避秋埃。

【校記】

［一］《西林遺稿》未收此詩。

九月十五夜平臺望月得林字[一]

圓月如前月，空林感舊林。風光一彈指，霜影欲延襟。盈縮千秋鑑，高寒萬里心。授衣誰便得，伴食獨長吟。

【校記】

［一］《西林遺稿》未收此詩。

文蔚堂詩集卷四

七言律詩

暮春喜吴子瑞來京，同蒙又上、德松如並家季正絮影軒小集

丁家莊子尋常憶，消息從人問得知。今日忽傳佳客至，一時齊與暮春期。吟裁絮影終成癖，醉折花枝恰斷癡。便擬歡留十日飲，不須明月寄相思。

柬蒙又上并序[一]

春將盡矣，蒙又上同季正繙經廠看海棠，余初以不得與爲悵，及歸爲余言，乃知與猶不與，不與反或愈於與也。竹影横窗，夕陽可掬，因書此問之。

匝天飛絮正如絲，約伴尋春已較遲。能就小窗看竹否，勝於番寺詠花時。毘盧閣下行常見，定惠詩中想象知。争似此君風格好，與君狂瘦頗相宜。

【校記】

[一]《西林遺稿》未收此詩。

雨後東軒小酌次蒙又上韻[一]

閒來無日不經過，君自清吟我放歌。三百青銅謀易得，十千美酒市應多。拚將軟飽驅愁去，除却黑甜奈醒何。且向雨軒覓小住，未須料理到晴莎。

【校記】

［一］《西林遺稿》未收此詩。

城南書所見[一]

紅潮潄罷緑洋拈，手指摻摻口語諵。爲愛風流擔白眼，不知姓字認黄衫。鬬雞局内拋金距，舞馬街頭控玉銜。應是誰家佳公子，夕陽樓角去如颿。

【校記】

［一］《西林遺稿》未收此詩。

立秋日作

又覺西風動碧紗，銀屏新味試誰家。井梧舊已翻秋影，岸柳今來怯暮鴉。凉意乍侵團扇薄，夕陽欲傍小樓斜。定知此後無煩暑，擬向齋頭問月華。

蒙又上贈詩用韻酬之二首

其　一

豁眼開胸意自殊，笑他將相滿皇都。不諳世事真名士，解識人情豈小夫。殘夢已成[一]羞短鬢，塵緣未斷怯長途。亦知不是無棲處，老鳳端應老碧梧。

其　二

放浪城南舊酒徒，十年踪跡遍華都。生憐文字無奇士，苦怪鬚眉不丈夫。壁上蝸牛成底事，褌中蟣虱也前途。直今轉憶雞棲好，衰鳳何緣老碧梧。

【校記】

［一］“成”，《西林遺稿》作“醒”。

新秋山色

伏雨纔收態便殊，四圍寒翠接平蕪。幾絲烟影晴猶濕，一鬘秋痕淡欲無。别嶂青迴夕照遠，遥岑白墜月明孤。憑誰寫向生綃裏，伴我清吟入畫圖。

中秋對月感興

白袷衣單夜露華，秋光一半浸屏紗。故園明月杯中影，别院清歌夢裏家。兔闕經年思玉杵，鵲橋鎮日問仙槎。那知靈藥猶煩得，碧海青天恨已賒。

由白溝抵趙北口途中雜興[一]

一鞭遥指暮雲垂，小摺弓衣傍水湄。隔岸千家餘老樹，迎秋八月見殘枝。村帘近市魚蝦足，野渡斜陽鷗鷺知。已是江南好風景，桑乾回首繫離思。

【校記】

[一]《西林遺稿》未收此詩。

九日禁狗屯[一]

塞上人家不記年，重陽令節話無前。未應黄菊思元亮，遮莫茱萸憶惠連。紅樹日高雲澹蕩，白莎秋暖雁聯翩。浮生遇合誰能料，此會登高信有緣。塞外遲寒九月居人尚衣袷。

【校記】

[一]《西林遺稿》未收此詩。

賦得霜葉紅於二月花[一]

玉宇霜清净碧沙，白雲深處更無花。秋風忽憶春光好，紅樹翻從紫塞賒。片片丹痕迷落照，層層赤影綴流霞。此身疑入桃源路，不記寒山石徑斜。

【校記】

[一]《西林遺稿》未收此詩。

不　寐[一]

風雨蕭蕭塞上情，薄寒微中坐愁生。憐他杜老長爲客，怪底秋天不肯明。紅燭半銷殘影在，青山無恙旅魂驚。斷鴻哀柝誰堪汝，饑鼠侵帷謾寄聲。

【校記】

［一］《西林遺稿》未收此詩。

隨駕行圍恭紀四韻

曉色蒼茫接翠微，山原高下試張圍。風迴碧落鷹初鶩，雪盡黄沙兔正肥。白柘雕弓同月滿，烏雲[一]寶鏃挾雲飛。宸遊歲歲同天健，不是尋常講武歸。

【校記】

［一］“雲”，《西林遺稿》作“銀”。

熱河年屢豐，京畿米價騰貴，議者每過慮，作詩告之

香貂廿載侍龍顔，獵騎頻年過虎川。塞上人烟垂萬户，京師斗粟直千錢。運移南北天長健，理契均平物有還。四海爲家明聖日，不須瑣屑計當前。

直宿小南門擬賦萬壑松風

靈崖原自擬天台，萬壑松陰風乍來。密葉忽喧疑驟雨，薄烟半[一]動似輕雷。殘雲弄影凌青岫，好鳥傳聲到[二]緑苔。莫道清凉應有界，葛衣從此不須裁。

【校記】

［一］“半”，《西林遺稿》作“微”。

［二］“到”，《西林遺稿》作“散”。

熱河中秋次吴昌言韻[一]

去年秋半卧京塵，今歲中秋值塞新。只有青山堪佳客，何曾明月解留賓。隔簾素魄窺人老，入座晴嵐傍影親。自是閒情消未得，無端淒絶此佳辰。

【校記】

［一］《西林遺稿》未收此詩。

有懷五弟因寄

時五弟隨圍，予以病留熱河。

征衣策策迫殘更，十里山頭念爾行。紅樹[一]半捎人面老，白雲横踏馬蹄生。定看寶鏃隨鵰墮，應復雕弓向鹿鳴。自是聖躬强健在，可曾一奏太平聲。

【校記】

［一］“樹”,《西林遺稿》作“葉”。

深秋再寄季正

小院深沉鎖淡雲,樹頭樹底黯斜曛。詩殘紅葉思千里,人瘦黄花定幾分。邊月馬嘶風瑟瑟,沙汀雁落雨紛紛。長公不是悲秋客,底恨應須問卯君。

不寐有述[一]

黄葉西風滿塞城,寒燈孤枕夜三更。無端北地愁戎馬,忽謾東方憶歲星。人事百年渾在眼,江山萬里總關情。接傾斗酒難謀醉,不是書生愛獨醒。

【校記】

［一］《西林遺稿》未收此詩。

直宿萬壑松風敬賦月色

烟净遥空絶點塵,碧天明月擁霜輪。照來玉影人偏静,散作瑶光氣漸春。輝映千林清欲徹,體含萬象鑑長新。宸心别有乾坤義,風在松梢影在茵。

隨駕避暑山莊直次同輩偶索詩賦此

高樹陰濃敞玉扉,輕香疊雪試羅衣。承恩自昔多光寵,侍輦從來無是非。恰欲眠時風乍冷,偶曾遊處雨初霏。阿奴枉復縈鄉思,如此清凉不可歸。

湯泉應制二首

其　一

遥峯如畫靄瑶宫,暖溜平開一徑通。定有丹砂結[一]地底,寧祇[二]白玉砌池中。三時寒暑勞宸念,四季温和宜[三]聖躬。謾道流膏資潤物,普天誰不沐春融。

其　二[四]

碧霄清露滴瑶墀,爲挹秋蘭步輦遲。佩裏香含思衆草,庭前影動惜華姿。深林秀質移金陛,窮谷芳聲滿玉池。拜向金章齊頫首,栽培歲歲沐恩私。

【校記】

［一］“結”,《西林遺稿》作“胎”。

［二］“祇”,《西林遺稿》作“惟”。

［三］“宜”,《西林遺稿》作“在”。

［四］《西林遺稿》未收此詩。

永寧觀瞻禮敬述

綵雲高繚慶長春,三字額名。仙觀蓬萊隔世塵。正朔萬年初甲子,星郎四紀恰庚申。余庚申年生。觀身静念酬金闕,受籙儼[一]思侍玉真。豈獨近臣歡幸極,普天誰不[二]識尊親。

【校記】

［一］“儼”，《西林遺稿》作“端”。

［二］“誰不”，《西林遺稿》作“遐邇”。

自　嘲[一]

屈指流光四十年，懶殘直與病愁參。一家五口週遭在，北屋東廂次第探。卿亦肉人奚至此，生非石佛定何堪。幾回欲向瞿曇説，想著清狂已自慚。

【校記】

［一］《西林遺稿》未收此詩。

喜吴昌言見過[一]

蕭蕭墮葉響迴廊，報道王孫過草堂。病裹襟懷惟藥餌，客中風味但茶湯。黄花何處爭憐瘦，白眼誰人可耐狂。回首暮雲成已事，不須重問少年場。

【校記】

［一］《西林遺稿》未收此詩。

歲盡病起呈蒙又上

不將心跡問傍人，舊與潛翁稱作鄰。生自有涯元是死，病猶無憾那辭貧。酒能破悶先宜口，綿定奇温早上身。家計粗完公事少，只須料理太平春。

蒙又上贈詩次韻答之[一]

司成門第孝廉身，清白傳家不諱貧。留劍方思酬國士，多金争敢負先人。一官蒙耻須從舊，三仕承恩總似新。爲報潛齋老居士，此生無計作遺民。

【校記】

［一］《西林遺稿》未收此詩。

十三日雪同蒙又上、德松如、家季正東廂小集用年字[一]

寒意霏微下碧天，隔窗風味逼新年。客來西墅憐芳草，人在東廂惜錦韉。一縷茶烟雙鬢底，十年春夢畫鐙前。與君便作尋詩約，驢背清吟計已偏。

【校記】

［一］《西林遺稿》未收此詩。

白雲觀次吴子瑞韻並柬諸道侶

苦向楞嚴辨八還，更從柱下覓元關。兒時弄影殊多事，老至息[一]心暫此間。暖酒三杯成大藥，閉門兩版入深山。相逢謾道神仙好，便是神仙也不閒。

【校記】

［一］“息”，《西林遺稿》作“棲”。

燕丘日白雲觀訪道人甚夥作詩酬之[一]

不到白雲今廿載，琴臺側畔此重過。彈棋擊劍饒方術，飲酒賦詩足嘯歌。勾漏丹砂行已矣，商山芝草復如何。諸公若覓長生訣，風在高林月在波。

【校記】

[一]《西林遺稿》未收此詩。

聞張野鶴將直永寧觀詩以告之

燕丘會上選神仙，名字驚聞入奏單。一片白雲留不住，九重丹詔憶争看。鷗離江海寧非誤，鶴立軒車定少歡。爲報荆南羽客道，紫衣元不稱黄冠。

春日遣懷[一]

軟風十丈裊香塵，藥裹茶甌寄此身。杏葉青迴憐舊雨，桃花紅短憶前因。人生會有三千歲，世上曾無百日春。記得白家詩句好，不開笑口是癡人。

【校記】

[一]《西林遺稿》未收此詩。

三月二十七日蒙又上携伴遊東嶽廟，余以病不與遊，因即以不與遊爲余病，病可原，遊亦可紀也。乃午後忽大雨，點點滴滴曾不小住。閒窗聽雨人，忽憶蕭寺著雨人。此時光景是遊是病，正復不辨。或更以與遊爲病，以病不與遊爲真，可以當遊，未可知也。薄暮雨歇，遊人歸來，問病人，病人因吟詩贈之

一春無雨今朝雨，三月不遊今日遊。人事安排渾孟浪，天工戲謔亦風流。打窗花片晴猶濕，曬羽鳴禽去復留。却憶歸鞍泥徑滑，爲君羸馬也生愁。

蒙又上小窗種竹作詩奉簡[一]

西街老屋三兩間，種得新篁定幾竿。無俗可醫聊從俗，有官難買不求官。好風吹處心虛直，明月來時節高寒。爲報主人須獨賞，莫教門以外人看。

【校記】

［一］《西林遺稿》未收此詩。

寫懷八首

其一

藥竈茶鐺兀自支，清癯無復少年姿。看來四十猶如此，便到百年

已可知。一子不争局半了，三杯全讓酒空持。憑誰得傍天花老，病裏維摩與後期。

其　二

空庭細雨裊如絲，小捲疏簾聽柘枝。免俗未能聊復爾，出門恰待欲何之。秋風楊柳毶毶短，夜漏山城滴滴遲。更劈溪藤寫舊句，板橋流水憶年時。

其　三

兀嗒新來似木雞，荆扉雙掩石橋西。上書韓子窮難送，化蝶莊生物未齊。頑骨何煩僧紫閣，癡腸已便菜青畦。定應此會多遐思，月落燈昏鳥自啼。陳希夷奇錢靖宣，復招紫門僧相之。

其　四

竟日扶頭懶不勝，隨緣粥飯恰如僧。梁間自有營巢燕，臂上從無脱紲鷹。舊事雖存徒解念，古人已死更誰憑。一竿苦憶嚴陵老，欲著羊裘忍未能。

其　五

倦把殘書强自開，烏皮倚遍意重催[一]。幾曾黑到蒼顔髮，多分青生白骨苔。對客呼貓緣底事，逢人説鬼誤奇才。那應更道劉伶達，醉向鋤頭一乞哀。

其　六

愁城那得覓勾留，聞説愁時便欲愁。眼底漁舟思往事，燈前蟲語訴新秋。看來影在還成礙，總使身忘未是休。爲報華陽詞客道，人生何必定揚州。“忘却世間愁故在，合身忘却始應休”，放翁句：“人生祇合揚州死”,顧况句。

其　七

司成兒子孝廉身,少小疏狂笑絶倫。二十年來如短夢,三千界裏識前因。生兼芻狗應誰薄,語破鳶魚並我親。白眼不開青眼合,須知同是世間人。

其　八

燈花半落撲飛螢,夜雨初晴月倍明。昨日豈知今日事,醒時難記醉時情。蛛依户網忻忻織,雀傍檐巢故故營。大抵有生生便好,更於何處學無生。

【校記】

[一]“催”,《西林遺稿》作“摧”。

酬蒙又上[一]

垂垂黑髮半成絲,四十覺非恨已遲。百事不如詩酒在,一身雖寄懶殘時。由來放手争能説,别有關心那得知。閒對夕陽乘晚興,與君歌哭總相宜。

【校記】

[一]《西林遺稿》未收此詩。

康熙庚子秋，友人富景韓以户曹主政隨川陜，年制軍散賑秦中，旋奉恩命特授甘肅布政使，僕時爲内府郎，聞喜增憂作詩并札付伊兒子郵寄

戎馬正當荒嗛日，一麾初領大藩時。因人自古難成事，爲國何年可罷師。手理亂絲須用緩，方醫惡疾不妨奇。與君廿載爲朋友，未敢緘情致賀辭。

對雨有作[一]

雲墮天低雨四垂，疏簾風細篆香微。眼中之子誰憐瘦，天下何人不稱肥。一榻輕烟供午睡，半窗寒影試秋水。此生只合長如此，未便從伊問是非。

【校記】

［一］《西林遺稿》未收此詩。

得六弟到京信却寄

去年臘至汝辭闕，今歲春歸我出門。一别經年勞遠夢，相逢何日倒清樽。三秋露冷蟲依户，十月霜繁雁到村。寫罷新詩憑阿季，滿窗風雨逼黄昏。

夜坐有述

黄昏鵶雀噪紛紛，墮葉驚寒早上門。老廢田園人共笑，貧籌婚嫁

婦多言。斬新大布縫裳暖，依舊殘書向火翻。莫道郎官家計懶，祇今眠食已辜恩。

庚子除夜同季正得年字

爆竹聲喧不得眠，一尊相對畫燈前。情知史館非閒地，雅信郎官是散仙。判歲鶯花春洩洩，過門裘馬客翩翩。休嗟四十明朝過，校長於君又二年。

東蒙又上二首

其　一

紫禁星郎白板門，下簾讀易送朝昏。偶緣舊雨開三徑，更爲新詩勸一尊。顧影自嗤成老大，問人誰解記温存。相逢莫道心如水，冷暖還應與細論。

其　二

東閣先生自在身，西鄰老子不知貧。算來小住才三日，占得閒行是幾人。問竹評花狂作主，長歌大笑醉爲賓。定應此會饒佳思，曾否移情到酒民。

喜晤若水上人有贈

曾經兩日盤山住，幾度尋師東澗東。見説騎驢過馬寺，空教倚石聽松風。黃精作供僧雛慣，白壁留題俗子同。今日相逢喜相識，一時把臂興何窮。

沖谷著帛賢昆玉相招橫山偏凉汀作竟日遊，感時即事情見乎辭

塵寰何處覓勾留，小住橫山山上頭。一水縈迴三縣闊，千峯環帶二汀幽。誰家樓閣銷殘劫，幾日神仙作勝遊。慚謝季昆相待意，新詩珍重寫灤州。

蒙又上憂我甚詩以寬之

與君相識不相瞞，一日何曾廢兩餐。自信囊中猶富客，人言員外是窮官。三間老屋堪容膝，十畝荒園足蓋棺。死事不煩生事了，更於何事覓愁端。

立春日南苑有述

屈指韶光劇可憐，行年四十又加三。愁添白髮成何事，病對青陽只自慚。生菜堆盤聊爾爾，寒梅著樹定毿毿。忻逢四海爲家日，弓帳迎春賦苑南。

南苑即事呈張卜臣寅丈[一]

十載金貂侍紫宸，遷除仍屬内家臣。敢言入手功名薄，到處折腰職役頻。南苑風迴殘臘盡，西園春放隔年新。與君同是酬恩日，莫便從人説苦辛。

【校記】

［一］《西林遺稿》未收此詩。

闈中述懷呈同事諸君子

插貂著羽先皇賜，遷擢依然隸禁垣。貳事重趨三日詔，被命正月三日也。一官真荷兩朝恩。捫心午夜情何極，迴首橋陵淚已吞。願與羣公矢精白，昔年辛苦併休論。

十三日衡鑑堂呈同事諸君子[一]

深沉鎖院寂無聲，衡鑑高頭認署名。我自粗官偕大尹，君應太史伴先生。色絲孝女碑長辨，賓主曹溪泒舊成。莫信朱衣評已事，從來月旦是虛名。

【校記】

［一］《西林遺稿》未收此詩。

贈許希孔

浩蕩雲霄九萬程，子能奮翮起昆明。文章自可垂千古，温飽何堪寄一生。下第人猶稱孝友，中丞君許重科名。眼前解首尋常事，勛業端期潤太平。

贈陳沆

下第聲名垂廿載，太丘遺澤重南方。疏才濫奉輶軒使，老友翻憐弟子行。經術深沉施政事，山川光氣入文章。天留一第秋風候，上苑寒花比杏香。

關嶺靈光寺并序

俗傳關索託夢伽藍，因建寺於此，然亦無可考矣。

萬叠千盤望裏尊，精藍小結劃嶙峋。從知漢室擎天手，舊是祇園出定人。一息靈光思净土，三分霸業痛元臣。丈夫大事惟忠孝，休向楞伽更問因。

贈同事胡一山檢討

萬里持衡主遇殊，郎曹轉愧一官粗。獨忻紫陌逢青眼，共矢冰心抱玉壺。金碧雄文追病馬，峨眉間氣接髯蘇。舊恩新命還相似，天語奇才洵[一]不誣。

【校記】

［一］"洵"，《西林遺稿》作"信"。

安南道中次胡一山韻

羊腸一線黄絲別，黄絲平，越驛名。鳥道千盤白石嶺名。斜。信有天心愛羈旅，幾曾洞主識官家。謂野苗也。竹雞唤客行啼影，蠻女乘春背著花。怊悵西坡縣驛名。西上路，板橋滇省驛。垂柳思還賒。

歸次南寧賦懷

一騎因曾萬里來，南寧小駐意徘徊。迴塘白水地名。吹還皺，夾岸青裳展不開。葉合，一名青裳。六詔人文偕二妙，五華風景隔重臺。

優曇花放知多少，夢裏依稀傍玉堆。

飛雲巖并序

去黄平州東二十里，狀宛如飛雲，嵌崎歷落覆罩數百人，黔南一大觀也。下有洞，深幾許，陰森不可入，傍即月潭寺，池水清泚，竹樹叢秀，塵繁憩此，真不減一服清凉散耳。六月初二日。

暫息塵緣覓小休，重崖西畔寺東頭。飛雲倚岫心常住，明月沉潭影不流。洞底知應留白蝠，亭前彷彿對黄猴。塘名。清凉如此人稀到，輸與僧禪得自由。

夜泊潛溪即事

蒲帆小叠繫蘭橈，萬頃玻璃漾碧霄。此夕江頭宜對酒，何人月底更吹簫。龍吟彷彿來東嶺，鶴侶分明住斷橋。記向坡公尋半偈，烟波紈綺洗平銷。

雍正元年八月初抵江蘇藩署，感遇抒懷呈幕中諸君子

舊是先皇侍從臣，金貂十載導清塵。近緣明主藩宣寄，財賦三吴任鄙人。敢以迂疏閒署事，不將廉介巧謀身。民淳士樸征徭減，欲借酬恩畫策頻。

寄五弟

天書稠叠紫泥封，伯氏承恩仲氏同。定有絲綸分閣下，曾無才具

領江東。迂疏早背通人旨，清白猶存先子風。知爾身名應不忝，好將辛苦答榮通。

答陳静夫[一]

東廂小卧就殘陽，藥裹茶經束一牀。懶誤稱高人見短，貧原非病我從長。閒尋軟飽酣酣趣，便到黑甜栩栩鄉。身事漸忘機事少，更無別事可商量。

【校記】

［一］《西林遺稿》未收此詩。

答高商白先生

新詩雅稱比芙蓉，更擘溪藤寄阿同。市骨何人懷冀北，埋輪有客卧牆東。丁寧兩字憑忠孝，索莫三秋悵雨風。今日一燈相對好，平教榮顧付苓通。

詠殘菊并序

梧葉青凋，木樨香墜，眼中之子正不須憐惜，仍向老圃寒堆尋臭味中人可也。

淡著秋容[一]雅自持，草堂一老對衰遲。猶餘處士千年恨，誰續東籬五字詩。藥圃烟寒侵瘦影，書簾香墮泥殘枝。蕭疏應似幽人操，十月青霜知不知。

【校記】

［一］“容”，《西林遺稿》作“雲”。

夏二曉堂來蘇過訪和余殘菊詩作此奉報

倦客禁秋悄自持，“菊残如倦客”，黄星甫詩。開軒鎮對已嫌遲。駐將杯底還丹訣，長乞籬邊采菊詩。衰鬢早凋重九日，寒花獨插兩三枝。披霜裁雪饒風味，除却癡人恐未知。曉堂直亮不合時宜，同館舊號爲癡。

奉酬王復村前輩寄懷之作仍用元韻

南來二載费支持，老病侵尋更不遲。每向白家思舊事，幾曾吴郡有新詩。風摧海岸鷗藏影，霜壓秋籬菊倒枝。輸與先生高卧者，冷吟閒醉許誰知。

對　雪

瑶館風迴静不譁，紫茸寒浸袖全遮。平街十里誰分玉，隔院千林盡著花。照夜應同湘岸月，釀春須付鏡湖茶。撒鹽舊破吴孃笑，詠絮何烦説谢家。

對雪漫成

纸窗影暗晝生寒，擁鼻閒吟似冷官。城北城南雲幕幕，樹頭樹底雪漫漫。羣烏窠老謀新壘，獨鶴天低失舊灘。憶得洛陽人士好，柴門高卧有袁安。

病　懷

楞伽堆案定何因，筐底殘書鎮閉塵。雅信粗官同熱客，翻緣[一]小疾是閒身。晨炊半菽熟分鶴，午焙新茶渴泥人。想到樂天天放了，早憐[二]鬚髮白如銀。

【校記】

［一］"緣"，《西林遺稿》作"憐"。

［二］"早憐"，《西林遺稿》作"任他"。

甲辰除夕

霏微臘雪盡寒梢，老境增年百慮交。夢裏家鄉還是客，南中日月漸成巢。鼕鼕畫鼓催殘漏，黯黯銀燈對別鈔。迴首雲霄學道者，幾多塵念可能拋。"學道志雲霄，自然塵念拋"，宋無句。

乙巳元日

和陽迴馭載恩暉，冷雪乘朝駐閣扉。富貴聊從如願祝，聰明早誤老元機。堆盤青菜食都慣，散客黄金事舊非。南北一江春萬頃，可堪暖熱敝朝衣。微之《元日》詩："富貴祝來何所遂，聰明散處轉無機"。

人日寄示昌敏諸姪

離家已判二年春，歸雁同傷七日人。忍見柔條催弄色，輸他良駟策安仁。謂東平王事。鏤金貼勝羣兒喜，煎餅熏天小吏親。不是諸郎堪慰老，江南凄斷此靈辰。

賦得疏影横斜水清淺[一]

玉宇風寒夜氣清，古梅花放野塘横。香生波底春無賴，雪滿枝頭月有情。好捲烟痕傳畫譜，更收寒意入簫聲。孤山祠畔黄昏後，最記尋詩月裏行。

【校記】

［一］《西林遺稿》未收此詩。

郊行示耕者

肩輿咿啞踏春圻，菜麥青黄二月時。謾道杏花初課雨，早看柳影半垂枝。一犁自足田園業，千耦同歌亞旅詩。隴畔小民須力作，窮檐辛苦聖人知。

三月二十四日會課春風亭，命賦"邑有流亡愧俸錢"句，蓋以自況抑亦自省，未敢效韋郎思田里也。聊申鄙意用告羣賢

束髮登朝老合休，一麾江上領諸侯。許身稷契談何易，結習詩書道未周。坐[一]使至尊憂稼穡，直應之子負山丘。流亡疾病春都感，慚謝蘇州刺史愁。

【校記】

［一］"坐"，《西林遺稿》作"誰"。

春風亭會文畢賦贈華子豫原並申前約

春風幾日倚書楹，官閣清贫飫菜羹。謬以通家尊世講，敢當老友列門生。文章報國科名重，濂洛尋源管樂輕。我亦北方之學者，相期慰藉用前盟。

春暮發石城，將抵淮揚，阻風江口，三宿燕子磯悵然有作

又摺弓衣度石橋，片帆滿擬試輕舠。身隨舟繫依江島，魂逐烟銷認柳條。殘月啼鶯三日伴，斜陽遠寺十年招。淮南舊跡揚州夢，懊惱東風著意驕。

贈學使中丞法淵若

肯教奇骨便安恬，轍遍江南化雨霑。除却詩篇何所癖，獨於山水不能廉。瘴烟蠻樹甘棠在，绛帳春風晝戟兼。今日相逢叨鄭重，感君同氣總無嫌。

元旦辰州道上

雲起霧沉旋作雨，四圍蠻壑促征鞭。重來馬底驛名。逢雞日，昨度辰關是巳年。六詔人文思漢土，五溪烟瘴接蠻天。伏波老略中郎節，拊手捫心一惘然。

用韻酬甘大中丞二首

其　一

小駐華峯背玉岑，閉門披卷罷閒吟。携來琴鶴都如舊，減却食眠直到今。病已有情緣智短，肥人無術坐愁深。聲名官職誰消得，辜負天家一片心。

其　二

官齋寂歷比清岑，手擘溪藤續妙吟。榮付苓通宛在昔，貧裁鶴料恰如今。排衙鼓吹情都懶，堆案楞伽意獨深。莫悵使君身退早，從來閒放是天心。天放閒人楞伽堆案，爲甘公一轉語也。

贈大司馬總制楊凝齋先生

棘闈鈴閣領春風，侍坐當年喜阿同。癸卯之役，初獲識公詹事弟奇公及門士也。節鉞新承來六詔，經綸舊許問三公。公以大司馬總制滇黔，仍理撫篆。獨含清氣知冰潔，漸却塵心似鑑空。濂洛根源管樂業，願將糟粕寄[一]顓蒙。

【校記】

[一]“寄”，《西林遺稿》作“鑄”。

春暮詠懷

皂帽朱旛度碧岑，倚松種竹坐長吟。倚松、种竹，二額名。重來北地愁兼病，小别南天古與今。六詔鶯花趣[一]日永，三巴歲月入春深。

一琴一鶴都奚取，捫手徒憐去住心。甘公贈詩有“相隨止琴鶴”句。

【校記】

［一］“趣”，《西林遺稿》作“隨”。

詠芍藥

小閣疏簾態自勻，朱朱粉粉殿殘春。折來欲贈還誰謔，喚作將離便可嗔。羞澀那應憐婢子，風流端不亞夫人。蜂兒惱亂鶯兒老，只合尋香問錦茵。

甘大中丞裁和芍藥詩用元韻報之

醉露欹紅一口［一］勻，玉盤深裹待餘春。留歡未厭開遲早，趣景從教幻喜嗔。舊譜重翻簾外影，新詞細束座中人。定知此後將離別，吟賞同須倚繡茵。

【校記】

［一］“口”，《西林遺稿》作“鬘”。

贈郝提督軍門

建牙爨僰百蠻城，破虜擒王舊識名。手可畫圖堪［一］聚米，才堪決策漫推枰。三巴昭武元臣略，六詔宣仁聖主情。我愧左軍領將佐，願從麾末問知兵。

【校記】

［一］“堪”，《西林遺稿》作“看”。

五日寄諸兄弟[一]

滇南五日仍衣裌，細葛香羅總不施。豈有綵絲能續命，祇應玉粽可飴兒。約奴性喜此日再食。蟾蜍角長情方悔，鴝鵒舌尖語半疑。寄語京城兄弟道，一身萬里對良時。

【校記】

［一］《西林遺稿》未收此詩。

觀風日示諸生

昔年濫[一]奉掄才使，此日重爲撤[二]幕行。五色暫迷慚[三]水鑑，一壺長抱矢冰清。登庸衣鉢殊閒事，風雅權衡是後生。莫向茂陵誇賦手，漢廷老輩重遺經。

【校記】

［一］“濫”，《西林遺稿》作“曾”。

［二］“撤”，《西林遺稿》作“撒”。

［三］“慚”，《西林遺稿》作“輸”。

貢院課士坐竟日即事書懷，再成長句，時丙午重午後二日也[一]

半窗蕉影趣風騷，俊鳥羣飛振羽毛。開府判平。閒完簿領，鎖闈就試坐週遭。燭添文几催銀葉，蠶食春筐落綵毫。應是使君攀桂切，折枝未許待秋高。

【校記】

［一］《西林遺稿》未收此詩。

武闈十五夜受卷示諸生

飛虹橋墮黯斜曛，明月樓高欲夜分。自笑粗官應事武，翻憐壯士不能文。風流人許羊家傅[一]，矍鑠心傷馬革君。寄語封侯年少者，須憑毛穎學從軍。

【校記】

［一］“傅”，底本作“傳”，據《西林遺稿》改。

丁未除夜有述并序

制滇二載矣，殊綸疊錫，小補鮮功，眷念封疆不勝悚仄，聊賦長律用誌感慚云。

稠復恩光降會城，二年惭懼夢魂驚。仰惟寸赤酬榮忝，上有穹蒼鑒悃誠。教化未能殘殺在，舟車不至貨泉輕。蠻荒萬里籌經遠，終恐[一]疏才負聖明。

【校記】

［一］“恐”，《西林遺稿》作“愧”。

文蔚堂詩集卷五

七言律詩

戊申元日有述并序

元旦令節朝罷，值早餐，念出征將士不復能下嚥。身膺重寄，地接百蠻，意本宣仁，形似黷武，數十年後制滇黔使者，或不免有事苗猓，應諒兹前事殊不得已也。如云在昔治彝惟示羈縻，又政先教化，威力非所施，余德薄才疏，猶無能幾此用，當自訟自强爾。

春盤椒酒薦諸兒，佳景當筵忽[一]不怡。川島霓旌交發戛，茶山鐵騎奮窩尼。發戛，島名，東川屬，接連武定、禄勸。係禄酋，據險處，窩尼、猓玀雜種統據六茶山，獷悍横恣，將貽後患，故乘期勾當云。烏奴未滅難朝食，赤子何辜忍後期。萬户千門家慶日，劇憐將士飽艱危。

【校記】

［一］“忽”，《西林遺稿》作“轉”。

戊申元旦越四日朝期罷，佇望雲巒，俯瞰春樹，烟火萬家，豆麥青黄如繡。朱子驄撫軍賦詩二章投贈，用酬元韻并廣其意[一]

其　一

日近天高徹遠聰，寅恭端合有裁衷。"宜有裁衷"，《南史》劉湛語。金閶不礙雲山隔，玉鑑何煩礪石攻。六詔公來頭並白，五華朝散炬銷紅。五華，山名，會城朝賀所也。坡田矮屋齊舒眼，無數人家對掌中。

其　二

曾向君家問砥型，活人應不限林坰。林坰，見《爾雅》。亭公詩："活人功更遠，試與問林坰。"金沙浪闊資霖雨，銅柱風高倚翰屏。要使蠻荒歸化域，還教旃毳識朝廷。祝鳌纔罷來佳詠，慚謝中丞放眼青。

【校記】

［一］《西林遺稿》未收此二詩。

朱子驄中丞莅滇廿日矣，百務舉興，幹濟自喜，録舊作示余并致謙沖，用元韻奉報兼以奉規

兩藩持簡重金函，湖南北諸苗獷悍，貽良懦憂公兩任方伯，每陳密議，輙蒙俞允。九命乘軺肇錦帆。列戟轅投新手版，撫軍門换舊頭銜。懸絲閣下還封絹，用李衛公事。飲水堂前罷食鹹。用《東軒筆録》語意。萬里百蠻平勾當，期君勳業剔嵚嵌。

四十九初度

我來倏忽春三度，鬢髮蕭疎几牘前。幾會宣猷戡重寄，頻叨錫命儗名賢。驚心清獻知非日，迴首昌黎誦惡年。齊向節堂稱壽域，倍慚鑾部劇華筵。

杭副憲靖公奉使安南留滇三閲月，季春廿一日將由粤前進，叙舊餞别不勝悵悒，因繫以詩并志顛末云[一]

玉節金車日下臨，滇陽小駐泥春深。時芍藥盛開。八千里外重相面，二十年前舊此心。剪燭西窗懷在昔，銜杯東院話如今。情知郊粤亦鄉土，坐對將離思不禁。

【校記】

[一]《西林遺稿》未收此詩。

元副使邀集荷亭用韻再酬長句

藤梢竹刺問諸黎，隔浦忻看稻葉齊。静客有招情似水，稠人拚飲醉如泥。荷衣只合貽仙侣，蓮幕無妨就古堤。記取閒亭亭畔柳，斜陽滿樹繫天西。

蜀人李專年七十二初來署有贈詩依韻答之[一]

異地相從感趣同，“行合趣同，千里相從”，《淮南子》。西川博士客迤東。擔簦入幕當頭白，倒屣開筵列炬紅。經世匪材虚問道，理人有術合裁衷。宣猷萬里談何易，悃悃衹應效樸忠。

【校記】

［一］《西林遺稿》未收此詩。

寄示季正

手擘溪藤寄阿同，天南坡老已成翁。髭鬚豈止三分白，顔面曾無一點紅。萬里提封慚大略，百蠻軍旅動深衷。情知早爲[一]抽身計，怕[二]對兒童更課忠。

【校記】

［一］“情知早爲”，《西林遺稿》作“恩深忍作”。

［二］“怕”，《西林遺稿》作“還”。

甲秀樓小集，同粤西金中丞暨鄂方伯趙廉使、楊參政、王參議并太守牧令諸人分韻得恬字

刺藤梢竹又來黔，背郭南明趣未厭。傑閣先登推老大，深杯小注共酸甜。吟哦到底都成癖，山水終然不計廉。好記清和羣從日，忘機魚鳥亦恬恬。

黔中五日

黔中忽忽過端午，檄羽勘書又幾旬。欲煮梟羹分將士，時有丹江古州之役。聊傾蒲盞慰天人。印桃貼户齊民俗，躪柳張軍走馬辰。迴首賜衣宫殿裹，輕香疊雪侍朝臣。

日來疾作清癯益甚，羣僚有憂色，詩以寬之

笑談底用却熊羆，學得神完是善基。何恃敢言中有恃，奚爲切恐下無爲。坡詩：此老神完中有恃，談笑能却千熊羆。“善基者”見《鹽鐵論》。“下無爲”用《莊子》。羽書傍午倥偬日，藥竈沉宵静泊時。謾道吾衰將老至，内身頗與外身期。“君親六合以考内身”出《管子》。“外其身而身存”，《老子》語也。

秋七月貴筑詠懷三首

其　一

剖竹春深駐采斿，黔地舊係剖竹兒疆。底忙勾當已經秋。百千我愧生諸葛，八萬人知略古州。赤水即洪水江，自黔苗界達楚，今已通舟。東流趣舴艋，白崖嶺名，新路所經過也。西下挽車[一]�。捫心合有籌邊計，志決才疏道未周。

其　二

嶺南冠蓋舊因仍，新署頭銜百慮增。莽伏狰狼粵彝種。横似虎，牙排厮隸沸如蠅。放言經術殊奚補，小變旌旗猝未能。聞道金張謂粵西金中丞、張金門。堪畫策，裁衷重與判溪藤。

其　三

重華復旦爛雲津，滇南五色雲三見雲津橋名。薙髮駢肩祝聖人。知有越裳能貢獻，老撾國即古越裳氏，時儀象入貢乞内附。忍教莽緬不尊親。莽緬皆外域國名，茶山之役一遵檄令效恭順。江連阿墨烽長熄，阿墨江屬元江府，由車里通諸外域路也。水帶披沙土是塵。悵望西川凉冕路，癡頑

黑骨幾時馴。凉冕川屬二山名，界連烏蒙，綿亘數千里，黑骨頭諸蠻獷悍，不受制，蜀將議於披沙建小營，意欲擒控，殊非扼要所也，披沙營近建昌。

【校記】

［一］“車”，《西林遺稿》作“舟”。

留贈鄂質夫方伯

銅鼓金沙帶越甌，承恩雅負是宣猷。丁未十月爾泰蒙賜額“誠悃宣猷”四字。姓同拙老資三益，官重屏藩寄兩遊。道在人倫先稼穡，格來干羽後戈矛。虛衷遠略憑裁取，碎務何妨緩一籌。

返抵嵩明過海潮寺有述

東土由來只彈丸，西歸刹那住蹣跚。多情水惹雲千疊，有節秋閒竹萬竿。圖畫天然臨碧海，寺額“天然圖畫”四字。叢林自在倚青巒。塵勞暫憩翻知悔，不作貍奴白牯看。

羣官和過海潮寺詩疊前韻申意

關塞元如視掌丸，韓維詩“却視關塞廣，有如掌中丸。”跛行終許笑盤跚。常因暫寄[一]三生石，歸計難投六尺竿。“歸投六尺竿”，考亭句。秋水雙旌驚翠羽，夕陽疊樹帶縵巒。“縵巒帶阜”，見《水經注》。身名到底都塵土，留與閒人袖手看。

【校記】

［一］“寄”，《西林遺稿》作“倚”。

送龍牧爲霖歸省將赴粵東幕并序

霖字雨蒼，籍隸蜀，任滇石屏牧，稱循吏，前以母老故乞身歸養，已得請，旋因粵制軍請復命偕往。於其行也，贈以詩。

三年萬里一舟同，欲返西川又粵東。聖主[一]憐才煩再命，小人有母動深衷。勛勤自惜元成孝，畎畎[二]何曾不課忠。此去北堂家慶畢，莫教驄馬滯蒿蓬。

【校記】

[一]“主”，《西林遺稿》作“上”。

[二]“畎畎”，《西林遺稿》作“畝畝”。

即席賦贈金震方中丞

帶水西南兩幕開，夜郎歸騎又重來。捫心盡是酬恩客，屈指誰當濟世才。擘畫如雲資化雨，肝腸似雪逼春雷。看君雅意濃於酒，斟酌同期矢此杯。

由粵埠頭河入永州界晚泊木瓜鋪獨坐有述

一棹湘灘早注黔，零陵細雨殢篷檐。山河在眼誰分界，五十平頭又出尖。垂老身名看鬢髮，難酬官職是清廉。疏才剩有心如水，慚比春江日日添。

舟次祁陽示蔡魏公諸子

紈綺烟波好自尋，篷窗黯澹坐春陰。黄羊黑狗二灘名。都經眼，白水紅山二塘名。不住心。棹過衡沙循上路,鞭迴筑里黔附郭二縣。盼西林。西林渡由黔赴滇路,余所新開闢也。勞勞亭亦蕭閒地,一息聞塵一滌襟。

晚晴次衡州,夜度横江浦,叠韻成詩,書一紙示陳沆陳沆,衡太守,滇人,余癸卯所取士。

岳麓仙巖窅未尋,開雲堂名,韓昌黎所建。恰喜豁重陰。三湘烟水千峯影,八桂旌幢萬里心。白板扉閒遲落照,青帘市遠逗疏林。燒燈不覺攤書久,風滿蒲帆月上襟。

庚戌初度日辰陽詠懷

流水年華算又添,五溪鳶站[一]駐行襜。身名不與神仙約,官貴何曾老壽兼。誓答恩光憐太[二]傅,重期冥報悵陶潛。春暉寸草無窮思,小卸弓衣淚已沾。

【校記】

[一]“站”,《西林遺稿》作“跕”。

[二]“太”,《西林遺稿》作“白”。

由粤返滇抵貴陽,方伯廉使諸君邀同大中丞學使者甲秀樓小讌,作此詩。庚戌二月廿五日[一]

中樞節鉞重南天,四載去。週遭萬里旻。獨秀桂林主峰也。峯迴登甲秀,初筵賓至會長筵。漁人網集横橋塞,硐女杯傳夕照懸。苗酒也,味頗醇。聞道諸黎慣蔬食,可能一散細廚烟。

【校記】

［一］《西林遺稿》未收此詩。

送李專歸蜀

相逢鎮自笑鹽虀，夔府孤城老更宜。應似少陵長在蜀，居然子固更能詩。文追屈宋知何用，道出羲皇舊已癡。别後巴州須記取，昆明凉夜泥君時。

重九日對菊詠懷

倦客侵寒悄坐衙，倚簾霜影岸烏紗。閒吟老圃秋容句，愛看東籬處士花。要插滿頭羞鬢髮，待搴盈把惜英華。故園荒徑知曾否，欲賦歸來念又差。

初度日賦感

誓答恩光欲殺身，白太傅語。殺身乞與謝天倫。袖中那得閒詩卷，襟上仍餘舊淚痕。白髮都官偕病婦，青陽宿草憶荒園。百年兩事知多負，初度逢春倍愴魂。

七月十五夜獨坐勘書，漏已三十下，月明如水，羣動咸寂，小步中庭，蕭然閒放。此中況味衹堪爲醒者道耳。詠長句聊當靈篇

隔院吹鐃不得辭，文書堆案上燈時。蠻兒大慶營盆會，老吏翻忘校籍期。人散月明秋浩落，夜闌心息影熙怡。誰能更慕餐霞客，習蓼

蟲吟枉自悲。

東歸有日矣題法界寺壁

雪嶺西來不記巡，撝訶萬馬踏黄塵。娑婆會乞餘香飯，殺活誰從識幻身。努力有門迴向日，立錐無地著空人。六年苦行殊奚了，慚對龐眉問夙因。

廿六日宿易隆送者不欲返詩以告之

撒手衝塵不住因，板橋回首已前身。從知三萬六千日，半是東西南北人。悵别羣僚紛涕淚，遄歸一老念尊親。平蠻坊底休煩思，好記天涯若比鄰。

紅　梨　花

澹白深青罥夕曛，倚闌静女弄霞芬。乍疑定惠籬間樹，仍是王郎夢裏雲。畧點燕支污玉色，半隨夭冶繫紅裙。誰憐心跡如香雪，一笑逢人頰自醺。

賜 園 牡 丹

雕闌東景護輕陰，一簇臨風百兩金。富貴緣多經歲轉，栽培恩重記春深。衆香國近青猊座，萬卷書堆赤玉林。幾向姚家尋舊譜，獨將正色契天心。

對瓶中白芍藥有作[一]

翻堦底用綴繁絲，手把殘書玩折枝。金帶圍希嫣客貴，玉盤盂好謫仙知。誰憐没骨難承露，頗愛含棱不染緇。香草可離春事了，白頭老眼盛明時。

【校記】

[一]《西林遺稿》未收此詩。

安邊道中述懷示隨行穆將軍、班閣學並舒蔣兩侍讀

驚聞絶塞劇烽烟，南詔星馳萬里還。贊畫謬推須相國，指揮難定甚諸蠻。班侯遠畧徒探穴，文叔[一]深謀衹閉關。不戰功成明聖意，願從鐵騎驗刀環。

【校記】

[一]"文叔"，《西林遺稿》作"光武"。

肅州九日夜坐聊短述

秦關凉候漢城墟，雪夜秋燈勘羽書。何處登臺望烽火，幾人得酒卧穹廬。營平舊事争能説，淮蔡新猷校不如。羞把寒花矜晚節，南山即祁連山。相對正愁予。

壬子九月既望送查蒙宰領大將軍敕出嘉峪關

宣麻西下領諸侯，小駐籌邊望戍樓。關塞地連青海曲，營屯人過赤斤頭。旌旗一變思干羽，撻伐重光問虜酋。高築受降功倍遠，期君飲至赴皇州。

送尹元長制軍赴滇黔粵西任

帝簡廷臣曰汝賢，西南萬里藉安全。衣冠已領尚書省，節鉞平操上將權。六詔晴烟麗曉日，五溪春雨滴清泉。定知嘉德傳風什，作頌空慚吉甫篇。

老　松[一]

閉門兩版認巖阿，手拂龍鱗一嘯歌。偃仰百年渾露電，支離萬事飽經過。清風可愛陶應爾，蒼叟無情友作麽。梁棟匪材閒放得，烟蘿猶挂鶴巢多。

【校記】

［一］《西林遺稿》未收此詩。

秋　懷[一]

聞説愁時便欲愁，山河萬里坐神州。温腴合願誰如我，風雨牽情況是秋。黄葉滿庭書一卷，白頭隱几意三周。鹽梅細味原家給，高話和羹愧不休。

【校記】

［一］《西林遺稿》未收此詩。

夜坐檢書偶讀工部《蜀相》篇慨然有述

碧草黄鸝萬古情，杜陵野老慣吞聲。祠堂不占中原地，丞相徒傷西蜀名。兩立霸圖生有恨，偏安王業死無成。錦官宛在尋何處，風雨燈昏夜柝鳴。

甲寅元旦立春雪竟日，明朝晴霽，王大臣稱賀，時祈穀齋期召入西暖閣，愷切訓示，稱賀是當賀也。臣鄂爾泰恭賦長律一章用誌忻忭[一]

元日迎春春便雪，回寅恰復會三寅。豐登有象天顔喜，符兆初陳睿旨諄。直剖災祥關政事，重申敬怠勖臣鄰。辛盤賜出齋宫肅，大瑞何須紀鳳麟。

【校記】

［一］《西林遺稿》未收此詩。

紀　課　詩[一]

十載攀緣歷四天，須彌百億鐵圍前。故知影在還成業，縱使錐無未是禪。入慚愧門覓進步，感慈悲力度層巔。摩訶到底須探取，風住空林月挂川。

【校記】

［一］《西林遺稿》未收此詩。

賦得二月春風是剪刀[一]

萬樹千林面面同，舒眉開眼任天工。巧從葉底鐫春影，漫向枝頭掠錦叢。燕羽便翻時上下，鶯聲輕斷忽西東。永豐坊裏寒初淺，撩遍長條夕照中。

【校記】

［一］《西林遺稿》未收此詩。

海棠詩示觀海棠者

深沉庭院閉芳叢，銀燭高燒老興同。乍有旋無香在影，如朱似雪色還空。情多不礙神仙品，睡去安知造化功。重倚畫闌尋舊雨，穠華昨已謝春風。

賜園海棠樹有放白花者，殊未曾覩也，戲詠長句

雨泣烟愁也慣經，瓊姿無意鬬傾城。一簾絮影春眠覺，滿院梨雲我相生。笑對紫錦羞弄色，競傳黄蕚浪知名。香霏閣底看曾否，夭冶叢中黯[一]淡情。

【校記】

［一］“黯”，《西林遺稿》作“點”。

遊卧佛寺與青公茶話二首

其　一

紅藤拄杖白雲隈，一罅天開印古苔。高卧可曾行脚去，暫遊聊與息肩來。鐵蛇横路平如砥，雲鳥乘空鈍似駘。慚對青崖老香火，攢眉合眼話香臺。

其　二

萬古青山小有天，清凉一榻卧蒼烟。白椎誰問庭前柏，黄面重依座上蓮。到處有情皆净土，自來無語是真禪。尨眉微笑殊多事，赢得兒孫更竪拳。

七月七日夜坐漫成[一]

寒玉如鈎挂月村，開襟結縷促林昏。人間自有支機石，天上應無乞巧門。緱嶺笙簧遺勝跡，銀州富壽祝精魂。便成真個終何事，好是長竿犢鼻褌。

【校記】

［一］《西林遺稿》未收此詩。

予告後上命養疾内所書懷

鑾天待罪包荒日，綸閣無功負愧門。官罷依然居近地，吾衰何以答殊恩。中厨别敕珍饈饌，前席重聞肺腑言。念報大難憂歎切，秋燈殘雨泥黄昏。

闈中述懷柬同事諸君子

细雨霏微[一]春意深，模糊老眼怯春陰。四千四百有奇士[二]，二十二人同一[三]心。誓拔真才薦天子，[四]别裁僞體正[五]元音。大言侈願誰償得，[六]坐對奎堂思不禁。

【校記】

[一]“細雨霏微”，《西林遺稿》作“寂静春闈”。

[二]“士”，《西林遺稿》作“卷”。

[三]“一”，《西林遺稿》作“此”。

[四]“誓拔真才薦天子”，《西林遺稿》作“屏絶丕休求正士”。

[五]“僞體正”，《西林遺稿》作“茁軋得”。

[六]“大言侈願誰償得”，《西林遺稿》作“三條燭爐前塵夢”。

丙辰中秋夜詠懷

昨朝風雨今宵月，雲净天高夜氣寒。萬里悲歡明鏡裏，百年身世轉輪看。撤燈有客思文酒，駐景何心問露盤。迴首芰荷鄉路杳，衰殘無計散憂端。

小卧東堂，棗花盛放，與潘立夫、史象周、陳星齋同作用家字

滿院蜂聲静不譁，一簾蝶影夢猶賒。林端暖愛初長日，葉底香憐最小花。純赤有心觀净妙，嫩黄無意鬬繁華。南薰風動清芬遠，好是青齊十萬家。

欲雨不雨者累日矣，望甚恐甚，夜坐口占[一]

午夜看雲眠復起，丁年閔雨思尤長。鳴鳩拂羽旋呼婦，畢月離躔又在陽。豈是伏龍慳一滴，幾曾老魃縱餘狂。調元無術驚慚久，欲答宵衣黯自傷。

【校記】

［一］《西林遺稿》未收此詩。

雨霽西堂小坐得苔字

高檐雀報阿香迴，緑野新曾踏碧苔。楊柳情多猶帶水，芭蕉心定不聞雷。晴翻息羽穿林出，濕壓[一]柔花貼地開。料是畿南膏雨遍，荳蕎熟晚更宜栽。穀種有六十日成熟者，俗名糙穀，然粒不實，皮厚多糠，終不如及時蕎豆可望堅好也。

【校記】

［一］“壓”，底本作“塵”，據《西林遺稿》改。

哭朱可亭先生并序

僕與高安公交最淡，契特深，於其死也，哭之慟，若私親然。然不爲其死，並非爲其不可以死而竟死也。而日移月易，忽忽神傷，若胸中眼底少一非才非能如愚如懦之高安，其人而真見少者。嗚呼！余何爲者，寸心衹自知，殊無可告語耳。夜静燈昏，泚筆寫五十六字，聊以抒余痛，切勿以示外也。

大年終考並休論，貧病家風社稷身。明聖親臨哭太傅，狂愚相聚惜元臣。哀榮至此情何忝，存殁於今道是真。惆悵吾衰憐後死，深期密語更無人。

乾隆二年八月二十三日憲皇帝忌辰臣爾泰敬賦長律一章用誌哀感

凄凄凉露兩霑裳，每憶音容痛斷腸。寢殿秋深冠劍肅，鼎湖雲隔路途長。未酬高厚懷終古，豈意星霜歷大祥。去歲几筵猶在望，迴看雍邸助悲傷。

賜遊西苑恭紀并序

乾隆三年春，上初幸圓明園，率同莊親王、和親王、寧郡王、平郡王暨大學士張廷玉、兵部尚書果毅公納親、領侍衛内大臣常明、户部尚書海望、工部尚書來保泛舟看花，徧遊内所。臣爾泰觸景傷懷，悲喜駢集，不禁涕之沾巾也。退直賦詩用志悚仄。

仙館蓬洲早入門，宴遊重許侍嚴尊。驚看故我憐今我，慚謝新恩感舊恩。萬樹桃花紅在眼，一湖春水碧無痕。問津何處思前席，回首山村泪欲捫。問津屋兩間，居河北岸，前養痾内地住六所，相離咫尺，每召對輒就此沿河而南，不半里許即樂志山村，先皇帝寢宫在焉，今不可復覩矣。

題我所壁

六十年如火宅僧，蒙頭霜雪入鬅鬙。生同芻狗情何擇，老羨癡肥病未能。心已出家家事了，身猶住世世緣增。底因得覓牛車便，親向瞿曇問上乘。

甘霖普降特召大學士内廷翰林圓明園泛舟賦詩恭和御製元韻

溟濛已布次瀧涷,告足微愆早勑躬。伏奏既霑時節雨,讌遊初領芰荷風。恩隨畫舸流光遠,波及平田惠澤通。益信天心感誠德,作霖有愧祝年豐。

恭讀御製面賦詩敬依元韻

蓬萊洲許侍流觀,一櫂玻璃海樣寬。色笑中筵頒玉管,珠璣滿斛寫緗紈。川舟勖望於今切,魚水遭逢自古難。豈獨近臣忻幸極,岸花林鳥亦清歡。

己未新正二日乾清宫侍晏賦柏梁體詩恭和御製元韻[一]

柏梁春宴領班聯,睿藻新裁墨尚鮮。忭舞争看擎玉盞,頌歌應與被丹絃。昌年重賀元正雪,小會同登聖主筵。喜起一堂真盛事,願將寶訓記圖編。

【校記】

[一]《西林遺稿》未收此詩。

己未初度日謝客詠懷

無然百歲便如何,二十峥嶸六十過。官貴倍增慚愧事,恩深徒誦太平歌。賓朋介壽思棠棣，兒女稱觴感蓼莪。老至情懷難向說，不堪重許賀人多。

恭和御製詠瓶中新荷元韻

翠蓋輕欹露點粗，頗黎滿注育靈株。疏欞香細聞猶遠，錦樣花多看似無。净妙睿襟延玉井，清凉仙骨濯冰壺。芙蓉别殿承恩久，静挹容華敢自娱。容華、芙蓉草花，见《淮南子》注。

己未六月六日上賜玻璃瓶荷花恭紀一章敬依元韻

曾於圖畫見猶粗，愛出天然供幾株。好相不殊空裏色，真香恰似有中無。用老子妙有語。妙蓮華注琉璃界，太液波分藻鏡壺。捧賜歸來心似水，書窗漏永頌康娱。

野蓮次汪謹堂學士韻

玉骨冰肌不耐肥，溪迴雲錦帶蓬扉。雲、錦，二溪名。清風彼岸懷香國，明月前身悟獺衣。魚戲乍疑花弄影，龜遊自在客忘機。一株重與秋池約，蕸菂青黄想未稀。

午窗睡起和桐城太保偶然作元韻

黄閣清風紫綺塵，黑甜泡影白閒身。夢回天地誰爲我，語破鳶魚不異人。眠食功勞行自得，芝蘭氣味老逾親。一針尺線君知否，留與他年作釣綸。

己未七月十五日夜坐紀興[一]

秋臨大慶爛青霞，學士家以七月爲大慶月。霽入中元絢碧紗。自有羽流酬令節，幾曾學士講南華。千川波映天中月，七寶蓮開火裏花。應是康年同樂得，營盆街鼓亦讙譁。

【校記】

[一]《西林遺稿》未收此詩。

己未七月廿日甲子雨奉酬桐城太保，和余《十五日夜坐紀興》詩，仍用元韻，兼述鄙懷[一]

峯烟落日望燒霞，雨灑秋窗悵隔紗。集福何年成世界，中元日，太上元始會於集福世界，《道藏》語也。承恩有我並優華。詔裁一束黄麻紙，茗啜三甌緑浄花。先生酷嗜茶，余亦同癖，故及。重與先生數庚甲，讙譁或恐是啾譁。秋甲子雨，田家所忌，兀對擗衷殊不勝大恐。

【校記】

[一]《西林遺稿》未收此詩。

觀稼書懷二首[一]

其　一

雨露恩濃百穀肥，垂垂禾黍盪晴暉。黄雲匝地真如此，白雪凝匙願豈違。即日風光想鄰熟，前時庚甲念宵衣。殷懷農慶披圖久，敬記丁巳九月上曾示《觀豐年農慶圖》古體詩。晝覩天然喜欲欷。

其　二

塍畔溪稜穗穗風，手鐮腰索各南東。四秋已慰三秋望，近甸重聞遠甸同。詎有鰩魚呈碧海，毋須銅雀叫丹楓。綏邦舊是豐年頌，地久天長願道隆。

【校記】

［一］《西林遺稿》未收此詩。

恭和御製秋日侍皇太后幸静明園奉聖母命敬成長律得佳字元韻[一]

翠駕朝隨鳳輦排，深秋院樹轉清佳。紅於二月楓稠葉，黄合中央菊掛牌。裂帛琤琮環玉岸，孱顔光霽入瑶齋。湖山喜共慈暉永，更灑天葩悦聖懷。

【校記】

［一］《西林遺稿》未收此詩。

恭和御製九日元韻[一]

一抹青巒萬樹紅，高秋令節自來同。踏朝乍拂霜袍曉，宣綍親承玉殿東。是日，上臨政罷日已移午，復召臣爾泰、臣廷玉入勤政殿，命坐，諮訓良久，曾不及燕樂事。豈爲登臨紓睿賞，不緣豐樂息心忡。授衣滁圃豳風在，八百開基日正中。

【校記】

［一］《西林遺稿》未收此詩。

南園九日

門巷環彎宅一區，嘉辰高會佇庭隅。鴻歸遵渚誰爲侣，鶴步當堦我並癯。留晚[一]香看培楚菊，佩仙囊細把吴萸。沉吟萬户迎凉候，酌酒人都著絮無。

【校記】

[一]"晚"，《西林遺稿》作"曉"。

恭和御製登盤山天成寺江山一覽閣元韻

纓巒疊巘天成境，翠輦纔臨氣象分。四正盤山一名四正山。莊嚴呈色相，三盤山有三盤，分上中下。烟靄入聲聞。叢宵路近塵寰小，洞壑風來玉籟紛。知有仙靈羣從在，蒲團石名。箬笠松名。總如雲。

敬讀御製幸盤山寺閣詩，回憶舊遊，如夢如覺，用抒鄙懷仍依元韻

廿年希到田盤境，天眼模糊地角分。忽捧奎章忻見見，却從法界注聞聞。烟迷孤巘横尤出，風攬空林静不紛。何日亭然峰頂上，白雲滿袖瞰青雲。

庚申元旦直南書房，梁少司農詩正、蔣閣學溥、汪學士由敦、張學士若靄、錢通政陳羣、佟侍講介福、彭侍講啟豐、金修撰德瑛、莊修撰有恭、秦編修蕙田暨大兒侍讀容安，同用文韻各賦長律一章余讀之忻然不辭繼作

一日雞鳴兩歲分，千門萬户望慶[一]雲。餘寒殢臘春猶早，七日立春。正旦含元氣已熏。繞坐[二]圖書依禁近，襲衣香篆入氛氳。文章報國都曾否，且喜詩成思不羣。

【校記】

［一］“慶”，《西林遺稿》作“卿”。

［二］“坐”，《西林遺稿》作“座”。

恭和御製題畫八首元韻

其　一

風入松吟不可尋，蟹行没跡綠垂陰。誰裁雲影濤聲句，宛睹涵秋積雪琴。鳴峽流泉隨意得，背堂疊樹坐情深。分明圖畫延真賞，妙手無痕自在心。

其　二

湘雲一翦漾風漣，半拂荷衣映碧鮮。卸粉乍摇春後雨，跳珠似浸月中田。仙壺冰雪銷長景，居士儵閒息外緣。便合此間尋坐地，幾多人費草鞋錢。

其　三

碧委墻隅緑上堦，拖條瘦竹蹋雙鞋。剔疏石筍烟當户，長養琴材露浥齋。命侣幽尋情漸減，忘言兀坐意殊佳。居然林澤風流在，更屬匏樽喻好懷。

其　四

澗響禽聲寂不喧，溪紅嵐翠恰當門。閒披瓊笈依真諦，得傍清都宛默存。芒屨有時來剥啄，草堂隨意設琴樽。緣溪若問桃花水，笑説山濤是巨源。

其　五

古藤花下侍雙男，妙喜誰煩赴小參。樓影日長春太半，剪刀風遞月重三。避烟老鶴窺茶竈。覺夢新衣認藥籃。多景樓名。宛然仙侣在，拍肩挹袂亦何慚。

其　六

開石疏林儼道場，穿雲拄杖遠相將。逆風何處天花墮，放梵如聞貝葉香。十笏維摩容我住，一龕彌勒和身藏。溪亭有客成三笑，始信攢眉不是狂。

其　七

裾影茶痕蘸碧流，擫頭船小趁晴遊。潺湲挂席應同謝，延佇凭欄儻遲劉。隔岸霞明翹隻鷺，一茸沙暖戲羣鷗。逍遥自是神仙境，似此烟波會得不。

其　八

輕寒嫩暖媚春時，處處垂楊散日絲。環郭溪明朝市近，隔江烟暝夕帆遲。遠山數點青如薺，芳草無言翠似帷。最是太平好風景，重披粉本繪吟思。

南 園 漫 述

罷直歸來鎮閉門，下簾胎息護元根。檐花微笑風情減，庭草無言氣味存。病合乞身長惻惻，老緣學道益昏昏。公登台輔殊奚補，伴食驚慚國士恩。

恭和御製喜雨詩元韻[一]

閔雨占雲夏欲中，連朝甘澍續綿濛。故知膏澤惟天貺，端識憂忡切聖躬。黄覆麥塍觀載穫，青抽田稺喜多芃。回鑾雅奏南薰曲，百爾驩騰萬姓同。

【校記】

[一]《西林遺稿》未收此詩。

恭和御製奉皇太后幸静明園元韻

行苑風清霽景閒，慈顔有喜浹天顔。花間圍綠鳴泉筑，雨後排青列岫鬟。蓮葉東西香自遠，禽聲下上樂相關。從容晝漏承歡笑，糺縵雲深侍輦還。

石亭小坐聊短述[一]

一彈指頃又經秋，秋到荒園合少留。雨霽西峯青對掌，月移東閣白當頭。金堤楊柳原無住，玉井蓮花也暫休。手把殘書動遥想，舍舟何處不虚舟。

【校記】

［一］《西林遺稿》未收此詩。

恭和御製秋英燦然可觀元韻[一]

朗景芳林越樣奇，完將春色到秋墀。潤霑珠露無私被，凉入瓊籬有素期。爛漫花光歸静妙，翩翻風意向榮熙。搴英底用尋萱草，葵赤依依際盛時。

【校記】

［一］《西林遺稿》未收此詩。

文蔚堂詩集卷六

七言律詩

恭和御製孟秋時享回宮齋戒喜見禾黍茂密元韻

歲事民依軫睿衷，旁流協氣應皇穹。風疏繡甸披襟候，雲覆香塍耤輦中。送喜萬方呈上瑞，近光三輔賀長豐。不須更獻神禾頌，周籥豳歌處處同。

庚申中元節夜坐遣興十七日白露。

裁看解夏旋移候，皓露凝霄罥白頭。却憶五年逢再閏，不然今夕是中秋。瑶池燭爛青荷葉，玉宇風迴紅蓼洲。便合從人歌水調，如珪圓月已當樓。七月十五釋爲解夏日。

恭和御製中秋日恭侍皇太后萬善殿瞻禮隨遊瀛臺諸勝元韻

慈暉聖節喜徘徊，金粟香中侍輦來。紺殿清虚通月户，神洲縹緲接星台。恰分秋序光飛鏡，願釀淋池壽獻杯。最是萬年隆就養，氤氲佳氣勝蓬萊。

庚申中秋與金軼東、周旭之、潘立亭、楊洪度暨大兒容安東軒小集，向夕微陰，少焉月出，坐對素心人，老子興復不淺，同用庚韻各賦長律一章

風雨牽縈世上情，廣寒無地著陰晴。每逢佳節心先懶，可奈中宵月倍明。到眼山河看弄影，舉杯賢聖漫知名。劇談一出清光繞，不愛姮娥泥友生。

重陽日登高侍宴詩二首[一]

其　一

紅樹熏然換碧條，嘉辰霽景駐秋皋。太清樓接叢霄近，曲宴班聯繡榻高。萸氣道和仙掌露，菊香凝色衮龍袍。銜恩願上無疆壽，九九周環歲一叨。

其　二

稻熟香飄風滿旂，葱蘢佳氣達郊圻。千年際盛時方午，九日當陽露正晞。鶴舞仙階隨輦步，鴻迎秋序貼雲飛。皇情獨與豳風洽，八百開基詠授衣。

【校記】

［一］《西林遺稿》未收此詩。

長安城南下途中書懷[一]正月廿二日。

回首蘆溝月挂情，長安城曉雪初晴。是日微雪旋霽。重來趙北燕南地，仍是拖泥帶水行。冰裂金門驚鐵狗，河圍玉帶望茅旌。方流圓折誰爲主，操濟經營百慮生。

【校記】

［一］《西林遺稿》未收此詩。

村行固霸之間，正月廿五日作。

肩輿呷啞傍村行，風日晴和愜物情。鑿井早區鋤菜地，扶犁深喜叱牛聲。雪消宿麥抽青出，烟裊低檐爨玉成。羨説今年應更好，乞漿得酒樂昇平。“歲逢辛酉，乞漿得酒”，古諺語也。

辛酉中秋夜直禁詠懷并序

上方巡幸塞外，爾泰與履親王、和親王暨張相國奉命留京總理事務。

露浥金莖滌素襟，雲端歌管聽無音。聽無音，用《淮南子》。三霄冰鏡中分影，萬里山河一片心。坐對南薰殿名。光燦爛，聲聞北上門名。漏深沉。青冥紫塞迎寒早，禮中秋夜迎寒。帳殿崔巍思不禁。

初六日入闈與同事諸君子言懷即用闈字

封泥珍重遞南畿，衰白承恩又入闈。欲網珊瑚搜赤水，敢抛玉尺授朱衣。魚龍浪溷珠防贋[一]，牝牡羣開馬誤肥。好向春園別桃李，看花老眼舊依稀。

【校記】

［一］“贋”，底本作“膺”，據《西林遺稿》改。

初九日閱諸君和詩，有參用禪語者，恐甲乙去取間，或務求高妙，從渠殺活，反失此平常心，殊非慎重搜羅意也。戲疊前韻即效禪語答之

選佛登場傍日畿，一燈千派燿重闈。入門到底依宗鏡，問法何須認祖衣。勘破古錐空有色，律從新語瘦勝肥。漫言文字非真諦，音聽無音會者稀。

初十日又柬諸君子[一]

大地渠吾本越秦，一堂師友聚星辰。諸君才望皆名士，老子心期是善人。風雅權衡餘暇事，登庸衣鉢等閒論。君親六合誰抛得，考内身須識外身。

【校記】

［一］《西林遺稿》未收此詩。

十三日有作[一]

通天闕節乞春膏，風定簾闈日氣高。石竈茶烟浮渌净，玉堂人語坐週遭。星移鶉火占朱鳥，鵠立龍門念白袍。料得宵衣勤政在，初心

無負首頻搔。

【校記】

［一］《西林遺稿》未收此詩。

十六日東房夜坐聊短述仍用元韻是日微雨。

杏花春雨逗簾幾，銀葉宵檠泥瑣[一]闈。六十肩垂黄耇髮，朋儕揖讓紫邏衣。心情老去從知減，骨相生來不能讀耐。肥。仍是昔年辛苦事，厨人無語吏人稀。

【校記】

［一］"瑣"，《西林遺稿》作"鎖"。

閲卷數日矣，恐遺佳文，重負鉅典冀望，悚仄情見乎辭

春園桃李並休論，鎖院深沉念闕門。明遠樓高天市近，鈞衡人老日中昏。時已過春分。裁衷有語思前哲，刮目無靈笑古兕。欲重科名知重否，當身温飽已辜恩。

恭和御製夏日御園閒詠元韻八首

其　一

澍雨頻霑豁聖[一]襟，蘊隆憂思化爲霖。園花拂檻晴猶濕，岸柳垂枝靄欲沉。萬井荒鋤乾净土，一人閒寫妙明心。驩謼父老情知否，繡甸傾壺已酌斟。

其　二

殿閣生凉六月秋，元冥迴馭澤滂流。儻來飛瀑垂仙牖，不住清音泛玉樓。紅菡萏中書畫舫，碧琉璃外鳳麟洲。懸知鶴侶銜芝草，算祝重添海屋籌。

其　三

瓊玉函開翡翠帷，披香篆裊午鐘遲。青含遠岫横如畫，緑界平疇布似棋。簾額引雛飛燕子，花磯唼影戲魚兒。静觀物我皆常樂，况是薰絃解愠時。

其　四

疏櫺薄縠晃朱明，亭榭風微水檻清。葵藿有心皆向日，鷗鳬無意亦尋盟。好懷不與繁華近，渥澤從知草木榮。記取宵衣數庚甲，餘閒也祇念鋤耕。

其　五

霄宇星躔紀苑南，雨餘香靄妙花含。林端日影浮空碧，水底天光漾蔚藍。靈沼躍魚知最樂，迦陵棲鳥合深耽。分明圖畫成詩本，萬象春容一氣涵。

其　六

太微宫闕鬱高松，梁棟匪材雨露濃。伴鶴支離容偃亞，倚雲蒼翠出深重。風迴夏木堂陰合，響入秋濤午夢舂。應是有心天鑒得，長官曾不願成冬。

其　七

緑窗烟鎖逗輕紗，日燿蒼琅映碧霞。花徑逶迤啼翠羽，柳塘昕夕躍鳴蛙。蟠螭印古呈丹篆，小鳳團新試露芽。便擬閒閒閒便得，於今四海正爲家。

其　八

睿藻欣瞻墨尚新，聳肩叉手蹋芳茵。吟成著絮耘秧候，念切祁寒暑雨人。心法不離千聖學，筆花常灑四時春。來遊願效卷阿詠，豈弟重歌感至仁。

【校記】

［一］“聖”，《西林遺稿》作“睿”。

賦得既雨晴亦佳恭和御製元韻

元冥攬轡帶雲歸，當暑生凉被葛衣。豐澤自來蓬島境，霽光旋布野人扉。蒲葵日朗浮青靄，穲稏風清入紫微。最是雨暘關聖慮，先秋景候已如幾。

恭和御製食荔枝有感元韻[一]

曾道輕紅擘荔枝，南州風物色香奇。蒲萄石蜜寧堪比，緑穗青英遮莫移。皺玉初垂新摘手，雕盤纔寫正摇思。捧觀睿藻情何切，重感當年拜賜時。

【校記】

［一］《西林遺稿》未收此詩。

賜荔枝恭紀[一]

嶺南仙樹綴瓊支，品到楓亭閩荔以楓亭爲最。越樣奇。火齊有香珠可貴，江瑶比味玉難移。頒來紫禁誰先得，捧出紅羅荔枝名。退益思。伴食十年榮忝在，披丹抱雪對慚時。

【校記】

［一］《西林遺稿》未收此詩。

恭和御製青龍橋曉行韻二首

其　一

一口[一]纓巒映渌潭，西來爽氣妙虛含。風迴柳岸烟初冷，露滴荷香曉正酣。紅日漸高山蔚紫，碧天無際水拖藍。翠華遥度飛虹迥，十里完堤繞苑南。

其　二

碧紛摇衍綴華旂，白板青欞夾玉流。村路炊烟看野馬，渡頭舟榜立閒鷗。粘天翠靄初迎爽，匝地黄雲已報秋。自是宸衷關稼穡，豫遊時復劭農憂。

【校記】

［一］“口”，《西林遺稿》作“鬟”。

九月九日書懷[一]

羣陰漸老望重陽，試腳登臺早履霜。自笑白頭難再白，翻憐黄菊又分黄。人間舊物懽情少，籬下新詩感興長。應是誰家劇佳節，烹羔酌酒氣堂堂。

【校記】

[一]《西林遺稿》未收此詩。

恭和御製落葉詩六首元韻

其　一

憑將榮悴問端由，輪轉何曾有去留。燦爛芳華猶在眼，蕭騷殘籜已隨流。委形到底都成蜕，解夏誰能不换秋。聞道覓心心自了，人言愁復欲生愁。

其　二

一罅天開碧間紅，履空鳥跡倏團空。辟如委葉草名。難名草，任是鮮花亦轉蓬。曲徑濕黏蕭寺雨，半牀斜墮小園風。看來常住元無住，萬古青山對掌中。

其　三

天地無情詎有心，元冥青女效沉深。平裁楊柳三春影，減却梧桐一院陰。安嶺松彫同錯莫，黄州菊老重侵尋。底妨萬籟調刁下，卧聽秋音作静音。

其　四

霜染風飄景倍殊，打頭笠子壓夫須。何來錦色因曾見，此是秋聲不可無。磵底葉乾朝過鹿，林端月冷夜棲烏。應誰更出鵝溪絹，貌取枒口[一]幾萬株。

其　五

漫向空林唤奈何，萬微分少一微多。眠流抱木誰無岸，長陌枯條定不波。不波，用《莊子》。蕉夢有時還净土，鳳棲依舊認高柯。請看月桂彫殘未，欲問姮娥阻愛河。

其　六

忽忽迎秋又送秋，空庭老樹得無愁。千崖暴樂仍留影，一葉迢遥也當舟。信是榮通寓窮醜，幾曾亭毒罷虔劉。静觀睿藻真如海，賡和深慚水上漚。

【校記】

［一］“口”，《西林遺稿》作“杈”。

壬戌十月二十四日喜雪，時小雪前二日上幸紫光閣試武舉第三日也

紫光烟靄接瑶京，小雪縈懷大雪呈。殘月半稜天不夜，凝花盈尺地全平。吟裁柳絮都成玉，比數鹽梅未和[一]羹。會際風雲逢上瑞，任添衰鬢也叨榮。

【校記】

［一］“和”，《西林遺稿》爲“作”。

恭和御製冬日瀛臺即事元韻二首

其　一

雪霽瓊樓萬慶凝，開先景候卜年登。千林宛滴金莖露，一掌平鋪

玉色冰。古木籠烟青霎䨴，遥峯倒影紫稜層[一]。此間便是蓬萊境，式豁宸襟愜遠憑。

其　二

瑶圃衝寒未放華，炊烟一縷散千家。檐牙挂箸瑩如玉，鏡面拖牀穩似槎。近日樓臺光燦爛，微風雅雀勢横斜。即看西苑陽和滿，吹律應無待琯葭。

【校記】

［一］"層"，《西林遺稿》作"嶒"。

恭和御製元旦試筆元韻二首[一]

其　一

萬國春回玉座邊，巖廊鐘鼓静鞭前。青陽左个籠羲馭，紫極中央縜慶烟。四表被光恢八表，百年積厚啟千年。庥和祗在憂勤裏，道本含元體是乾。

其　二

天保登歌如日升，曈曨拂曙和雲蒸。元辰卜歲羣情愜，亥字書年庶老增。交響鳳鳴傳嶰竹，恒春花發豔吴綾。欣從章蔀迎新祉，淑氣潛移協氣乘。

【校記】

［一］《西林遺稿》未收此詩。

恭和御製正月初十日立春元韻[一]

雪霽東堂傍曉開，綵花幡勝正徘徊。氣諧玉律條風早，香茁瑤階蕙草纔。唐沈佺期《立春》詩："林中覓草纔生蕙。"治象聚觀懸鳳闕，慈闈燕喜晉霞杯。底須葭管重占候，春已先春十日來。

【校記】

［一］《西林遺稿》未收此詩。

恭和御製上元前一日雪[一]

同雲疊雪與豐宜，此事無人不迪知。況是春光近元夕，底妨絮影逗烟絲。鈞天雷動遲風月，時同樂園奏劇。霍地瓊堆啟震離。好在太平明聖日，簪毫齊詠試燈時。

【校記】

［一］《西林遺稿》未收此詩。

上元日瑞雪盈尺侍晏觀燈火恭賦長律二章[一]

瑶華火樹對筵開，青鳥鳴辰五日纔。萬衆情同霑臘雪，一人恩引上春臺。驪譁真擬調湯餅，麵堆金井，誰調湯餅，尚隆之對雪語。饕餮罍名。何當酌醁醅。聞道鹽梅還作喻，和羹應愧處非材。

【校記】

［一］《西林遺稿》未收此詩。

恭和御製紙鳶元韻[一]

骨假檀欒翼藉繒，春空宛轉勢凌兢。摩風響曳迴鈴閣，翔日光搖近玉繩。星名。巧奪木鳶綸在手，化裁箏雁羽聯肱。人間百幻皆真諦，風月誰分鷟與鵬。鷟鵬雖異，風月是同，梁昭明《錦帶書》中語。

【校記】

［一］《西林遺稿》無此詩。

奉和桐城公擬和詩仍依御製元韻[一]

十丈絲牽一尺繒，乍飛還墮戰猶兢。排空似鴈旋留影，行險如人却履繩。"行險者不得履繩"，《淮南子》。攫鼠未能難嚇鳳，戾天有技藉麾肱。是魚是蝶皆春夢，鵰類何妨也化鵬。張華云鳶鵰類。

【校記】

［一］《西林遺稿》未收此詩。

恭和御製御園仲春元韻二首[一]

其　一

淡沲春光亞露梢，菁葱竹影動香包。剪刀風細裁書帶，翡翠樓高引凰巢。樂事宜先中禁地，殷懷直自上辛郊。豐年如月應堪卜，社雨通靈不論爻。

其　二

麗日籠烟絢碧窗，龍池冰泮寫琮瑽。穿林翠羽銜香草，戲影文魚漾寶幢。柳稊半垂風弄色,杏花初綻雨催粽。陽春一曲誰能和,乙夜猶聞敕玉釭。

【校記】

［一］《西林遺稿》未收此二詩。

恭和御製柳絮五首元韻

其　一[一]

眠起東風記幾巡,漫空吹絮度華津。曾經蘸水饒清氣,恰伴飛花餞好春。糝徑渾疑氈作具,縈階衹似玉成塵。迢遥野店誰收管,付與垂楊繫馬人。

其　二[二]

飄零端自始生稊,駐景分明入邈迷。灞岸草深春去也,謝橋燈散客歸兮。香侵屐齒來虚館,軟襯花茵覆大堤。應是禪心無住著,隨風聊與話沾泥。

其　三

輕於暖雪碎於霜,縈素偏宜綴畫堂。摇曳任牽遊子夢,身名雅稱道人狂。蒂含生意開非謝,花到真空静是忙。紫麥緑雲相向好,風光流轉定何妨。

其　四[三]

瑶圃紛如玉屑霏,硯池點到兔毫揮。寧關縞素輸紅豔,别具輕柔讓緑肥。是雪不從天上落,非雲却傍隴頭飛。木棉花未吴蠶早,且喜人家絮著衣。

其　五[四]

去住關心辨不窮，翻然乘履笑乘空。掞天鶴氅齊高格，拂水蘆花拜下風。收拾春光還净處，掃除蕪徑策泥童。會看雨足蓱藻滿，緑漲平連穲稏紅。

【校記】

[一]《西林遺稿》未收此詩。

[二]《西林遺稿》未收此詩。

[三]《西林遺稿》未收此詩。

[四]《西林遺稿》未收此詩。

恭和御製御門日雨元韻二首[一]

其　一

南薰吹羽《釋名》：雨，羽也。協絲桐，龍女惺忪灑碧穹。勤政殿逢稠疊雨，憂民心切聖明躬。無邊膏澤思華黍，作解雲雷被草蟲。最是田家懽幸極，小豐年近慶攸同。田家以麥熟爲小豐年。

其　二

京國元冥喜再臨，東南嘉澍料如今。精誠端底邀天眷，稼穡終然愜帝心。柳岸烟蓑霑濕好，花田春釀暖寒斟。吹笙鼓笛王禹偁《賀雨》詩："鼓笛迎湫水。""洞庭雨脚來吹笙"，李賀句也。人同樂，慚謝宵衣念獨深。

【校記】

[一]《西林遺稿》未收此二詩。

閏四月五日直廬偶作[一]

小東門内玉溝傍，殿角風微化日長。却道清和逢再閏，不然節候是端陽。桐添新葉初垂露，荷散輕錢已綻香。伴食多年榮忝在，重憐白髮怯黄楊。

【校記】

[一]《西林遺稿》未收此詩。

過冷泉有懷張野鶴二首并序

野鶴，荆南人，放浪詼諧，亦復静默。康熙辛丑春寓白雲觀，曾兩蒙召對，以慣飲酒食肉不能直禁地爲辭，自號候補神仙，住冷泉以終老。夢耶？覺耶？今且云死矣。乾隆八年閏四月二十五日。

其　一

廿年踪跡[一]隔塵凡，洞裏嘉賓憶老嵒。飲酒岳陽曾不速，竊桃王母是兼銜。兩翻蝶夢驚丹詔，一箇鷗閒落碧巖。謂沈鷗亭也，爲繹堂宫詹孫，曾賜紫直永寧觀。過後思量成底事，亂山青靄入松杉。

其　二

琴臺白雲觀西偏。春宴結清[二]緣，熱客重來問冷泉。忽睹浮雲思舊雨，幾聞瘞鶴有新阡。老莊絶少延年術，陶葛原無續命傳[三]。《莊子·養生主》曰“可以盡年”，不曰“可以延年”，且大書曰“老聃死”，是不諱死也。葛稚川年八十一死，陶通明年八十五死，人皆目爲仙，是不貴長生也。然則長生不死之説，殆出於迂怪拘鄙之士，欲以惑世而亂俗，而不知其遁天倍情違時忘順，適無以自解於倒懸不且自刑乎，偶拈此及之。君自遄歸我且住，只須兩忘會魚筌。得魚忘筌，詎有羨魚情乎？并忘魚差可。

【校記】

［一］“踪跡”，《西林遺稿》作“踪踪”。

［二］“清”，《西林遺稿》作“青”。

［三］“傳”，《西林遺稿》作“篇”。

西溪道中觀麥得秋字

安河橋下接龍湫，倦眼横開一望收。小麥穗豐如大麥，四秋旺喜抵三秋。諺有之，一麥抵三秋。家家紫玉應炊飯，處處黄雲已滿疇。料想青齊同好在，可能鄰熟到南州。

温泉菴二首得關字

其　一

清凉有界憶松關，咿啞肩輿出市闤。解却垢衣投北海，北海淀，地名。携來爽氣入西山。冷泉經過温泉涌，跛者自道也。蹣跚道者閒。便擬濯身還自哂，一官可許老無瘝。

其　二

小住茅菴也閉關，洪源一滴瀉天慳。不寒不熱温存水，宜雨宜晴净妙山。洗髓料難祛絓閡，浣[一]心堪可聽淙潺。雲蘿芝徑知多少，輸與閒人作大寰。

【校記】

［一］“浣”，《西林遺稿》作“寫”。

由温泉過大覺寺[一]

叢穴叉牙一徑穿，静林香刹入森然。風中鳥化吞蟲鳳，岩畔人依服石仙。夕夕貝多喧净妙，山山月出弄嬋娟。松間便是雲間路，笑殺關門日坐禪。

【校記】

［一］《西林遺稿》未收此詩。

與佛泉禪話再成長律[一]

柏子麻觔古老傳，澡身浴德宰官禪。時假住温泉。偶來白社尋三笑，重向黄龍領一拳。門外有人溪是虎，堂中無法佛名泉。泥洹到底誰探取，放下還須擔上肩。

【校記】

［一］《西林遺稿》未收此詩。

壽筵紀事并呈德大松如[一]

垂垂鶴髮出簾幃，藻繪瓊璣燿四圍。九列羣公趨壽域，六旬老子戲萊衣。駐顔不藉麻姑酒，稅駕誰煩王母騑。百歲稱觴還是我，翻憐八十古尤稀。

【校記】

［一］《西林遺稿》未收此詩。

重九至矣東盛五仰山

不成風雨會添愁，罷直西堂憶好仇。料是無人堪送酒，可曾試脚與登樓。小山隙地晨栽菊，古架殘書夜上籌。擬作虛舟君濟否，漫天霜葉一鴻秋。

杪秋佳日同閣部諸公賀盛司寇新居即席賦詩用志嘉會[一]

秋花不老雁成行，纔過重陽又作場。仙侣如雲忻舊雨，春和梨園班名。入座暖新堂。琴書無恙箕裘永，鐘鼓常聞第宅昌。居近鼓樓東稍北。最是夕筵催蠟燭，房中奏闋意何長。《燕禮》卒章云“有房中之樂”，蓋以示無窮意也。竊取其義，公卿皆可通。

【校記】

［一］《西林遺稿》未收此詩。

對黄菊有述

幕天霜影散階墀，攬色尋香又一時。青女自應憐瘦骨，黄花何意泥寒枝。微存至性非關傲，别有深情恰似癡。晚節漸衰秋並老，隔簾紅紫莫相疑。

詠楓四首敬依御製元韻[一]

其　一

誰向丹崖絢碧枝，紅旆掩映雁來時。汀花岸草無渠色，桂露蘭風釀此姿。野燒籠烟滋燦漫，夕陽倒景鬬尨奇。玉關翻遜吴江冷，更遣崔郎一詠之。

其　二

欇欇中林肅肅枝，秋原紛藹似春時。偶思白也瀟湘句，宛睹紅於女郎小名。錦繡姿。架嶺有松堪作耦，拒霜無菊獨稱奇。絶勝花落臙脂雨，懊惱吴興沈亞之。

其　三

爛翻蜀錦綴寒枝，空色團秋吟望時。老化羽人思變態，香凝虎魄驗華姿。青岑叠葉霞添采，赤岸遥村雪炫奇。若使此山安箇寺，也應點染號花之。

其　四

延賞真難索醜枝，衰翁笑比盛年時。駐顔不藉丹砂力，出塞争憐曼麗姿。榮冒稜威形似赧，豔歸老氣貌尤奇。寒山遠上懷佳詠，重擬黄金鑄牧之。

【校記】

［一］《西林遺稿》未收此四詩。

恭和御製秋蒐雜記五首元韻[一]

其　一

秋原誰道不春蕪，暖氣喧傳往歲無。迎輦山眉連水黛，禁風柳眼替花鬚。未容狡兔營三窟，試看生犀列萬株。鵠立軍門齊聽鼓，健兒挾个挽雕弧。

其　二

紫霧紅雲雀尾青，不教鐃吹亂和鈴。九龍駕海扶雙輦，一聖臨邊走百靈。應地漫騰馳日足，掣天勁展大風鈴。時清誰賦車攻什，緩緩平原試曲軨。

其　三

塔灣鐵嶺望崔嵬，雪練花江足溯洄。金甲光連明玉塞，霜辰氣轉暖雲堆。九關虎旅都成旅，萬里龍媒致有媒。更喜材官盡知禮，司矍未設早銜枚。

其　四

丹楓炙眼一摩娑，九點烟凝萬斛螺。青女衣單添榾柮，黃綿襖暖覆陵阿。失禽意在寬文網，射隼功非出獵猧。聞道名蕃齊獻壽，天顔有喜酌金鵝。

其　五

冰崖積雪萬雕秋，風勁弓鳴驟紫騮。威矢捷能追火電，健鷹飽不怨金韝。河山意態珠囊貯，天地聰明玉斧鏤。此日華夷盡歡樂，料無人識聖人憂。

【校記】

［一］《西林遺稿》未收此五詩。

恭和御製望長城作元韻

華夷兩界矗峯尖，一世周防萬里嚴。雲度海東波色壯，月明遼左塞風恬。苔連拾鏃留秦鑑，凍合銷烽静虜覘。信是柔懷繫明德，不須李勣保蒼黔。

恭和御製登澄海樓望海元韻

翠輦遥從紫塞旋，登樓極目海瀰漾。直疑水外真無地，始信杯中别有天。萬里風濤須作柱，千秋童丱孰逢仙。太平此日占清宴，百辟朝宗視百川。

恭和御製夷齊廟元韻

乾坤無粟可充腸，廟祀空煩具衮裳。東海勢殊還共轍，西山風遠孰升堂。心緣嫉惡悲塗炭，跡似懷清薄武湯。得際黄虞生更好，劇憐碩果繫微陽。

兼領掌院事張天扉少詹贈詩四章依元韻報之

其　一

衰遲人易負恩光，識路休推老馬良。幾會和羹酬鼎鼐，並無餘事到篇章。延英早愧青綾暖，余歷仕不由翰詹前命充經筵講官，異數也。寶善重憐古簡香。寶善亭，藏書所也，壞敗殊甚。好是木天詞匠在，喬林材足搆華堂。

其　二

宣麻視草日縈回，愓息都從慚怍來。垂老餘功惟補過，多生結習剩憐才。勉尋我法登堂説，慰藉羣賢接膝陪。翻笑退朝書一卷，閉門深坐苦低徊。

其　三

敢道坡仙與謫仙，工遲拙速陋前賢。雞林名播香山草，寶座榮分玉局蓮。宮相自來須鼎望，文衡曾不負芸編。君家正始遺風在，才調休憑綺麗傳。

其　四

十年叨忝領朝簪，葵藿雲霄一片心。薄有傳經期報國，偶來種樹望成陰。量材那得齊長短，汲井還須問淺深。聞道鳳池多盛事，歸昌待爾發清音。

和富察相國癸亥除夕甲子元旦及人上元元韻四首，録一紙請益不足示外人也

其　一

廉亦無端底論貪，堆盤生菜壓雙柑。隨貧隨富人都老，年去年來我舊諳。百事崢嶸垂盡夜，一官叨忝撮空談。細思只合安荼苦，回味應難取蔗甘。

其　二

買盡癡呆賣却貧，又從稚子破真柑。窺天惟有閒難放，閱世方知事未諳。萬景春回遺鬢髮，千家火暖聚謳談。非才似我殊奚補，終老升平病亦甘。

其　三[一]

煎餅熏天笑俗貪，巨甌啜茗勝新柑。人當人日應知省，靈到靈辰祇自諳。何處打毬尋樂事，幾家剪綵入通談。劇憐不是調羹手，慚謝

先生好我甘。

其　四[二]

流水年光未許貪，頌椒初罷已傳柑。天廚珍錯頻頻寫，是夕例宴諸蒙古王，特召同公與張相國入觀烟火，賜食品甚夥。人海魚龍處處諳。皓月一輪心可照，華鐙萬盞夜深談。與君同是疏迂叟，怪道書生意合甘。

【校記】

[一]《西林遺稿》未收此詩。

[二]《西林遺稿》未收此詩。

桐城相國示觀送宗伯南歸詩，讀一再過，若亦有不能已於言者，次元韻二章用申同僚悵别之意，不足以言詩也[一]

其　一

由來福分總天成，山自閒閒水自清。七十人歸妻子樂，長公方伯先奉母家居。三千路隔弟兄情。萬松亭畔親魚鳥，十畝溪棱課耨耕。回首京塵還憶否，皤皤日日有逢迎。

其　二

嶺雲歸岫遂初成，泉水出山依舊清。歷數行藏徵道力，了完官職答皇情。閨中老友眉齊案，膝下曾孫讀代耕。此是古稀誰占得，崖花汀鳥亦歡迎。

【校記】

[一]《西林遺稿》未收此二詩。

恭和御製夜雨元韻五月十六夜。

微潤頻霑澤未流，炎氛畏景悵飈游。忽從甲夜檐通溜，直到辰牌淥滿疇。點滴心頭書當喜，丁東耳畔報無愁。天恩畢竟難長恃，一念憂勤百事修。

恭和御製甘霖既霑詣暢春園問安仰慰聖母望歲之誠并成長句恭誌盛德元韻

一朵慈雲覆萬廷，應祈嘉澍叶清寧。鐘聞長樂聲猶濕，萱可忘憂雨倍靈。小草如春醫病校，"暖風醫病草"，唐李中《春日》句。穲禾當暑望豐馨。《齊民要術》云"五月種者爲穲禾"，未甚後時也。問安告慶宸襟豁，暉媚西山霽色青。

立秋日海淀即目

伏雨初收六月秋，七月秋，熱到頭；六月秋，便罷休。占候古語也。立秋值廿九[一]故云。清涼有界隔蓬洲。千家烟縷斜陽裏，萬樹蟬聲古陌頭。爽氣西來雲乍冷，炎官南下水平流。青驢白牯皆新意，吟望還應上小樓。

【校記】

［一］"廿九"，《西林遺稿》作"廿日"。

恭和御製駕幸翰林院賜宴分韻聯句後復得七言律四首元韻[一]

其　一

日麗風和宛似春，詔筵清秘念儒珍。才非房杜懷三德，身際唐虞遜十臣。奎壁每瞻星晷近，蓬瀛乍睹物華新。恩叨醉酒深五字張説句。難比，親賜香醽重一巡。

其　二

辨色開晨集孔鸞，摳衣橐筆盡彈冠。詞林禮樂千秋會，册府君王一律看。細草銜恩青茁茁，高梧向日碧團團。方塘却少源頭水，魚藻欣添太液瀾。

其　三

文淵道脉本參聯，宸睠叠宣雅頌篇。葵藿心傾惟翊聖，鹽梅寄重愧非賢。鰲頭北面霑時雨，豹尾南移拂曙烟。沙路萬人齊額手，東王公領玉堂仙。

其　四

風雲契合樂融融，襄贊誰堪慰聖衷。天自居高心益下，書方出洛道逾崇。崆峒逸事真無藉，洙泗清源喜大同。誓答恩光警老至，橘陽紀月日禺中。

【校記】

［一］《西林遺稿》未收此四詩。

恭和御製幸翰林院賜大學士及翰林等宴因便閱貢院得詩四首元韻

其　一

萬歲千秋記此辰，棘闈寥寂比荒闉。幾聞玉趾移亭午，來自詞垣論臼辛。量校不收無行客，獎成深許讀書人。御製句云“從今不薄讀書人”，凡見者聞者莫不感奮。薔薇桃李皆含澤，中候凝和豈待春。

其　二

政術頻煩喻鼎台，科名殷望屬英才。南朝風月徒爲耳，北斗權衡有是哉。欲網鳳麟希世出，默祈忠孝待天開。文章報國談何易，端委須從性道來。御製云“志聖賢志應須立，言孔孟言大是難”，臣盥手莊誦，不敢作文字觀。

其　三

鴻翥鵬盤祗自摶，底曾雲路可相干。飽温無意償三試，軾轍稱名匹二難。國器半爲貧賤士，棟材常起末微官。恩懷甲乙惟賢俊，衣鉢矜傳局已殘。

其　四

試院停鑾午漏沉，奎堂吟續璧堂吟。叢山木美工求大，埳井泉微汲戒深。持玉尺衡迷日色，授朱衣柄諫儒林。兼銜早愧知人哲，臣於大學士任，曾叨恩命，兩主春闈。精白長應矢此心。

文蔚堂詩集卷七

五言排律

閏四月二十三日喜雨[一]

旱魃流三歲，屏翳避一時。人方憂盜劇，天自愛氓蚩。龍女乘風下，雲師捲幔隨。惺忪聽隔夕，霑渥慰前期。海立誰將比，盆傾舊不疑。池塘家蓄水，蓑笠子翻泥。插蒔忻無礙，瘡痍會可醫。薇垣方岳寄，有喜佐蕪詞。

【校記】

［一］《西林遺稿》未收此詩。

祝内府印堂胡三苞客三十韻[一]

寒日曉曈曨，筵開閶闔風。祥星來冀北，壽域轉江東。舊憩甘棠盛，新排棨戟雄。綴衣分密地，補衮擬元功。未試絲綸掌，先呈黼黻工。態垂五彩麗，虞象九章崇。藻火輝丹陛，雲霞映碧空。龍顔彰律度，鴛序助昭融。銜命遥逾切，承恩久自隆。周咨入民隱，嘉告達宸聽。海國傳波息，江鄉望歲豐。宴遊君獨逸，簿領我常充。自笑形如鶴,惟餘氣似虹。東方輪辟戟,西極愧彎弓。謬荷旬宣寄,欣逢踐履同。芳香劑醇醴,音響叶絲桐。水火憑紆畫,韋弦待折衷。高懷張筆陣,佳興遞詩筒。雅頌聲方細,明良道未窮。相期矢葵藿,争遣靳磨礲。候逼三春始,陽迴一線中。時當弧在户,人是甫生嵩。淑景冬曦衍,榮光帝座通。金杯萱借色,歲綵炬凝紅。第宅瓊瑶砌,兒孫杞梓叢。堪持侈朝野,寧羡位王公。下里喧荆市,清商感晉宫。稱詩殊寂寂,把酒莫匆匆。甘作塵勞驥,徒攀水宿鴻。時平共皇路,不用覓方蓬。

【校記】

［一］《西林遺稿》未收此詩。

六年正月十日恭紀聖恩十六韻[一]

一騎傳陲吏,千人擁節堂。九天垂湛露,十字被蠻方。化日山川秀,芳春歲月長。十字,御書聯句。迎恩瞻北闕,錫福迓東皇。啟篋金貂錯,開緘瑶琭光。官庖分玉膳,御果帶瓊筐。稽首誠懽忭,捫衷切悚惶。二年司制府,百事待弛張[二]。小補功無寸,殊榮錫未央。衮衣叨敕命,勛秩列旂常。肝膽時相照,厎羸暫不忘。公忠期惕勵,藥餌佐康强。猶念元辰近,遥憐邊境荒。撤筵眷葵赤,解佩注鵝黄。帝德唐虞並,臣心稷契傍。綴詞抒下悃,迸淚感中腸。

【校記】

［一］《西林遺稿》題作"雍正六年正月十日恭紀聖恩十六韻"。

［二］"弛張",《西林遺稿》作"籌量"。

重九日小集東園有述[一]

九日那長久，人言歡會宜。登高趣倦客，携酒倩蠻兒。寒雨蕭蕭墮，疎風戢戢吹。題糕誇小宋，采菊厭東籬。雅有參軍興，還吟處士詩。彭籛餘老壽，桓景避災危。舊事都成幻，新懷料是痴。一庭花隱竹，迴坐醁凝巵。脱帽無拘束，經秋少別離。逢人堪度曲，賀稔或陳詞。伊昔何須記，如今不可思。明年誰健否，凉月最相知。

【校記】

［一］《西林遺稿》未收此詩。

乾隆二年夏四月五月久不雨，風霾間作，麰麥失收。自惟奉職無狀，致此愆陽重貽主上憂，日夕負疚，内熱如焚。皇帝深慮預防，貶食、散利、蠲租、赦罪、責己、求言。一誠所召，嘉霔普應，六月十三四等日大雨滂沱連綿霑足，畿輔遠近亦叠報甘霖高下周徧。病中霍然，喜賦三十韻，用代吾民擊壤云爾

聖德先民瘼，天心轉歲功。鳴檐春布濩，浹壤晝溟濛。氣合桑林外，膏回麥隴中。人方書當喜，農且望滋豐。冉冉朱陽近，蚩蚩赤子懵。竭來杲日甚，旋與密雲同。龍井源猶伏，雷泉潤不通。明星瞻有嘒，倬漢亘長空。田坼龜鄰鼠，林烘狢引熊。旱魃一名狢熊，字能火，又熱也。黍苗堪堪，何堪也。萎翳，鶉首正隆蟲。巫率雩爲禮，傷聞痛在躬。懸鞀無逸殿，減膳未央宫。疏網温綸下，蠲符厚澤通。嫽婀咨老滑，

慚愧切鰥恫。先是上誡九卿曾引韓愈“中朝大官老於事，詎肯感激徒媕婀”之句，“慚愧蒼生愛戴心”御製《夏日書懷》詩也。別敕留鴉舳，中倉出玉穜。算應防餒在，憂似及饑窮。象甲迎仁術，占辰叶道沖。誠求基夙夜，昭格際蒼穹。倏忽陰霞歛，霏微曉霧蒙。樹颭飛繞電，池溜薄奔虹。接夕鳩呼羽，連辰馬滴騣。滂洋看緑縟，優渥佇青葱。始識徵皇極，端須簡帝衷。八荒歸内宅，萬寶本精充。列職虚調化，參衡負代工。猥承恩衮衮，衹是慮忡忡。薦璧霑湯雨，和絃被舜風。維魚殷牧夢，多稌洽龐鴻。未克安愚分，何能效大忠。天人呼吸裏，悃款月華東。月華門在遵義門東又東偏，即南書房直所。

賜遊圓明園徧覽勝景恭紀五言十韻

宵衣勤政罷，午景樂遊便。靈沼魚争躍，迦陵鳥欲仙。林巒真簇簇，草木亦駢駢。濯錦紅衣綻，凌波白羽翩。清音自山水，妙會豈言詮。壺滴蓮華漏，亭移竹葉船。當筵揮玉管，隨意寫薰絃。宛是清凉散，依然雅頌篇。詔宣惟稼穡，王在即雲烟。共識高難和，銜恩紀瑞年。

六月十二日晚晴喜賦五言十二韻[一]

密雲果不雨，驟雨竟開雲。乍睹赤城色，宛然紫綺文。炊烟疏野潤，夕景薄林曛。噪影蟬流響，梳翎鶴舞羣。故知人當喜，已是物懷欣。田稗青猶濕，溪棱翠欲熏。葱蘢念禾黍，原隰及殷勤。婦子擔肩饁，丁男曝背耘。中豐殊望望，大稔敢云云。時若拳膺祈，欽哉惕息聞。瞻天誠向日，至地德宜君。滿意便高枕，清輝帶霽氛。

【校記】

[一]《西林遺稿》未收此詩。

乾隆四年仲冬上日聖駕臨幸南苑，大閱六師，神武丕揚，天人協應，風和日麗，將士歡騰，臣爾泰恭紀五言四十韻

方夏敷文會，中冬教閱期。璇宫親考典，萊野肅乘時。吉戊諏三日，先庚整六師。沙龍承御輦，翠鳳引鑾蕤。列仗勾陳轉，籠霄寶蓋移。鉦鼙轟順動，校萃燦紛緌。飈静鳴鐃振，霜清畫角知。貝裝旌析羽，玉埒戟交枝。映水吴鉤淬，摛霞楚練垂。射堋圓暈的，犀革貢黄支。都尉身輕鳥，材官笑却羆。縱横分雁翼，偏伍合魚麗。地奮雷霆軸，天曛日月旗。碧紛翻獵獵，金鎖爛披披。爪士嫻鈐略，神謨妙握奇。何須誇駿足，真欲陋昆池。辨曉沉雲豁，彌原霽雪遲。嚴尊增豫悦，韎韐綬驅馳。次舍蹕中道，周巡挈四維。烟高臨罕畢，霧散走南箕。挾纊成暄景，推心洽睿慈。聞聲思宿將，繩武溯前基。往者經綸始，猗歟帷幄規。傳炊曾露沐，擐甲亦風纚。一自收羣策，無煩折尺箠。百年深濯浴，萬國久恬熙。斥堠埋烽燧，期門卧虎貔。彯纓仍齒胄，講藝及牙禆。兆是觀成賁，占當繼照離。德威原廣運，法駕儼隆儀。返旆歡聲沸，韜戈闓澤施。上樞陪祕鉞，令史篩華羈。行殿瞻雲近，濡郊湛露滋。精神喬嶽聳，氣象瀆川麾。鼓潤皆鴻造，弛張豈異宜。一陽初届候，萬彙已和吹。羽舞懷虞贊，車攻譜籀詩。情田培脈厚，禮囿澮神怡。鐵甲銷農具，笙鏞典樂司。八荒昭聖武，端拱受重釐。

恭和御製駐蹕長山峪詠懷元韻[一]

文謨垂武德，啟後仰光前。古塞要荒内，諸蕃日月邊。游畋初校射，揮翰復開筵。羆虎欣佳日，鵷鸞紀瑞年。黄雲連野闊，紅樹助秋

妍。舊侍羈皤髮，羣情想駕肩。臣三十年前曾充内班侍衛，今以衰遲不獲與扈從，皤髮者駕肩，用劉筠《大酺賦》語。

【校記】

［一］《西林遺稿》未收此詩。

賦得望雲思雪意恭和御製元韻[一]

兩岐占六出，丹禁矚青空。乍喜雲沉黑，旋憂日漏紅。垂霙思藹藹，微霰意融融。醖釀春憐小，招摇候欲中。時小雪前四日。可能惠禾黍，只是祝封隆。望歲宵衣切，窮閻樂未窮。

【校記】

［一］《西林遺稿》未收此詩。

賦得折檻旌直臣得交字，上親試翰林詹事官題也，試畢張學士景采請余儗作，因用韻如數[一]

雲天接溪澤，階陛嚮堂坳。獻可同諧管，聞吁並叶匏。羣鸞聯翩下，一鶚突烟梢。論禹游成訕，從辛主解罩。雕欄惟用葺，鳳喙底須膠。遺直多高節，懷仁貴曲包。魯淵猶念罟，晉觶尚留庖。指佞雖纖草，明良萬葉交。

【校記】

［一］《西林遺稿》未收此詩。

恭和御製對雨元韻

日日望層空，熏然倚碧桐。人方懷蔭暍，時因酷暑，聞路有暍人，特命發内帑金萬數分備冰水藥物，日遣近侍官巡視，全活者甚衆。家盡祝豐隆。一夕檐垂溜，連朝水接筒。精誠通帝座，丁癸轉神功。甘澍田應遍，周雲魃已窮。西清對瀟灑，感愧切深衷。

恭和御製避暑山莊有感元韻

避暑有林園，清凉倚巘原。桐花棲鳳子，竹實長龍孫。映沼垂螺髻，當門駐玉轅。窗虛容月上，壑静任濤奔。春色仍歸淡，秋聲了不繁。仁皇曾此憩，孝思儼猶存。捧日心彌切，爲霖愧莫論。深慚兼永慕，身在總銜恩。

恭和御製過廣寧望醫巫閭山敬依皇祖聖祖仁皇帝元韻

羣山皆拱北，霄漢插芙蓉。羽蓋摩天降，旌麾燿彩重。乍披青玉案，宛近紫雲峰。依約巖垂瀑，迢遥寺偃松。仙真應望幸，名跡待登封。鎮亞三公禮，幽崇萬壑宗。吐吞作霖雨，來往護飛龍。侍從齊舒眼，靈奇想豁胸。

恭和御製山海關敬依皇祖聖祖仁皇帝元韻

豈但北門鑰，雄關控九邊。滃雲山脈亘，浴日海光連。設險天威播，依京王化傳。金湯堅此地，砥柱鎮當年。雁嶺高爲障，鰲宫静不烟。梯航人有賴，封濬后司權。片壤成磐石，千支滙巨川。歌嵩慚作楫，仰德意拳然。

南園詠菊

老圃擔風雨，蕭蕭散敝廬。幾株安净土，一束重嘉蔬。香色濃逾淡，高真妙似如。無能别妍醜，孰可得親疏。浥露心猶卷，凌霜氣欲除。故知陶靖節，不獨愛花初。

恭和御製秋日奉皇太后遊玉泉山周覽西海近郊穫事即景賦詩元韻[一]

九穀豐呈瑞，三秋聖御辰。碧紛飄繡甸，紫穗佇荆囷。遐邇人逢稔，封畿俗可詢。康衢仍擊壤，方社任吹豳。俯水仙源活，看山勝跡循。至誠能協帝，大孝合寧親。陪輦情懷豫，承顔嘉慶申。琪花照崖石，芝草掇瀛濱。鶴步千年健，菊香一色醇。雙竿依静妙，數點指嶙峋。蓬館凉和候，瑶池自在身。高晨同愛日，逸谷念頤真。景駐金根緩，詩成玉樣新。願從兩堯舜，安穩祝長春。

【校記】

［一］《西林遺稿》未收此詩。

恭和御製賜大學士徐本詩元韻

奕載昇平治，憂勤感聖躬。訏謨何所補，翊贊偶然同。契合雲龍際，賡揚喜起中。耆年嬰疾疢，衰髮遂蒙戎[一]。主眷仍歸美，皇心本若沖。翠華臨有幸，珍幣錫無窮。異數親承澤，旁觀共仰風。流傳輝史册，睿藻日穹崇。

【校記】

［一］“戎”，《西林遺稿》作“茸”。

乾隆九年十月南書房承旨，重葺翰林院落成，車駕臨幸，錫宴送大學士掌院事鄂爾泰、張廷玉進署。以張説“東壁圖書府”五律字爲韻，賦東字、音字二首，勅諸臣各分一字賦詩。臣爾泰得壁字

稽古鑒冰淵，集賢逮珠礫。清鑾一幸臨，曲宴重申錫。湛湛露零蕭，煌煌雲拂翟。聆言發羣蒙，望道生微的。愧切亮天功，感深維帝績。濡毫紀玉堂，掞藻雕瓊壁。

十月二十七日翰林院宴罷，車駕幸貢院，徧觀堂所周覽號舍，辛苦風檐，帝心軫念，臣爾泰恭紀五言十二韻仍用壁字

雲穗冒西清，鸞旂指東壁。斯今覩未曾，依古聽非逖。蓬巷坐謳談，鵷行互推激。軒軒鎖院開，洞洞重門闃。矮屋萬羅鱗，高樓一凌轢。春華企句芒，秋實資搒摘。立鵠登龍場，穿楊奪錦敵。空羣馬自稀，遭爨琴時覿。遜志務研摩，述言標準的。因文道可尋，“廣學心常切，因文道可尋”，御製原句。如道文彌析。頗望重科名，孰能忘欣戚。作人聖主心，多士其交惕。

履邸壽讌詩四十韻

南極純禧應，東平善慶長。清標森玉葉，高秀濯銀潢。天澤名方

稱，山河業孔臧。共尊周叔父，遠過漢諸王。連蕚觀麟舉，封桐覩鳳翔。髫年遵象勺，綺歲重琮璜。已表凌雲望，還徵典瑞藏。九霄仙掌露，千里駿蹄霜。親自先堯族，賢兼冠舜廊。文慈懷拊育，季友念匡襄。翊聖乾坤大，推忠日月光。兢兢扶帝室，翼翼載天閶。太乙端鴻典，儀辰整大常。寅清咸有秩，肅穆藉爲綱。綿蕝多從汰，金絲益用彰。文輝覘海立，器範慎川防。赤舄宗藩長，丹心國步康。維城車蓋盛，磐石脤膰芳。内府資兼綜，明庭喜對揚。有時隨五柞，幾度從長楊。賜酺馳中貴，傳餐詔上方。恩深波浩浩，寵渥露瀼瀼。本性瞻松柏，堅操味桂薑。畬經功勝楚，酌雅事逾梁。豈僅窮邊笥，猶期入孔堂。詞常輕子建，賦不召鄒陽。金剪飛斑管，琳華孕繡囊。芙蓉舒遠韻，蛺蝶綴餘香。瑞草瑶墀下，仙雞碧砌旁。散懷時有託，守朴戒無荒。甲子重週候，申公介旨行。曳裾皆正直，授簡盡賢良。桂邸榮光麗，蘭階細靄颺。身高龍種座，手簇鳳雛觴。萊舞氍[一]毹餙，賓歌玳瑁裝。幸容攀若木，喜共固苞桑。得仰千春樹，言同百鍊剛。蕪詞難蠡測，茂德豈升量。願效朋三祝，全符範九章。愼修長勉勉，永保熾而昌。

【校記】

［一］"氍"字原缺，據《西林遺稿》補。

七言排律

六月九日紀事詩并序

戊年大暑，後二日庚寅晝漏下涒灘，四圍沉黑，大風雷雨驟至。甘澍既降，而猶勞浸灌乎，薄暮頓歇，旋結重陰，中夜怦忡，百慮交集，兀坐抒懷，并以詒予之愆也。

朝回報午唱鄰雞，移晷驚雷動鼓鼙。湅雨打窗風逐北，黔雲遮幕日沉西。纔忻女妭踆踆走，翻畏雄鳩得得啼。幾變態中天有漏，一彈指頃物難齊。宵衣諒已籌妨稼，南顧能無念抹堤。謂永定河也。手裂溪藤殘蠟燭，真憐情緒不堪題。

恭和御製謁陵禮畢車駕入盛京元韻[一]

神皐初闢自關東，東望佳哉氣鬱葱。劍兆龍興曾表異，水宗鴨綠亦來同。雲雷先烈皆崇德，宵旰吾皇祇勑躬。淳化直追三古上，孝思默運一誠中。頗聞夏諺歌惟叙，快覩秋旻麗太空。五緯文垂星錯落，八鑾聲叶玉玲瓏。艱思亶父遷居日，勛陋宣王薄伐功。虞代自來隆典祀，周官從此罷祈攻。于門遮莫同于野，在廟還應視在宫。風起雲飛過沛澤，夕陽流水指岐豐。千林蔽芾長垂蔭，萬國傾葵各表衷。大界光華何糺縵，小春節候倍沖融。三陵精氣端居接，六代明禋是處通。擘海金鴉騰欲上，銅鉦捧出曉霞紅。

【校記】

［一］《西林遺稿》未收此詩。

五言絶句

偏　凉　汀[一]

乘輿下扁舟，清流携二子。不羨松江鱸，愛此魚鱗紫。

【校記】

［一］《西林遺稿》未收此詩。

宿板橋寺[一]

早飯清水河，夜宿板橋寺。涼月駐松扉，寄包比窮子。

【校記】

［一］《西林遺稿》未收此詩。

隆安舟中[一]

西林自西來，東流逐東去。迴首顧思田，姚江渺何處。

【校記】

［一］《西林遺稿》未收此詩。

答人[一]

達者心須廢，通人才患多。不知相勖處，妙論復如何。

【校記】

［一］《西林遺稿》未收此詩。

秋八月西園桃放花作絶句示蔡魏公、金軼東

古屋延秋色，夕陽帶暮鴉。倚松對君子，隔葉見桃花。

返抵古浪夜宿清凉寺[一]

矗矗古浪山，潺潺古浪水。寒月照松關，清凉寄包子。

【校記】

[一]《西林遺稿》未收此詩。

由偏凉汀返七臺，見壁間聯語，書"瞑目瞑心坐，花開花落時"十字，知於塵勞中頗覓清凉界者，爲更進一解，亦不知誰何

其　一

心目識心目，須知瞑是開。不開亦不瞑，開瞑盡如來。

其　二

花開花落時，此時孰差别。不二亦非一，拈花無言説。

中冬喜雪周孝廉日藻呈三截句依韻答之

其　一

最好烹茶日，恰是尋梅天。老夫不在意，有祗祝豐年。

其　二

雪威風併力，健鶴不能舞。安得煖寒方，大火口中吐。

其　三

朝罷攤書坐[一]，西園想幽好。門外寂無人，没[二]徑不須掃。

【校記】

［一］“攤書坐”,《西林遺稿》作“坐攤書”。

［二］“没”,《西林遺稿》作“石”。

文蔚堂詩集卷八

七言絶句

贈沈鷗亭二首

其　一

詞林門第道人裝，鷗亭，繹堂孫也。親向瑶堦侍玉皇。黄鶴白雲誰解得，空教人羡季真狂。

其　二[一]

舊日阿蒙曾向説，白雲道士沈能詩。烟霞枉自勞相覓，識得仙源是此期。

【校記】

［一］《西林遺稿》未收此詩。

道院納凉次韻

軟香疊雪試輕紗，小住清凉羽士家。滿地緑雲閒不掃，從今[一]驗取落槐花。

【校記】

［一］“今”,《西林遺稿》作“君”。

柬王踵息二首

其　一

就中臭味許誰知,老署頭銜踵息宜。折簡呼童問消息,漫天風雪夜殘時。

其　二

江上閒鷗逈不羣,雲中野鶴自聲聞。謂張沈也。思量到底無歸著,把酒挑燈忽憶君。

生字詩示乞食僧[一]

持鉢門前太瘦生,向余長揖説前生。前生已是無情别,欲了前生奈此生。

【校記】

［一］《西林遺稿》未收此詩。

姜去聞世兄甫入館,爲書“讀書明理”四字於壁并述其由

丁寧四字辛勤記,三十年前此過庭。今日語君君記取,教兒曾不爲科名。

清明祭掃畢悵然有感

石橋西下白楊堆，宿草初從暖氣回。一陌紙錢三滴酒，幾家墳上子孫來。

雨窗用蒙又上韻[一]

小閣深沉病校初，一簾花雨半牀書。詩人莫問情長短，七字清吟愧不如。

【校記】

［一］《西林遺稿》未收此詩。

小夢初醒，大福適至，分陰可惜，細雨誠佳，因更用元韻問之[一]

霏微凉浸夢回初，小叠銀箋試校書。舊雨不來新雨至，一尊閒放意何如。

【校記】

［一］《西林遺稿》未收此詩。

四月廿三日南庵見牡丹[一]

花事依稀記玉闌，箇人應是怯春寒。那知傾國傾城色，却向精藍月底看。

【校記】

[一]《西林遺稿》未收此詩。

吕　祖　洞

仙子風流我舊知，岳陽樓上幾吟詩。直今丹劍無消息，洞裏嘉賓合是誰。

迎學日示敏姪

齊向街頭認秀才，閒門初啟賀人來。須知阿叔還多感，不爲藍衫笑口開。

熱甚邀蒙又上閒話

中年臭味與誰同，君住西頭我住東。小屋莫嫌鉗鐵在，故人來便是清風。

昌敏輩住西園，過天仙庵題壁因廣其意[一]

詞賦而今未許誇，少年只合領黄麻。木蘭寺主籠詩壁，不爲揚州不費紗。

【校記】

[一]《西林遺稿》未收此詩。

病中友人餽牛乳二首[一]

其　一

肺渴朝來苦未蘇，一杯仙露賜醍醐。太平寺裏石泉水，香美應教老杜輸。“香美勝牛乳”，工部《題太平寺泉眼》句也。

其　二

病客經秋已斷魂，空煩玉乳寫金鐏。阿難舊事忽相憶，小疾曾因白世尊。出《維摩經》。

【校記】

［一］《西林遺稿》未收此二詩。

再贈蒙又上

荆扉鎮閉坐吟詩，微雨疏簾酒半持。不解從人覓顏色，狂奴舊日稱男兒。

禮阿彌陀畢有述

西方天竺是吾家，作客天涯老歲華。今日思歸歸未得，願從尊宿乞牛車。

詠史六首[一]

其　一

一戰臨淄恨已償,亞卿勝跡著汶篁。詩人莫但悲騎劫,栗腹從教拓趙疆。

其　二

馬服徒能讀父書,鄗城新虜復何如。可憐老略空留楚,垂死仍煩憶故墟。

其　三

逐客當年獨上書,三川案罷五刑胥。東門黄犬西倉鼠,丞相由來盡不如。

其　四

寄食争憐一飯恩,未央遺事恨千春。淮陰決策如兒女,生死平輸兩婦人。

其　五

便著羊裘謁至尊,奉春初拜議都秦。更緣使騎謀經遠,從此西戎是漢親。

其　六

綿蕞儀成舊制更,薛人論著漢人驚。便經十主妨何事,不解時宜魯兩生。

【校記】

［一］《西林遺稿》無此六詩。

紫丁香四絶句并序[一]

季正東院紫丁香盛開，同蒙又上、德松如用韻填一叢花調，顧余忙人，不能與此韻事也。昨偶住西園，晚坐石亭上，對月吟詞，遂成四截句，質之又上以爲何如，并以寄松如，示季正阿五又以爲何如也。

其　一

木天閣下認芳叢，香露垂垂畫未工。應是昨朝新賜紫，一枝和影到簾櫳。

其　二

坐上雲娘乍見時，分司御史恰能詩。却從花底尋春影，拾得香奩絶妙辭。

其　三

手折繁枝對夕陽，研羅小字署東堂。吴家烟玉誰銷得，拈句齊應貯謝囊。

其　四

淡粧濃抹似誰家，欲寄相思恨已賒。自是粗官才力減，可堪重詠一叢花。

【校記】

［一］《西林遺稿》未收此四詩。

用韻酬蒙又上二首[一]

其　一

夾岸垂楊籠碧烟，漫溪春水皺微瀾。東君枉自饒風味，不是閒人不解看。

其　二

十年循例直乾清，雀羽簪頭逐隊行。盡道粗官能上馬，那知仍是一書生。

【校記】

［一］《西林遺稿》未收此二詩。

絶　句[一]

小捲疏簾漏碧天，病時猶自愛逃禪。却緣驅睡無良策，故遣飛蠅到枕邊。

【校記】

［一］《西林遺稿》未收此詩。

題　壁[一]

紙閣蘆簾伴夕陽，拂窗斜竹舊成行。不須更爲來春計，已有東厢著孟光。

【校記】

［一］《西林遺稿》未收此詩。

寫家信畢悵然有感[一]

十日三裁客裏書，平安兩字正愁余。高堂白髮相思苦，未敢從人説不如。

【校記】

［一］《西林遺稿》未收此詩。

熱河雜詠十六首

其　一

熱河風味的應知，伏雨初晴睡起時。手裂溪藤尋敗筆，倚窗爛寫竹枝詞。

其　二

花影毿毿亂夕曛，林風裊裊點飛雲。却憐翠竹無人見，此地由來無[一]此君。熱河花木不減長安，惟竹不可有，想此君或不耐塞上寒也。

其　三

冰桃雪藕謾時新，青李朱櫻也市陳。争似西欄草荔子，承恩敕賜號花津。花津果舊名草荔子，上新賜此號焉。

其　四

二十青銅未許賒，松棚老圃爇平沙。盈筐記取琉璃瓦，不是尋常高丽[二]瓜。琉璃瓦，熱河瓜名，長六七寸許，青翠可愛。二十青銅，多乎哉。

其　五

處處歌聲動酒帘，西溝西去又灣南。熱河美酒知無數，只有紅橋乾笮甜。西溝、紅橋皆地名。乾笮，酒名，味頗似滄州、紹興，但微甜耳。

其　六

塞上阿籃貴小雛，林端鼯鼠號飛狐。行人莫更衝風雨，聞説新來有鶻鵃。阿籃，塞鳥也，善鳴。鼯鼠，一名飛狐，一名飛鼠，深山樹杪多有之。

其　七

六月黄鸝色似鵝，街前争賣畫眉多。松鴉亦復能言語，不數江南巧八哥。熱河黄鸝、山畫眉最多，但養經年者絶少。松鴉形狀近八哥而稍大，毛深絳色，尾稍黑，翅尖有翠點，善畜者能令學人語。

其　八

文杏花榆不取錢，烏皮漆斷莫重填。平將白地横磨水，此製應輸此地偏。紅杏木色甚膩潤。榆木多黄色，其有花者名花榆，色較深，與豆瓣楠酷相似，用製几杌等器不須漆，而自然雅潔。

其　九

手琢心雕不厭勤，花簪恰合綰烏雲。應知携去秋窗裏，密向粧臺媚細君。取各種山木根作花簪，甚工巧，市賣者已不下十樣百樣，而好事者必欲自製焉。

其　十

山木從來不税官，過頭拄杖齊眉竿。憑君留取百錢得，小市城南任意看。拄杖等件俱各種木根所製，價甚廉，而遠出琉璃廠梅竹街舊式。

其　十　一

茶烟初斷酒旂揚，柴市斜連米市長。但使金珠來買客，營房應不亞廊房。熱河買賣無所不備，只少金珠二行爲稍遜京師云。

其　十　二

萬家烟樹隔城闉，十載河屯効齒脣。不是山頭元寶在，晨夕[三]舉火待何人。元寶山去熱河二十里，去河屯營亦二十里。

其　十　三

白瓦黄茅觸眼新，南營南去與山鄰。紅粧少婦娉婷甚，説是平西藩下人。南營在山莊直南，藩下人居焉，其婦女多顔色，與塞上土人大别。

其　十　四

西窗風細夜凉時，半臂初添漏正遲。買得街頭肥亮子，不須更用取燈兒。俗以油松取火，名亮子，其油多者名肥亮子。

其　十　五

僧官帽底射生回，彌勒山頭夕照催。試問錘峯老衲子，一聲清磬爲誰來。僧官帽直南，彌勒稍北，磬錘峰又稍北，皆山名。

其　十　六

莫把新辭唤客愁，風風雨雨幾時休。無端把筆成殘睡，高樹凉蟬又早秋。

【校記】

［一］“無”，《西林遺稿》作“少”。

［二］“高丽”,《西林遺稿》作“子母”。
［三］“夕”,《西林遺稿》作“昏”。

客有過青山梁聞子規者,詩以誌之

青山梁下草萋萋,青山梁上子規啼。一聲兩聲歸不得,滿樹斜陽西復西。

由偏凉汀泛舟至岦巃山[一]

偏凉汀上結茅茨,偏凉汀下水參差。挽舟更向岦巃寺,遠樹斜陽小渡時。

【校記】

［一］《西林遺稿》未收此詩。

絶句十七首[一]

其一

楞嚴説罷又楞伽,法語從無一字差。畢竟何曾著一字,閒時且喫趙州茶。

其二

雲門臨濟各紛然,棒喝無端更豎拳。打却世尊佛法净,秋風八月好凉天。

其三

大士西來有意無,麻觔栢子忒模糊。夜來瞥見天邊月,認是驪龍項下珠。

其　四

香嚴卓地漫經年，錐到無時也未然。米熟便篩篩在否，獦獠根性幾曾全。

其　五

輥毬活計許推拈，得一猶非寧有三。認取箇中直捩子，餓時喫飯困時眠。

其　六

風旛互動各成真，饒語誰煩更説心。到底此中無覓處，古錐密諦不須尋。

其　七

爐錘刀劍雅擅奇，勘破重關又偃旗。蓋世功勛留不住，荆榛隊裏結茅茨。

其　八

出門拂袖恰衝塵，放下緣何便入真。滿院梧桐花落盡，閒堦秋草又生春。

其　九

謾説三乘與大乘，斷常生滅本無情。辟支成果塵烟净，依舊恒河沙裏行。

其　十

涅槃功德了無因，法色何曾有二身。普界金光沉黑裏，兜羅掌下正迷人。

其十一

是迷是悟是文殊，門外應須一再呼。入得門來門是外，一簾香雨著花無。

其十二

西堂風月總無功，捉向西來又向東。拽斷鼻頭脱未得，虚空何處捉虚空。

其十三

山原卓地玉無瑕，知此可能便出家。出得家時家故在，祇陀林裏看曇花。

其十四

巖前獨坐月輪圓，對月只得作月看。指月是心心是月，寒山此語要重參。

其十五

摘茶樹底覓形聲，覓到形聲路早横。紅葉青山秋正好，涅槃般若一同聽。

其十六

難難易易幾多般，就裏憑他下手看。踏破鐵鞋還坐穩，雪山風月古今寒。

其　十　七

拈花妙諦意如何，微笑依然笑柄多。重問老禪舌在否，十年前已忘伊他。

【校記】

［一］《西林遺稿》收此組詩中第十一首，題作《截句》。

雨抵楊林驛[一]

小摺弓衣傍碧潯，清和細雨灑楊林。板橋古戍頻煩思，萬里圖南一夜心。

【校記】

［一］《西林遺稿》未收此詩。

十五夜贈胡一山太史[一]

木天詞客攬芳華，月底尋詩手八叉。不借相公袍上色，可知元是紫薇花。堂前有紫薇數株。

【校記】

［一］《西林遺稿》未收此詩。

黄平道中柬胡一山太史

夜郎李白躭吟詠，行路人傳蜀道難。今日黄平並鞍馬，峨眉一老試參看。

掛　石　峰[一]

手挽雲根繫碧天，微風搖曳印重玄。拋竿立影成何事，狡獪還應笑列仙。

【校記】

［一］《西林遺稿》未收此詩。

華　嚴　洞[一]

其　一

藥竈茶鐺伴老禪，貍奴白牯記當年。而今碧海黄塵裏，小住何緣憩洞天。

其　二

真向華嚴法界來，青崖白石印莓苔。如鶊蝙蝠誰相礙，燃炬敲門一竅開。

【校記】

［一］《西林遺稿》未收此二詩。

桃　源　渡[一]

桃源渡口桃源洞，洞裏仙人訪得無。欲繫扁舟覓消息，黑甜鄉已泥狂奴。

【校記】

［一］《西林遺稿》未收此詩。

舲　　山

幾灣清浪接平溪，一棹烟波兩岸齊。行過舲山山寺晚，水禽啼斷竹雞啼。

詠盆内白蓮[一]

青華出鉢誰曾見，紅藕穿塘我慣經。争似臨窗摇白羽，碧衣憐重玉環輕。

【校記】

［一］《西林遺稿》未收此詩。

鳳　　仙

小桃夭豔定誰家，雲髻秋偏玉指斜。羞向人前呼鳳字，可知卿是女兒花。

木　芙　蓉

一抹紅霞壓玉墀，娟娟静女繫離思。曼卿老去丁郎别，城主於今屬阿誰。

桂

古香零落畫欄東，金粟梢頭萬斛空。迴首靈波秋殿冷，不堪重憶小山叢。

雞　冠

翠羽紅冠步障齊，絲窠細網夕亭西。鴛鴦小字殊清絶，若箇吟成碧樹雞。

枯　桐[一]

雛鳳彫零老鳳孤，緑枝低亞半棲烏。中郎焦尾何人識，祇合漆園問故吾。

【校記】

［一］《西林遺稿》未收此詩。

殘　菊[一]

碧落風迴墮葉時，江南江北此殘枝。應知不爲幽人賞，瘦骨禁寒祇自悲。

【校記】

［一］《西林遺稿》未收此詩。

四十六初度口占[一]

紅燭青尊夜欲休，丹心白髮坐難酬。崑崙宴罷情知悔，要把花枝插滿頭。

【校記】

［一］《西林遺稿》未收此詩。

望虞山弔錢牧齋宗伯[一]

文采風流雅欲仙，我聞如是證情禪。河東到底成辜負，坐對虞山一惘然。

【校記】

［一］《西林遺稿》未收此詩。

句容道中四绝句

其　一

春寒猶著敝貂裘，冰雪亭荒不可留。重向籃輿尋舊夢，清泠殘月下城頭。

其　二

短亭十里接長亭，一抹春山骨倍青。行過華陽重有路，幻香零落寺門扃。

其　三

杏葉桃枝早放晴，板輿得得竹窗明。關情最是緣堤柳，拂水沾泥過此生。

其　四[一]

惺忪龍女破工夫，麥葉青抽一寸膚。迴首朝天齊拜乞，可憐春價果如穌。

【校記】

［一］《西林遺稿》未收此詩。

弘濟寺二絶句

其　一

松扉石徑上人家，小住清凉到妙車。欲挽江聲迴樹杪，可憐那岸是繁華。末五字僧齊己句。

其　二[一]

撒手懸崖苦未能，舍舟登岸記初曾。狸奴白牯誰争説，默默寺主僧名。祇應似此僧。“樹杪江聲”、“懸崖撒手”並額名。

【校記】

［一］《西林遺稿》未收此詩。

早發燕子磯晚抵儀真小泊舟中雜興三首

其　一

風迴水面浪花平，篷頂飄然一櫂輕。怪著磯頭三日宿，可憐才別又含情。

其　二

雲壓天低合四圍，船窗幕幕雨霏霏。春江花鳥愁多少，好是青山白板扉。青山對江西岸，離燕子磯八十里。

其　三

淒迷烟雨背江城，橋市村帘夜火明。應是粗官還暫歇，魚鹽活計是前程。

過揚州欲訪梅上人不果却寄三絶句

其　一

憶昔西溪半月前，梅舊主西山洪光寺。半月寺，池名。夕陽秋水"秋水白雲社，名陽紅葉祠"，余舊贈句也。印初禪。泥沙背岸松筠渺，妙躅忻陪似少緣。

其　二

尋常將相定奚如，一事都言許丈夫。問訊東林老香火，使君拙病可能無。

其　三

梅子酸甜鎮試嘗，木樨香否不思量。却緣早授宣尼偈，無隱無言作道場。

晚抵淮安

烹狗何如返釣魚，丹砂元不駐村墟。雨船燈火春寒夜，有箇癡人坐檢書。

積雨陡凉，裌衣重著，時維夏五將勾當海上，晚次崑山縣舟中賦此

其　一

江村漁舍連綿雨，水氣侵衣薄似秋。恰憶嚴陵垂釣者，篷窗五月欲披裘。

其　二

梅雨蒲風冷不宜，拄頤趺坐對南陂。吴甿舊事因曾記，好是耘秧著絮時。江吴舊俗，崑山農至今因之。

將出都赴滇，却寄吴中王子重、吴漪堂、夏曉堂、徐學人諸老友

尺書裁罷又重拈，細字旁添手自緘。此去滇陽真萬里，不能容易到江南。

晚抵平溪衛,維揚金仲持梅枝向予詢之,爲館主人所贈,覩物牽情,忽不禁有江南之感,繫以詩

駐馬平溪郭外村,野梅香綻一枝春。折歸却贈江南客,和雨和烟愁殺人。

登安阜閣望金馬、碧雞二山

碧雞金馬神仙窟,踏月梯雲結構牢。欲躡塵踪訪靈跡,漢廷舊已薄王褒。

六月二日抵安籠[一]

瘴雨蠻烟不放晴,石門黄草抱龍城。粤儂黔仲誰原汝,笑殺拖泥帶水行。

【校記】

[一]《西林遺稿》未收此詩。

滇 署 伏 日

晝柱誰煩纈錦棚,雨餘鈴閣寂如僧。綃衣白粥風流謝,此事而今我亦能。

次韻甘立軒中丞秋海棠四絶句[一]

其　一

古屋墻根一抹匀，朱絲半嚲泥苔茵。誰能更憶香霏閣，叉手齊吟八月春。秋海棠，一名八月春。香霏閣，昌州郡守花時延賞所也。

其　二

猶記春前睡起遲，捲簾側卧挹仙姿。碧雞坊底今重面，不似南充乍見時。"南充樊亭看海棠"，"豈知更有碧雞坊"，放翁句也。滇碧雞坊，城南二里。

其　三

雨泣烟愁舊是家，香肢無力倚屏紗。阿誰重按《宣和譜》，寫入秋窗没骨花。《宣和畫譜》徐熙有没骨海棠，意惟秋海棠雅稱斯品耳。

其　四

一鬟輕紅淡欲沉，雨餘庭院和愁吟。秋孃莫恨梅花約，許聘西廊白玉簪。

【校記】

［一］《西林遺稿》未收此詩。

柬杭副憲靖公并序

靖公兄行矣，無可言説，見我伯仲，爲道酸辛，疾病思田里，未敢傚韋郎忍也。戊申三月廿一日。

一身萬里策諸蠻，君去君來我未還。寄語京城兄弟道，早將白髮替朱顏。

柬任閣學香谷并序[一]

握別歸來，忽忽不樂，口占絶句，馳馬軍投遞，或如親送百里程也。戊申三月廿一日。

與君不是舊知交，持節東來此寄包。今日乍逢還暫別，可憐離思未能拋。

【校記】

[一]《西林遺稿》未收此詩。

仙　鶴　花[一]

清癯骨相宛如鶴，黯淡容光雅似仙。安得徐熙逞妙手，溪藤重與畫蠻天。

【校記】

[一]《西林遺稿》未收此詩。

白　鶴　花

鶴料裁分悄坐衙，羽衣歷落列仙家。優曇香斷佛桑老，只合緘情對此花。

荷亭四詠[一]

其　一

帶露披烟一水間，洛波仙子立閒閒。繁華那岸誰拋得，解語端應侍玉環。

其　二

水榭風亭雨蓋齊，碧筩吸飲泥花堤。哦詩鄭谷多情思，更與鴛鴦謝浣溪。

其　三

紅衣香褪纈黄螺，曲柄垂房剪緑波。記得學生比靈散，劇憐辛苦出圓羅。

其　四

如船冰雪拄青空，仙路何緣許再通。欲寫瓊漿薦王母，堆盤手折玉玲瓏。

【校記】

［一］《西林遺稿》未收此四詩。

過圓通寺題壁[一]

欲問黄梅事校遲，獦獠米熟又南馳。打門敲火尋禪味，拾得寒山枯木枝。

【校記】

［一］《西林遺稿》未收此詩。

嵩明道上

皂帽朱旛又出巡，楊林州驛名。細雨灑輕塵。摩挲重到毒泉碣，酌水從知也誤人。毒泉離海潮寺數武，石碣存。

滇署重陽絶句[一]

白髮清尊紫菊前，紅蘭香綻玉梅聯。秋籬也復憐桃李，祇是無人放杜鵑。

【校記】

［一］《西林遺稿》未收此詩。

蔡魏公昆季同王昆賢、譚武菴遊龍泉道院，登絶頂探梅，還聊紀一絶句用贈魏公

一勺玻璃湛玉冰，四圍林壑抱溪棱。探幽人復尋香雪，愛作梅花樹下僧。

對瓶牡丹有述[一]

暮雨輕寒罥碧紗，烏皮攲倚認繁華。貴山富水饒煩思，若箇風光似此花。

【校記】

［一］《西林遺稿》未收此詩。

登甲秀樓二絶句

其　一

漁磯灣下柳毿毿，芳杜洲前小駐驂。更上層樓瞰流水，虹橋風景似江南。

其　二

炊烟卓午散輕絲，十萬人家飯熟時。問訊何年招濟火，斜陽滿樹武鄉祠。

望東山寺

絲竹中筵遶檻行，羣峯羅列抱重城。精藍宛在嘌蘿裏，不是南朝謝傳情。

几牘偶暇熟睡，日移午四載勞人殊得，未曾有也

眠食功勞憶老髯，坡句："塵世功勞食與眠。"撲簾花氣晝重添。口[一]閒便與青奴約，滋味新嘗到黑甜。

【校記】

［一］"口"，《西林遺稿》作"拚"。

偶　　成

叔度風流雅稱豪，林宗月旦細於毛。却緣不見盆盂水，未敢從伊薄奉高。

二色蓮又名鴛鴦，合樹駢花紅白各半，殆異種不恒有也。盆池中得二本，羣尤以爲瑞，作二截句誌之。庚戌七月五日[一]

其　　一

濯錦籠烟乍見疑，兩般顔色一莖垂。吟花莫泥漁洋叟，不似紅兒對雪兒。阮亭句："花似紅兒對雪兒。"

其　　二

漢皋雙女並肩長，又見徐孃半面妝。若使霍家池上有，不應水底鬬鴛鴦。

【校記】

［一］《西林遺稿》未收此二詩。

七夕前一日，東園優曇樹又開紅花兩枝，宣城梅叟有詩，翻用坡老山茶句。因申意奉報[一]

一鉢青蓮許並誇，祇林白法印朱霞。須知鶴頂丹砂染，仍是堂中兒女花。

【校記】

［一］《西林遺稿》未收此詩。

詠天女花[一]

散花小室記前身，重覓維摩病裏因。底事低頭如想相，料應羞對破齋人。

【校記】

［一］《西林遺稿》未收此詩。

近　華　浦[一]

曾於太華峰頭立，倒影波光十里餘。一棹重過凭水檻，青冥天界接林廬。

【校記】

［一］《西林遺稿》未收此詩。

西郊觀禾抵紅廟東迴，由城南返署四首[一]

其　一

青稜白板度紅旓，一抹黄雲海樹交。料是田家炊豆粥，濕烟細雨掛林梢。

其　二

蕎麥堆場稻偃塍，茅綯初引架溪稜。坡田水牯蕭閒甚，熟未尋將問老能。

其　三

手鐮腰索正怱怱，賽鼓偷撾拾穗童。笑問老農親向説，今年尤較去年豐。

其　四

對掌千家枕水居，誰曾海上見鰩魚。“鰩魚見則天下大穰”，見《山海經》。果蔬麻菽皆熙景，不比尋常當喜書。

【校記】

［一］《西林遺稿》未收此四詩。

經略北軍弔戰歿諸將佐

蟲沙猿鶴須臾事，持節籌邊嘉峪關樓名。旋又來。聞道將軍期馬革，幾曾真箇裹屍回。

二月十九日十二臺道上口占[一]

塞草無邊驛路高，斜陽疲馬殢征袍。何來細柳裁新葉，笑殺春風是剪刀。

【校記】

［一］《西林遺稿》未收此詩。

送楊閎度南歸

十年前倚春風座，三載重登文蔚堂。今日暫歸歸便好，菊花初綻桂猶香。

自　　詠[一]

名花嘉樹接楓宸，罷直居然自在身。足不窺園書置閣，攢眉兀坐爾何人。

【校記】

［一］《西林遺稿》未收此詩。

題我所壁乙卯秋七月。

塵緣漸了妙因來，荆棘叢中踏步回。從此食眠常住裏，芻尼別久莫疑猜。

紅　梨　花

澹白嬌紅自在春，孤芳祗合惜天真。底緣静女心如雪，也點燕支學媚人。

木　　槿[一]

山中習静定何因，林館熏然日及辰。放下暮朝榮落了，劇憐花與看花人。

【校記】

［一］《西林遺稿》未收此詩。

紫　　薇[一]

朝槿籬邊一笑嗟，老薇堂畔又紛譁。情知百日無多日，耐久從人可此花。

【校記】

［一］《西林遺稿》未收此詩。

發孫家坨晚抵桃花口登舟口占二截句[一]

其　一

葛漁城小水中央，一縷殘堤樹幾行。欲向龐家莊名。問雞黍，龍河港斷鳳河長。

其　二

遠村樹底明如水，隔岸篷檣望似雲。便卸弓衣尋小泊，斜陽深柳鷺鷗羣。

【校記】

［一］《西林遺稿》未收此二詩。

賜扇恭紀

一握蒲葵雅自珍，五明題賜墨痕新。南熏[一]不是風[二]風力，到手深慚把柄人。

【校記】

［一］“熏”，《西林遺稿》作“薰”。

［二］“風”，《西林遺稿》作“無”。

閏六月九日上賜内園蔬十種，恭紀七言絶句各一章[一]

葱

歸從殿閣領青風，燕食常分玉饌豐。慚謝和羹無妙手，辛香又賜大官葱。

韭

緑髮丰茸白趾長，緑髮、白趾，明王肅《豐本傳》語。高擎豐本裛芬香。平生稽古懷堯韭，對案真然下著嘗。

芥菜亦名辣菜心，曰芥藍。

曾從老圃數佳蔬，藍簇芳心辣不如。廣願上林栽此種，培成介性待收儲。

白藊豆藊豆一名沿籬，一名蛾眉，白者堪入藥，純紫色本異種也。

老署饕銜貌益癯，沿籬叢莢勅歸厨。甘温合味平消暑，不待秋風肺已蘇。

紫藊豆

蛾眉别種出蘭皋，帶露盈筐惠重叨。應是吾皇崇菲食，忽袍色被紫雲袍。

銀茄崑味小菰皆茄名。

一般崑味薦芼羹，玳瑁筵須玉椀盛。不信試開瓤子看，銀包絶勝紫彭亨。

水茄

口嚼輕冰認小菰，天家種與世間殊。不知仙掌金莖露，解渴還須似此無。

南瓜俗名倭瓜，蓋番南種也。

綴蔓牽藤滿地金，番南風味摘芳林。亦知不是豐年寶，藿食人長軫帝心。

瓠子

伴食經年減帶圍，輪囷滿器奉宸暉。獨甘到底成羞澀，荼苦何方得瓠肥。

春不老即苦賈菜，野生者名苦賈畦，種者名春不老。

紫茄白莧話紛綸，日鑒葵心野獻芹。咬菜願甘春不老，長將不老祝長春。

【校記】

［一］《西林遺稿》未收此十詩。

勘河抵碭山,晚宿雲水書屋,見壁間“霖雨蒼生”字,愧甚恐甚,泚筆抒懷,示從者兼呈高二東軒

雲水迴遭日問津,青奴小憩替黄塵。何來霖雨酬江左,辜負蒼生是鄙人。

吴家兆學士賜戴孔雀翎戲贈絶句一首[一]

鳳池學士餙華襜,翠羽新簪跨左驂。兩岸萬人齊喝采,不知仍是舊頭銜。

【校記】

[一]《西林遺稿》未收此詩。

恭和御製三月初四日癸亥耕耤禮成元韻八章[一]

其　一

青壇蔚立協坤祥,載耒元辰禮典詳。自是劭農關睿念,御田歲莅祝倉箱。

其　二

韶節裁過祓禊時,一犁新渌出陂遲。鑾輿親幸千畦净,幾道油雲罨畫旗。

其　三

帝軫民天首重農,曉臨繡甸響華鐘。獻來穜稑多嘉種,定茁秧鍼一倍濃。

其　四

黛耜陳時風翕習,金根擁處樂錚摐。農桑勸課成殷富,萬國應教仰德厖。

其　五

洪縻御耦紀推三,鵷侶班聯紫陌南。聖主勤民符帝典,授時平秩洵無慚。

其　六

紺輮葱犗儘排東,保介騈闐千畝中。遥想四圍澄黛色,緑楊深護碧漪風。

其　七

坻場染屨御春臺,勞酒重傾賜復來。雷動歡聲齊額手,願祈甘雨徧林隈。

其　八

試院頻瞻尺五天,臣時奉命典禮闈試,未獲扈從。欽承睿藻捧霞箋。吾皇勤政農尤切,行健真能法易乾。

【校記】

［一］《西林遺稿》未收無此八詩。

予告丁鶴亭入請聖安相值於内右門與之語成截句二章[一]

其　一

古稀未届早支離，每一逢君一問之。九十就衰衰便好，猶能談笑却熊羆。

其　二

于天于野任蹁躚，鶴老聲聞世所諳。百二十齡帝親許，無須方法問圖南。

【校記】

［一］《西林遺稿》未收此二詩。

元旦試筆並示諸兒

其　一

六十四年如短夢，百千萬事又新春。拈詩重憶唐家白，誓答恩光欲殺身。

其　二[一]

君親六合與生來，考内身曾是幾回。好語兒曹都記取，聰明須賣買癡騃。

【校記】

［一］《西林遺稿》未收此詩。

廣通寺題壁[一]

半箇人來訪道師，諸天拍掌笑何遲。此間有我無渠分，説與貍奴白牯知。

【校記】

[一]《西林遺稿》未收此詩。

黑龍潭瞻禮畢敬述二截句[一]

其　一

一潭沉淥出雲隈，黑鰊昂頭覿面來。餘潤定知膏萬頃，願祈甘澤徧堯亥。潭内黑魚一長不二尺，巨口突睛，與常魚異，時昂頭出水三寸許，衆皆以爲靈，則龍之爲靈可知矣。

其　二

小嗛中豐並望恩，皇王無日不思存。爲霖我愧商巖叟，藉手神君達帝閽。

【校記】

[一]《西林遺稿》未收此詩。

絶句三首[一]

其　一

漆園到底誰非我，惠子終然也是魚。不信試觀盆盎裏，江湖鱗鬣總如渠。

其　二

漁人網集釣絲擎，瞠目昂頭閣閣鳴。兩部鼓吹依自得，老饞頗喜抱竿羹。

其　三

雕檐輕逗綺窗風，午夢初回細雨濛。鸚鵡能言紅嘴倩，畫眉應笑白頭公。

【校記】

［一］《西林遺稿》未收此三詩。

中秋夜對瓶桂口占二首[一]

其　一

瓊樓玉宇絶氛埃，金粟如珠細細開。月地無人秋漸老，尋香折得一枝來。

其　二

珍重天香手自披，青瓷滿注供烏皮。寒巖零落知多少，寄語西風莫更吹。

【校記】

［一］《西林遺稿》未收此二詩。

九月十九日絶句[一]

迎凉節物去堂堂，依舊寒花滿徑香。若使雪崖龐老在，料應重作大重陽。任丘龐塏以九月十九爲大重陽，登高泛菊如九日故事。

【校記】

［一］《西林遺稿》未收此詩。

白　　菊

依稀凉月照青裾，瑶圃香生玉不如。雪是肝腸霜是骨，完[一]然我與我相於。以雪承雪，以霜受霜，猶之我與我習絶不相殘，於何寄傲，無入不自得。直是無非自無所爲自也，如是，如是。

【校記】

［一］“完”，《西林遺稿》作“宛”。

紫　　菊

日精仙子燿重臺，露頂朝天出草萊。應似[一]山人爲密友，白衣新賜紫衣來。紫菊名日精，見《拾遺記》。朝天紫、密友，並菊名。

【校記】

［一］“似”，《西林遺稿》作“是”。

紅　　菊

結習難袪不奈華，一簾素影暈輕霞。饒憐脂粉污顔色，終是瓊宫帝女花。

雜　色　菊

女儿新裁越様妝，萬鈴十錦綴檀香。當春亦是閒花草，一入秋籬便擅場。女儿，山名，其草多菊。萬鈴、十樣錦、檀香，皆菊名。

六月菊非菊也既名菊詠菊及之

故著青衣倚畫廊，身名宛欲托柴桑。炎官座上無佳友，秋雨秋風不可量。

有勸余集詩問世者賦此謝之[一]

老於詩律覺尤粗，粗亦何嫌味却無。便比和凝過百卷，可堪重笑詅癡符。和凝有集百卷，自鏤板行世，王伯厚曰此顔之推所謂詅癡符也。詅，讀力正切。

【校記】

［一］《西林遺稿》未收此詩。

題 蠟 梅 花

比梅聊與標風格，似蠟何曾綴密脾。一點赤心終抱朴，不聞香處少人知。

附《西林遺稿》詩一首

侍衛有尋鷹不得者詩以記之並示鷹(一)

玉羽金鈴出禁林，侍臣相伴坐更深。皇家豢養恩如許，饑飽應無起異心。

(一) 輯自《西林遺稿》卷六。

附阿桂《西林遺稿序》(一)

楊子潮觀函所刻《鄂文端公詩集》,貺余於軍,且以書請曰:維文端公輔相兩朝,咸有一德,騎箕而歸,遺集具在,非公之序,莫克稱其詩,敢以爲請。余盥手莊誦,乃作而言曰:昔文端公與先文勤公同朝三十餘載,道義之契,不邇形跡。故余自幼以逮通籍,未常一識公。及余爲兵曹,公適以大學士領部事,始得望見聲音笑貌,然亦未常以私謁公,奉公之議論也。比余直軍機處,日侍公左右,公期望而啟發者甚至,因以稔公宅心行事爲詳。是序也,余何忍辭!

考公事世宗皇帝,即已擢爲首輔,參預密勿,詔令配享宗祏。及事今皇帝,朝有大事,必以咨公。公躬逢聖世,重熙累洽,際清和咸理之秋,固不煩於啟心沃心之助。而公天資英邁,遇事感激,報恩殺身之志,見諸詩句,不一而足。觀公之所以自靖,與聖明之所以任公,則公之器量才識可知也。嘗綜公之生平論之,大抵樂善進賢如晏元獻,型方訓俗如趙清獻,敭歷中外、兼資文武如范文正,而一出之以忠誠。

世之論公者,謂公所拔擢拂拭之人,其後狃於門户,不能不負所舉,以是爲公咎。夫薦舉既多,則不能無得失,知人其難,不保其往,聖人且然,於汲引人才之意,又何歉歟?公初作藩於吴,禁奢汰、遏佚遊,甚至厥口詛祝,不得已以詩自鳴。論者又或以迂遠目之。不知奢示以儉,儉示以禮,古之制也。公不恤人言,起而力矯其失。俗雖未

(一) 輯自乾隆刻本《西林遺稿》卷首。

革,於訓俗型方之道,詎爲過歟!滇黔苗猓,盤互箐莽間,時時出爲民患。公毅然督兵獮薙之,改土官爲流。或以佳兵論公。然苗之不靖久矣,弗誅,將益頑梗而不可治。迄今滇黔晏如,爲唐宋所未有,誰之力也?至準夷倔强日久,邇者賴天子聖明神武,洞矚機宜,命師進討,拓地二萬餘里。而當公之世,機未可乘,公高築受降,不戰成功之什,蓋作於雍正壬子經畧西陲時。及甲寅歲,世宗皇帝閔士卒暴露,下廷臣集議,斷自宸衷,遂遣先文勤公持節往,抵其巢,責論大義。準夷惕息受命,由是偃兵二十餘載。即詩以觀公,豈喜於佳兵者歟?

餘如接朋舊、遇寮宷,無不以誠。朱可亭相國、楊凝齋尚書以醇德見稱於時,公與爲膠漆交,暨于墓有宿草,哭之猶慟。富景韓,公舊友也,以從年羹堯於陜,由主事超擢布政使,公聞喜增憂,作詩繩之,是皆古人所僅有者。蓋公之詩本於性情,發于忠誠,繫於朝常國是之大,不必藉詩以自重。而由詩可以見公之真,故其感於人者綦深。公之殁也,三十年於此,而余莊誦之下,若復接公之聲音笑貌,尚思振勵自强,幾忘夫老之將至也。則後之誦公詩者,頑廉懦立,瞿瞿然而興起,當必有其人已。

余既辱公知甚深且久,又與公之子剛烈公相契也,是以互爲婚姻。剛烈劇嗜詩,作詩最夥,殉節以後,遺稿盡佚,余遍歷邊陲二十年,不獲綱羅纂輯。其視楊子奉公之詩,謹守勿墜,且殺青以垂於後,恤乎其有餘愧焉爾。余前以定邊右副將軍總制滇南,嘗謁公祠下,書"典型在望"於額,用志瓣香之願。兹復因楊子鄭重推諉,歷論其生平大概,以著於篇,以諗於後人。

乾隆甲午子月,太子太保議政大臣定西將軍户部尚書汲林阿桂謹序

附楊潮觀《西林遺稿序》(一)

太上立德，無技爲尊，其次立言，有斐斯頌。若夫介圭不飾而精神見，止水無波而雲氣興，有德者必有言，豈曰爲文而文至矣。如故相鄂文端公，河嶽會靈，道根深厚，德冠具僚而不名，才雄當代而不有。推其餘事，作爲詩人，羅胸文武，陶冶以何存；忠孝根心，嗟嘆之不足。豈惟扶輪于大雅，實乃元氣于斯文。

曩者甲子之夏，不才以出宰山右，謁别相門，時公出半稿授之曰：此僕執戟爲郎，藩吴制滇，靡盬之餘，所沉吟而未忍棄者也。子姑以其琴暇，爲我校讐，所冀愜心，無憚規我。若夫入登政府以來，賡載歌之什，尚須裒集，續有遺書。詎風塵在彈指之間，櫪馬有隕星之感。蒼生寡佑，哲人云喪。抱遺編而太息，顧知我其從誰。仰惟公之丹悃精忱，匪躬亮節。對越在尊親，覃格及靈蠢。故其翰墨餘瀋，亦當上應列宿，區區以髫年受知。遺言在耳，敢加編輯，用踐生平。嗟乎！珍半卷于篋笥，孰再親其丰采。九齡直道，愧泌童子何知；仲淹人傑，幸軾掛名其末云爾。

時乾隆十四年歲次己巳春二月，門人楊潮觀謹書

(一) 輯自《西林遺稿》卷末。

附楊潮觀《西林遺稿續序》(一)

《西林遺稿》之半，潮於乾隆十有四年己巳先鏤版於吴。蓋當時遽聞公殁，恐遂不獲其全，慮有失墜，負公付授之意也。忠孝克世，剛烈公伯仲歘歷未幾，相繼死節，所存全稿，無從起忠魂而問之矣。嗣是簡亭出撫秦晉，蓮峯建節西南，而風塵駑鈍者，跡似轉蓬，罔知税駕。蓋嘗南行萬里，過庚戌橋，出西林渡，俯仰平蠻遺跡，卧鼓埋烽，且將四十年。南人琴武鄉祠，繪南康像，凛然如一日也。

歲月逾邁，世事遷流，洎前年自蜀入都，則公之才子六人，惟有少司空怡雲癯然獨存。惟賜第之文蔚堂，已毁於火。憶太傅當日以西陲經畧還朝，先皇帝勅賜此第，御書"公忠弼亮"之額，懸於堂以褒顯之。今堂成灰燼，而御書金碧燦然，無毫髮損，將聖跡有神靈呵護，而公之生平，誠有不愧於此四言者耶，怡雲時賦閒居，始出公全稿以授，屈指二十餘年，未竟之緒。一旦忽覩其全，如獲天球拱璧。然而撫今追昔，開卷泫然。不才受知之初，年甫十四，得侍春風亭。弱冠偕剛烈公讀書海淀賜園。今馬齒踰六旬矣，而公永訣遺言，闕焉未報。兹幸完璧猶在，顧猶私之篋笥，不與天下士大夫共之，可乎？

返蜀又逾年，甲午春，以示表弟顧觀察光旭，瓣香三復，欣然共訂焉，遂獲校刊竣厥事。太傅輔相兩朝，咸有一德，簡在天心，大書國史。固非末學下士所能窺窺萬一者。乃其學孔先憂，希顔獨樂，冷煖

(一) 輯自乾隆刻本《西林遺稿》卷末。

自知之處,每於詩流露之。史稱諸葛武侯詞采不豔,而周致丁寧,公誠之心形于文墨。然則後之誦公詩者,亦可想見其爲人矣。黄鐘起律,清廟登歌,固不與詩人較短長也。是用紀其遲待所由,續序於後。

時乾隆三十九年甲午春,門人楊潮觀謹書

附顧光旭《西林遺稿跋》(一)

乾隆三十有九年春二月，中表兄楊君笠湖，手一編示余曰："此故相國鄂文端公遺稿也。"光旭莊誦卒業，與笠湖悉心詮次，得詩如干首，釐爲六卷行世。公弼直謨明，爲兩朝碩輔。予生也晚，窃嘗從政府諸公，習聞公之嘉猷亮節，思欲得公著述，以仰窺經術之源流久矣。誦公之詩，如親炙焉，何其幸也。惜原本未及編年，諸體僅以類從，不能依年分繫，欲求年譜以考證之，又不可得。蓋剛烈公伯仲死節之後，遺失亦多矣。至公許身稷契，伯仲伊吕，少陵鬱其志於詩，公達其詩於用，識者自能論定，勿復贅云。

金匱後學顧光旭謹跋

(一) 輯自《西林遺稿》卷末。

附鄂爾泰銘一首、頌一首

平苗紀功鐵柱銘(一)

帝德光被，臣功赫煜。八萬古州，生苗帖服。鎔干銷戈，鐵柱矗矗。表烈垂謨，載瞻載肅。

聖駕東巡盛京恭謁祖陵大禮慶成頌(二)

皇帝御極之八載，歲在癸亥，月在孟秋，諏吉日，飭乘輿，奉皇太后東幸盛京，展謁祖陵禮也。先時雨師灑道，浹旬瀀渥。從官侍臣、虎賁羽林、七萃八校之士，畢罕、旄頭、鉤陳、壁壘，千乘萬騎之衆，夙裝以俟。比大駕行，雲開天霽，和飈拂旗。皇帝曰：惟天惟祖宗佑予一人，耿耿祉哉。迺循畿甸，出北口，抵熱河，遂巡省外藩諸部。度白狼、踰烏桓、橋潢水、徑龍沙，諸部君長名王，下洎且渠當户，千百爲羣，治道供張，奉迎厥角。行負弩矢，前驅居環。黄幄宿衛，奉觴上壽。進膳獻琛，賜賚所加。舞蹈呼嵩之聲，殷地徹天，聞乎數千里之外。皇帝曰：於我祖宗盛德大業至矣哉！自祁姚化所弗暨，漢唐威所未讋，我疆我索、一尉一侯，謐如也。迺入柳邊，迺沿混同。瞻長白

(一) 輯自《八旗文經》卷四六。
(二) 輯自《八旗文經》卷四五。

之峻極，度納緑之蜿蜒。谷邃山高，水深土厚。扶輿鬱積，王氣攸鍾。神皋奥區，上應析木。形勢龍蟠虎踞，揭八荒而包六合。我太祖太宗櫛沐風雨，規矩乾坤。披荆棘，刈豺狼，畫井里，蒐軍實，所爲創業垂統，作則萬世者，山川城邑悉載。赫聲濯靈，土俗儉勤，室居樸素，有陶唐氏遺風焉。皇帝周覽遐觀，喟然動容曰：此我朝景亳邠岐也。猗那濬哲之頌，生民瓜瓞之歌，欽念哉！齋心凝神，愾聞僾見，迺以九月丙申有事于永陵，越六日壬寅有事于福陵，異日癸卯有事于昭陵。祠官掌儀，太常奏引。皇帝穆穆，躬執玉瓚，酌秬鬯以灌，顯相辟公，翼翼陪列。庶司百職，蹡蹡濟濟。咸駿奔走，執豆籩。窮天産與陸珍，緣博施而備物。揚燎斯光，炳玉燭升香。遂瑞蔚慶雲，乘龍在天，髣髴肸蠁；九獻具舉，百禮是洽。迺御崇政之殿，清寧之宫，以朝以宴。遂下詔書頒中外，湛恩洪龐，愷澤汪濊。留都皤皤黄髪之老，扶杖而觀，擊壤歌衢，異口同辭讚歎曰：盛哉乎斯世！自聖祖東巡以還，又數十年而載睹屬車之清塵也。皇帝曰：予一人承丕丕基，覲揚祖宗耿光大烈，惟祀與戎國之大事，可勿毖。迺修祀典，神示羣望，暨功宗元祀。書太常者，若廟、若祠、若墓，牲幣酒醴，咸秩無文。迺纘武功，教大閱，申以三驅，勒以八陣，如山如川，有嚴有翼。迺整旌旆，鳴和鸞，度遼河，循山海，熙熙融融，肅肅雍雍。以旋乎紫微之宫，告至太廟。蓋自有簡策可紀以來，未有祀事光顯、合萬國之懽心、極兩閒之悦豫如今日也。臣以奉命畱京，不獲與於扈從，際此大禮慶成，繁禧總至。天章燦爛，日星爲昭，臣不敢以弇陋不文黯無紀述。臣惟上天眷佑我大清，聖聖相繼，累洽重熙，薄海内外，罔勿率俾。自肇造以迄於兹，百二十有餘載矣。積厚基，崇謨烈，既超邁往古。皇帝以大孝鴻仁作求成孚，尤非自古守文之君所能及。即今恭謁陵寢，至誠至敬，上明下察，無所不通，往來兩京，時踰三月之久。天晴日煦，氣靄如春，和風舒徐，榮光煜爚，醴泉膏露，隨地滋涌。天心之感格協應，既如此其昭彰。臣工景從，士馬踴躍，父老欣欣望幸，屬國喁喁傾心，自輦轂以至海澨山陬，飲和食德，若游華胥。人情之愛戴悦服，又如此其廣遠。然則致治隆盛，固已駕商戊、軼周成、追羲軒、媲顓昊，彼漢代侈言明章，過沛幸宛，曾何足以比擬萬一乎哉！《孝經》有言：聖人之德，無以加於孝。《大學》有言：爲人君止于仁。《大雅》有言：繩其祖武，於萬斯年，受天之祐。皇帝孝通神明，仁被草木，太和洋溢，萬福攸同。臣敬以卜我大清億萬年無疆之休也，謹稽首頓首而獻頌曰：

天作高山，曰維長白。三江濬源，地軸之脊。天眷大清，此維與宅。殷土周原，是墾是闢。迺疆迺場，建邦有弈。天命太祖，戴旆乘鉞。既掃輝發，爰拔哈達。吴喇斯滅，葉赫斯伐。莫我敢遏，聿造帝業。蕩蕩遼瀋，峩峩宫闕。允文太宗，武烈是承。東征北討，莫我敢膺。松杏麾戈，如日泮冰。詒謀宏遠，大猷允升。京邑相望，日盛日興。赫矣一統，普幬八埏。駿德鴻功，三后在天。皇帝纘緒，昭格有虔。曰維舊京，山陵在焉。駕言徂東，王道平平。迺謁永陵，開運葱葱。迺謁福陵，隆業崇崇。武庫之劍，橋山之弓。於穆清廟，有侐閟宫。蕭合羶薌，清尊大房。以格以享，綏我思成。工祝致告，祀事孔明。天賜皇帝，萬壽無疆。時雨時暘，豐年穰穰。迺坐明堂，以臨下土。禮儀既備，恩澤周溥。内自州郡，外及蕃部。黄童白叟，式歌且舞。曰皇帝孝，光紹列祖。至誠感神，自天祐之。川祇岳靈，助我孝思。皇帝所居，景福維麒。自秋徂冬，周徧兩畿。麗日和風，春臺是躋。春臺是躋，普天胥樂。顧德之孚，覃被廣博。東鰈西鶼，南交北漠。式化成風，入息出作。曰孝曰仁，福禄攸酢。皇帝之孝，萬邦是式。皇帝之仁，四海乘德。皇帝之福，與天無極。咸五登三，嘉瑞畢集。卜祚緜緜，時萬時億。

附鄂爾奇詩八首、頌一首

聖武遠揚平定青海詩八首(一)

捷書三月奏甘泉，上將專征破虜旋。萬里玉關明月好，漢家勛業紀燕然。

雨雪曾傳賦采薇，年年征伐憶金闈。何如楊柳春風裏，早極元戎獻捷歸。

羌女羝奴次第擒，更看葉護繫征輪。戎王解甲齊歸日，青海從今無叛人。

煙斂牙旗晝正晴，天風吹送凱歌聲。須知盛世酬功重，緑綬新頒大將營。

幾日恩綸下建章，萬年天子正垂裳。鸞書會見來中省，玉劍無須請上方。

降虜中宵感再生，共傳天語羨昇平。宸心覆載原同量，京觀應除紀武名。

（一） 輯自《八旗文經》卷二三。

宵旰經年計治安，明新聖德勵銘盤。丹扆日日陳無逸，創守身兼自古難。

麗日卿雲照玉階，萬方送喜到蓬萊。侍臣早擬神功詠，慚愧元和司馬才。

河清頌并序(一)

皇帝御極之四載，德無不被，恩無不周。萬類熙熙，百靈効順，休嘉之應，史不勝書。乃睿慮廣淵，宸修益謹。至誠無息，宵旰乾乾。於是復有河清之瑞，紀日則逾三旬，紀地則接四省。考諸載籍，振古希聞。百爾臣工，莫不懽忻抃舞，咸願稽首闕庭，恭申慶賀。我皇上執德彌謙，宅心加謹。却朝賀而弗受，普錫福於臣工。大哉，雨露之仁涌濡無外矣！臣欣逢上瑞，躬被殊恩。洪惟致瑞之由，有源有本，實由我皇上鴻圖丕紹以來，敷政寧人，立綱陳紀，無事不以繼述纘承，光大先猷爲念；無刻不以嚴恭寅畏，奉若天道爲心。建極即斂福之原，大孝乃格天之本，感應之理自然而然。是以聖祖仁皇帝鑒此精誠，啟迪蒼昊，錫兹祉福，惠我無疆，且以福祐一人者，並福我臣民於無既也。臣以史册所未聞者，身親見之，慶幸之，情不能自已。是以忘其蕪陋，拜手颺言，謹作頌辭以獻。頌曰：

惟昔帝世，地平天成。修和府事，德潤羣生。溯彼河源，崑崙是出。維禹之功，安瀾底績。榮光四照，紀在周年。自兹以後，瑞牒希傳。上天降祐，篤生聖祖。乃聖乃神，光昭萬古。我皇嗣之，紹問繼志。聖德純全，誠孝並至。上帝曰俞，錫之嘉祥。誕膺多福，俾熾而昌。猗歟上瑞，惟德是符。日月五星，合璧連珠。瑞玉嘉禾，奇徵疊告。雨雪孔時，豐年屢兆。上帝曰俞，德修益懋。宜申命之，以昭篤

(一) 輯自《八旗文經》卷四五。

祐。丙午之歲，月在嘉平。綿延四省，匝月河清。皤皤黄髮，逮於童幼。載道懽呼，從前未有。雲則縵矣，星則燦矣。濯彼中流，光其爛矣。何其潔歟，似雪之瑩。何其皎歟，似鏡之明。凡兹臣庶，僉日嘉徵。乃抃乃舞，翔於帝庭。維皇日俞，來汝臣庶。益謹厥修，保兹純嘏。煌煌聖訓，光於典謨。上超周漢，遠邁唐虞。微臣作頌，敬效嵩呼。億萬斯年，式鞏皇圖。

鄂剛烈詩

（清）鄂容安　撰

皖江對月

愛此西江月，随人到皖江。分光應得遍，倒影自成雙。北闕傳新命，東吴憶舊邦。寸心對皎潔，款款坐蓬窗。

長江

雨之春江闊，風帆片影懸。會歸來有漸，浩蕩去無邊。入海水還一，當空月映千。返身理幽獨，波浪總恬然。

六月一日早飯慈雲寺

打火敲門禪力微，慈雲迢遞護庭幃。石頭城外徑行路，回首春風燕子磯。

臨江吉安道上

西江十月雨絲絲，銜命南來晝夜驰。竟日泥深騎馬滑，常時路斷渡舟遲。數逢城郭臨沙岸，無盡邨墟隱竹籬。直欲一登庾嶺望，梅花未放亦相宜。

寓目

横看橋頭馬，渾疑空際行。從知最險處，心定即如平。

南贛道中

其　一

苔石攢空新霽時，峰腰一線路如垂。丹楓黄菊霜猶薄，翠竹蒼松冷不知。頻向幽深尋壁壘，偶從高逈望江湄。時清漫著旌麾影，瀟灑閒吟馬上詩。

其　二

雪霽空霄漏未沉，風濤初息度荒林。萬家寒勒淒迷夢，滿座春風慚愧心。獨我扁舟詩思澀，幾人温室酒杯深。陽和會散窮途恨，怕聽江湖斷雁音。擁爐和韻。

法王寺

嵩門待月竟何年，暫許來尋法外緣。初地岧嶤聯玉柱，三天馥都湧金蓮。曾同白馬傳經義，或有黄龍證妙禪。却憶香山老居士，笙歌頻向此留連。

盧巖寺

不見當年盧浩然，春風影裹近諸天。由來慧業人皆佛，到此清修地欲仙。山上泉飛喧澗底，寺中雲起上峯巔。舊傳屋宅今何在，聊與名巒結净緣。

早發陶仲驛宿梅心驛對雨有作

其　一

四更殘月照行鑣，鐘動龍尖夢影消。驛路風光秋更好，萬山松檜雨蕭蕭。

其　二

幾葉丹黄變霜樹，百花泠澹繡秋山。客亭我自憐風雨，畫裏行人正未閒。

其　三

一年三度梅心驛，烟雨秋深記此時。坐看墻頭好山色，白雲紅葉訂歸期。

泊皂河集

一帆高挂暮烟開，破浪乘風到此來。門閉香燈神静肅，岸維舟楫客徘徊。篷窗無寐看雲卧，茅舍頻懷苦雨哀。長慶安瀾切深祝，東南半壁繫非才。

題道旁亭子

雪壓荒郵不動塵，寒林此日正藏春。茅檐石柱新亭子，弄月吟風或有人。

登小孤山

獨立障狂瀾,高標雲僕间。西江重鎖鑰,使客暫登攀。青翠雨中滴,香燈空際閒。悠然見城郭,聊爲静心顔。

通遠驛

重來山驛坐虚堂,墻外青峯夕照黄。欲藉匡廬雲作雨,得陽江上净秋光。

重上潯陽樓

其一

登臨忽起隔年思,每向登臨悵别離。萬古東流無止息,清秋使客又驅馳。樓痕塔影三千界,嶽色江聲十二時。消受夜深風露冷,要從明月訂歸期。

其二

清風吹高秋,滅盡微雲跡。明月照幽人,天香散空碧。殘荷映朱闌,叢竹繞素壁。蟲語露華深,鳥夢林影寐。洞開四面窗,衆妙一時積。去日不可追,當荷聊自適。

秋夜吟

其一

風雪連朝感索居,江城積夜□窗虚。寒天歸雁聽無數,不見金臺一紙書。

其　二

松竹參差皆玉樹，乾坤俯仰在冰壺。此中春意知何限，幾點梅開香若無。

絶　句

晴日上疏欞，人间春滿庭。梅花數點白，竹幹一林青。掃葉風相見，翻枝雪可聽。清幽沁肌骨，案牘豈勞形。

臘月一日作(一)

蠟　梅

雪月風霜閱歷深，幾曾和靖是知音。莫分白蕊同黄蕊，好認丹心即素心。

題漁翁

其　一

不知富貴是何事，長伴烟波畢此身。屏却筆牀與茶竈，滿蓑風雨一腔春。

(一) 有目無詩。

其　二

便逢寒雪還垂釣，未遇樵夫不肯談。蓬底風光安穩在，樓臺一任滿江南。

其　三

重重清漏下蓬萊，湖影山光次第來。一炷香烟成獨□，三條蠟燭遞相催。青雲舊與孤寒約，紅杏先從草野開。多士有懷期共濟，待看新榜注仙才。

試院夜坐

樓臺一色樹迷柯，只有池塘剩緑波。栢府風懷殊不淺，茅檐景物更如何。稍心乍過元宵勝，到眼争看淑氣多。寄語春農事東作，共將辛苦答天和。

對　雪(一)

月夜行涇縣道中

其　一

斜陽叢[一]南陵，暮色二十里。月出入空山[二]，山深月如水。露下涼蟲吟，松香滴石髓。峯巒轉曲折，淙壑無不美[三]。幾處泉聲迴，

(一)　有目無詩。

盡入稻田裏。山家安穩眠,犬吠隔林起。竟夜此中行,月落朝霞紫。渾忌于役勞,惟覺登臨喜。陶謝身後名,馳驅聊復爾。黄山雲鶴期,迢遞寄於此。[四]

其　二

殘月照黄山,滿山都白雪。河冰凍不開,橋上行蹤絶。野曠得寒林,郵燈漸明滅。海天路正悠,冷氣曉更烈。一飯息馳驅,茅檐駐金埒。寄語負檐人,鄉關莫輕别。

【校記】

[一]"斜陽叢",《熙朝雅頌集》作"奮策發"。

[二]"入空山",《熙朝雅頌集》作"空山空"。

[三]"淙壑無不美",《熙朝雅頌集》作"澗壑亦何美"。

[四]《熙朝雅頌集》無"渾忌于役勞,惟覺登臨喜。陶謝身後名,馳驅聊復爾。黄山雲鶴期,迢遞寄於此"句。

二月廿一日濟南試院作

春雲晴護玉公堂,節過清明晝正長。河嶽昨年行已遍,湖山此日坐相望。静翻書卷沉魚鑰,遥向風塵憶雁行。去歲巡行中州,奉使南楚,遇二兒於潁川道上,正此日也。絶少閒情寄桃李,東皋烟景好思量。

頌花爆竹景依然,戀闕思親路隔千。臘意全消中夜後,春風已到一旬前。多慚舊日如新日,試看迎年是送年。華燭光明通海嶽,故應達旦不成眠。

辛未除夜濟南作

一篙破春緑,不用飽帆開。林影横飛去,山光倒轉來。偶因看鶴浴,却已被鷗猜。萬里程途在,無窮只溯迴。

泛　舟

貝闕珠宫自昔開,錦韉踏雪禮神來。長江廣漢何爲者,雲鶴天風有是哉。萬派朝宗輝聖藻,百靈效順鎮東萊。會同共見安瀾慶,海日初紅遍九垓。辛未仲冬海廟作。

同幕中諸君子登樓却贈

登臨如有興,離别不須哀。白雪空中霽,青雲高處回。山光隔江出,帆影接天來。指點鄱陽路,寒烟入望開。

登慈濟禪林

爲訪頭陀寺,因登慈濟堂。萬山楓盡赤,一院菊猶黄。郢與江湖近,心懸海嶽傍。午鐘飯香積,去住兩茫茫。

過陶仲驛

樹隱郵亭在,星馳夜半來。馬鳴近館舍,犬吠隔山隈。霜月寒峯上,郵燈作幹開。風光間江楚,明日問黄梅。

見芙蓉

茅舍荆籬外,秋風野水邊。相逢到江國,迴首憶南天。浥露渾如醉,經霜倍可憐。烟波正無際,一笑別離緣。

寒夜舟中作

天海浩無邊,風濤夜不眠。焚香續短句,剪燭手殘偏。監續朝還暮,吴陵去復旋。緬懷長嘯客,雲鶴自飄然。

題扇上畫琵琶亭

一江春影漾扁舟,誰向琵琶亭上游。今古地傳遷謫事,往來一起別離愁。匡廬湓浦蒼茫在,畫意詩情彷彿收。我趁東吴歸棹便,也曾臨眺此間樓。

深夜

其一

短夢逢長夜,殘燈客裏家。且應覓書味,不必嚼梅花。事過心如水,年來髮解華。酬恩惟寸赤,道遠是生涯。

其二

日暮東風吹紫霞,芳情香思老天涯。題詩寄遠無佳句,慚愧江郎夢裏花。

題畫辛夷

片帆飛到古張秋，百里田園濁浪流。前日争堪更回想，來春那得慶先籌。魚龍不夜頻添水，霜雪增寒当没洲。欲輯哀鴻慰十月六日张秋作。宵旰，惟事辛苦事勤求。

壬申元日

未夢無煩覽，聽溪歲又新。百年行役客，四載異鄉身。柏葉熏成暖，梅花笑破春。願將長壽酒，共醉太平人。

泛江感舊簡逸休

憶昔十三歲，長江已慣經。年華原逝水，爾我亦浮萍。樹轉灘頭碧，山流波面青。晚來看漁叟，高卧滿船星。

初五日又成一首

風雨重陽近，烟波客路遥。爲人謀喫著，固自愧金貂。夢引西江月，行看東海潮。歸時秋已暮，松桂正飄蕭。

聚龍菴和壁上韻

其　一

雙溪夾岸落霞沉，晚景閒尋找樹林。隔座青山緣徑通，臨流翠竹背堂深。僧偏不作蒲團課，我却新從蓮社吟。甫自東林來曾賦小詩。現在風光塵外賞,未來過去兩參心。

其　二

青陽遍布滿東皋,歷下風光得所遭。已退嚴寒春樹軟,微当殘照雪山高。官中飲水原同潔,吏散題詩不入騷。惟有豐登切深顧,精誠未至愧甘膏。李商隱詩"甘膏滴滴是精誠",時方初春,瑞雪盈尺,殊不讓如酥小雨也,末語用志感愧。

濟南春日

其　一

東西南北匪躬屈,雲影萍踪無住因。章貢江頭今日客,蓬萊閣上去年人。去歲今日登蓬萊閣。

其　二

海天風雪渾如昨,水國烟波不異春。一葉扁舟憐現在,他時回首又前身。

仲冬九日贛州道上作(一)

三月八日從南昌時將巡行江右

暫别滕王閣,東風撲岸蘋。柳絲垂霽景,花片老餘春。萬象森雙眼,三江寄一身。酬恩少消滴,慚對濟川人。

(一)　有目無詩。

三月九日舟中作

兩朝行十里，春漲隱沙紋。城郭别仍在，波濤望不分。舟人疑淺瀨，山島薄高雲。欲借樵風便，鄱陽掉夕曛。

月 夜 泛 江

春江涌野月，不寐坐扁舟。對影波濤静，當空烟霧收。初晴志和雨，爲憶季鷹秋。可有伊人在，誰從篷底求。

題　跋

兩江制府紱庭書公嘗爲予説，曾見鄂剛烈公臨終一詩，其詩曰：拜表淚零衰艸上，彎弓弦斷月明中。男兒欲報君恩重，死在沙場是善終。嗚呼！可以垂千古矣！因見梧門學士所藏剛烈手書詩卷，爲記於後。

北平翁方綱

右題語是初自江右歸，記所聞於紱庭制府者。今見袁簡齋前輩集中哭鄂公詩，始知此四句是袁作。爲補正於此，他日晤紱庭當告之。

丁巳年方綱記

鄂剛烈公遺詩手跡，梧門學士聯綴爲二卷，而以其一示余。其五言古詩及五七言律詩、絶句凡五十首，大抵官兩江總督行部時作者爲多，而作於濟南者纔什一。於是正襟展視，據案莊誦。竊見公眷戀魏闕，諮訪茅檐，所以集哀鴻慰宵旰者，流連詠歎，意指遥深，非徒攬山川之清淑，而與文人韻士偃仰吟嘯已也。余觀周文公、召康公當有周盛時，作爲詩歌，被之弦管，皆與國政民俗相維繫。今公所爲詩，有合於古大屋之風。又嘗讀岳少保、文丞相之文辭，每以恨不得生遇其人，以親見其肝膽發露鬚眉，憤激氣象。而今乃得觀公詩，又恨生長江東，未嘗識公面，掩卷反覆，潸焉出涕。學士爲今代必傳之詩人，而公之詩又藉以傳，其用心之勤，將使後進小生感奮振拔，以節自厲，而不僅矻矻文字間，與木堇之榮、蜉蝣之羽銷亡旦暮。此學士以人傳詩之意與！

儀徵施朝幹書

梧門學士以剛烈遺詩示予，而屬予題其後。剛烈諱鄂榮安，號虛亭，滿洲鑲藍旗人。以雍正十一年陳倓榜進士入翰林，歷官内外，至總督、尚書，最後參贊伊犁，與班第同死阿睦爾撒納之亂。朝廷哀卹甚具，剛烈其謚也。惟公爲故大學士鄂文端公之子，生平好書，亦好爲詩。文端始爲吾地布政使，號能識士，士因與起者衆。其後入閣，尤爲士君子依歸。説禮樂而敦詩書，其家風有由來矣。我國家龍興大東，厥初生民，在於鄂多理，比諸顓頊，莫得而紀。自肇祖原皇帝胥宇赫圖阿拉，作我邠部，始堪稽述。然當是時，弧矢之利以威天下，不言文治。太祖太宗躬勞苦艱難，夙夜祗天之命以篤我祜。時則有熊羆之士、不二心之臣，奮取勛勞功伐，攻城野戰，肝腦塗地，以死勤事者，世世之多有。論者以爲滿洲風尚，士不死綏，人以爲恥。忠亮蓋其性生，而不取以識字讀書。於戲！一代之俗，有開必先。我高皇帝嘗攻翁鄂洛，其臣有爾果尼、洛科者，從火中突出，射高皇帝，中一矢貫胄，一矢穿鎖子甲護項，拔之鏃，卷如鉤，血肉並落。已而破其城，獲此兩人，咸不殺而官之，用以勸爲人臣者。於戲！滿洲之士勇於公戰，至死不挫，雖其性生，抑聖人所震動而恪恭之者，固有本矣。此

《書》所謂“惟動丕應徯志”,《禮》所謂“山川出雲”者也。先王詩書禮樂之教皆以發吾心之固,然本其所性生者達之,以著爲德善功烈,固非區區識字讀書之爲也。而非識字讀書,則其道無繇而入。舜東夷之人,而史臣頌曰文明;禹起西羌,而曰敷文命;周起西戎,而稷曰思文,文曰允文。自古帝王得天下以後,固靡不言文矣。朝廷加意滿洲子弟,許得以科第進,期之誠厚。史遷曰:居今之世,志古之道,可以自鏡。文端處其盛,佐今上初元之治,爲賢相;剛烈不幸履其變,見危授命,弗辱其家。此皆滿洲之識字讀書者也。觀於剛烈父子之間,而以慷慨忠亮,爲滿洲不讀書之效,豈信然哉?學士蒙古人也,由進士起家登侍,從慕剛烈之爲人,而愛重其詩,其亦有概於吾言也夫。

乾隆五十六年冬十一月長洲王芑孫書於京師

青浦王述菴先生跋鄂剛烈公詩卷云:

往余以布政使在雲南,過嵩明州海潮寺,寺懸鄂剛烈公“海暗雲無葉,山寒雪有花”對句,是從西林相國總督雲貴時所書者,筆力峻拔,在褚歐間,可想見其横身絶域、透爪擎拳之狀。此卷共計五十一首,間有塗乙改竄,而瘦硬神通,藏稜出力,與所見書法風格不殊。余聞公自兩江總督召赴西陲,以八日夜馳抵京師,既入見,還至兵部,不歸家,相國夫人就見之,一慟而别。及其賜謚也,閣臣論公由詞館出身,擬“文烈”、“文剛”以進,上抹兩“文”字,取“剛”“烈”二字合之。蓋聖主深知其忠義果決,故不拘常例如此。觀諸詩,登臨憑吊,風韻瀟灑,而清剛之氣故在。益知公志節之高,衿懷之曠,所以能致命遂志也夫。

此述莽先生乾隆五十七年跋余所藏剛烈公詩卷之作,余從公子鄂岳乞公手稿,裝爲兩巨卷,此其一耳。嘉慶四年四月初八日校勘

《述荛文鈔》,愛其足資掌,故乃欲重儓書之。集中紀緬甸、金川殉難諸臣事頗詳盡,真一代史才也。

詩龕居士法式善記,績溪周宗杭謹書

我朝西域萬餘里,伊犁地最稱沃肥。雍乾之間初克定,班公鄂公來宣威。於時適遭阿睦亂,二公深略能指揮。衡梯舞城久絶援,飛箭灑甲還突圍。不虞力盡豈天意,男兒可惜志願違。再拜畢命自寫表,一慟左右皆沾衣。朝廷重公有此節,故事不復循常旗。謚兼剛烈見不愧,區區文字真細微。公才要爲詞林重,前輩久已推曾幾。此詩多出公督兩江日,按部問俗勞驂騑。行經途次足登覽,馬上時時逸興飛。秀句欲奪高季迪,小書逼真于伯機。覆姓有用一字者,若馬遷、方朔、葛亮、孫宏之類。前賢手澤不易得,爲此華墨近已稀。惜其當傳寒外作,百年遺落增嗟欷。更聞班公亦能詠,何人與爲收珠璣。

道光壬寅秋日題,應小亭二兄大人屬,芴庵弟吴清鳴

鄂容安,西林覺羅氏,字休如,爲號虚亭,滿洲鑲藍旗人。雍正十一年癸丑進士,翰林院編脩,襲三等襄勤伯,官至兩江總督,太子少傅,西路參贊大臣,遯阿睦尔撒納之亂,謚剛烈。有《虚亭詩艸》。

此册乃公手書,册子後有諸名家題跋,廠賈索二百,當力不能致,倩王惠民録存之。

辛酉五月理齋識于集靈囿之晚晴簃

附鄂容安詩一百零九首(一)

和蓮亭度績溪新嶺作即用原韻

秋風起空谷，草木群披靡。懸崖苔徑滑，行人慎所履。炎熇欻驅除，清涼乃得此。明月替殘照，光輝百千里。目力所不到，幽怪何底止。萬景列森森，一物不足視。苟著愛憎緣，因乃自我起。無住又生心，住亦應如是。攀援曙光微，露影瀉溪水。日月轉輪看，朝峰亦能紫。清曉絶纖塵，開懷領四美。酬和日不休，山靈聞亦喜。虚空俯一氣，吴頭而楚尾。絶頂复坦途，進步從此始。

早發黄縣雪中作

客館燈殘人不住，早行欲往蓬萊去。一天風雪正開門，大地茫茫看積素。光摇銀海無定波，青鸞白鶴失真路。千山萬壑都不分，此中屹立惟枯樹。道傍石田無高低，茅檐覆盡填寒蹊。魚龍凍合河面闊，幾度不聞流水澌。兆豐共喜盈尺瑞，早見普徧青與齊。更願憑仗海風力，將雪吹送東山西。

(一) 輯自《熙朝雅頌集》卷四四、卷四五。

覺生寺大鐘歌

鳧入範金綴考工，鏗號特重鐘與鏞。明堂清廟大合樂，式和匏革收絲桐。六代軒懸久淪斁，不聞東序傳舂容。周王無射渺何許，華鯨轉在梵王宫。青蓮道場設紫極，前朝故物存洪鐘。我從下直得瞻視，週旋百匝欽神功。揣量輕重殆萬石，體制淳古形穹窿。雷回纏繞色斑駿，蘊含精氣非凡銅。連犿文字悉可讀，有芒作作光熊熊。金剛般若四大部，華嚴佉盧文重重。銑於舞甬合修廣，斟酌侈弇俱參中。兼尋之體計分寸，蟬聊幹篆雕旋蟲。瑞光浮動吉雲護，歡喜讚歎入天同。想見香林出爐冶，屏翳列缺隨豐隆。此鐘鑄自靖難世，移從長樂親大雄。六僧考擊幾朝夕，金梁欲墮黄塵封。沈度雕文未磨滅，江陵撰記猶殘叢。謬恐西方吼白虎，不知東海騰蒼龍。鐘爲永樂年間造，華亭沈度書，經文鑄於上。萬曆中從大内移懸萬壽寺，日俾六僧擊之，寺有張居正撰碑記。天啟間，或言西山白虎口不宜鳴鐘，遂不復擊，卧置地上。本朝雍正十二年移覺生寺中。聖朝聲教訖四海，於論鐘聲聞辟雍。詩書禮樂震金鐸，更將正覺開顓蒙。雙林只樹排福地，六時課誦綿禪宗。萬牛牽致此鐘出，倚天拔地垂霓虹。蒲牢一聲破昏黑，含生萬匯皆昭融。塔鈴細語不足道，錚鋐鞺鞳揚皇風。壽王議鼎獨歸漢，此鐘何必追前踪。長歌聊當寸莛擊，願聞大叩小叩無終窮。

登沙河香山寺有懷

尚有離情在，那堪臨眺時。萬山繞行客，一水隔相思。此夜更無月，殘陽空賦詩。碧天望不盡，況乃是秋期。

歸　鴉

歸鴉何太早，殘照滿林端。想得空原外，西風吹汝寒。應無千里夢，各有一枝安。歲晏稻粱足，毋愁得食難。

首山朝陽寺

虛空開梵境，臨眺海秋天。松頂平鋪地，潮聲直上樓。竟無僧住此，應少客來遊。争得知音者，情同水上鷗。

松山道上遣興

冷落殘秋路，荒原駐夕陽。草間閒兔雉，村外散牛羊。山色連天迥，河流入海長。東西南北客，何處是他鄉。

重宿廣寧驛地藏寺

日斜收夕陽，風急打寒窗。一院發孤磬，滿村聞吠尨。挑燈渾似昨，對影自成雙。不覺繁華在，心應如是降。

小　桃　源

舊憶桃源境，今逢小洞天。雲歸松島冷，日落海燈然。煮茗聊供客，栽桃不計年。老僧禪定處，石上起秋煙。

重過醫巫閭山

北鎮虞封地，星軺駐夕陽。雲間認古刹，松下禮空王。迢遞人煙白，週遭沙磧黄。再投香閣宿，依舊領秋光。

初日丹崖路，秋風黄葉村。雲間穿鳥道，石上覓泉源。峭壁千層立，懸流一道奔。重尋不易得，絶頂合攀援。

路出危顛上，凌霄一線磐。展懷雲壑闊，回首海天寬。紅葉山山曉，青松寺寺寒。空亭倚片石，小憩對層巒。

澗道寒泉瀉，雲門石壁重。自然堪住脚，無意又聞鐘。林僻空人影，沙明見虎踪。層層追險絶，轉覺自從容。

同林曉峰黑山小獵

野闊風初勁，平原小合圍。驊騮騰健足，鷹隼競高飛。入望人煙少，無邊秋草肥。吟鞭垂夕照，緩緩帶禽歸。

八月十一日自瀋陽赴京仍宿萬壽寺有作

皇華煩再命，返旆到香臺。持戒僧猶在，聽徑客又來。青蓮原是幻，黄葉已成堆。去住關何事？秋風首重回。

殘　夢

殘夢不離枕，東窗漸漸明。曙光銷燭影，風力碎禽聲。天地原無意,豚魚亦有情。虛堂絶人事,平旦十分清。

獨　夜

僧房是客路,獨夜更殘秋。天地隨高枕,風霜自敝裘。燭空金剎影,茶破玉川愁。人事殊難了,鼾鼾睡去休。

登孤竹山

暫過夷齊廟,還登孤竹山。千重峰向背,四面水回環。倒影松含翠,經霜苔落斑。荒祠應好在,近立夕陽間。

冬日過緑皋草堂

野曠寒林静,柴門背落暉。冷煙隔樹起,暮鳥近人飛。白髮園中叟,紅塵世上機。無言喜相對,每到便忘歸。

重陽前二日雨

黄花枝上雨,爲送滿城香。白雁成漂泊,青山正渺茫。詩情入長夜,酒味近重陽。落葉知多少,蕭蕭枕上凉。

十四五歲時曾夜過洞庭湖,今十餘年矣,偶然有思,恍如夢境,隨便書四十字

獨立清宵影,秋光萬里閒。水天一夢别,風雨十年間。白雁霜前字,青螺鏡裏山。不堪幾回首,便使鬢毛斑。

曉　霜

海雲冷不起，天净曉霜新。醉殺楓林葉，寒深蔀屋人。破苔紅有跡，流水緑無塵。蘆狄灘邊老，嗷嗷雁度頻。

過濰縣

北海知名郡，迢迢近海濱。寒風澹夕照，白雪净黄塵。古有傾尊客，今無賣餅人。用趙岐事。魚鹽收地利，民喜不全貧。

同逸休青谿蓮亭待月

明月來溢浦，高亭撤短缸。歌聲上雲漢，酒影瀉秋江。佳境傳他日，名流憶此邦。清閒是漁火，點點出篷窗。

五溪橋作

流水空山裏，斜陽高閣偎。白雲别我去，青障插天來。溪鳥喧逾静，巖花落更開。春華讀書處，相望意悠哉。

過彭澤

東流滚滚去，一去幾時還。空憶陶彭澤，高風不可攀。青峰立江上，粉堞出山間。曉月殘陽裏，何嘗知市闤。

夏　夜

明月下松篁，微風小院香。鐘聲静城市，花影動衣裳。願共豐年樂，寧偏夏夜涼。此情誰與説，默默對穹蒼。

晚過吴城

向夕近吴城，帆停舟自横。雲煙斷山色，風雨走江聲。不見匡廬面，難從彭蠡行。小眠喜開霽，燈火萬家明。

歲既暮矣，幕中諸君吟詠頗豪，爲成短句仍索和章

天寒簾不下，風味十分清。臘爲梅生色，雪因竹有聲。蓬山思鶴侶，江國冷鷗盟。試問題詩客，誰多歲暮情。

江楚道中

漸覺江湖近，偏憐巒壑長。日暄多鳥語，霜落得花香。帶葉松爲柱，連根竹作墻。楓林最深處，應有讀書牀。

泛舟黄河

彭城一夜雨，早發趁風涼。日曬陰雲白，濤喧夕照黄。經心問秋稼，到眼計河防。民事關宸念，深慚籌策長。

維揚舟中作，時巡江北災邑

殘燈隔江影，一棹指淮徐。浩蕩秋天水，淒涼澤國居。船今真勝屋，民幸不爲魚。風雨寒應早，蕭蕭倍愴予。頻年勞賑恤，羡溢復相侵。願竭辛勤力，差消愁苦吟。結茅葦岸窄。轉粟藕塘深。猶喜江南熟，稍寬宵旰心。

桐 城 道 上

最喜龍眠道，兹行秋色饒。人家正豐樂，客路豈蕭條。紅葉青松寺，蒼苔白石橋。勝遊成小住，收取入詩瓢。

春日下河舟中作

小泛春燈影，還除水國寒。雲山遲客夢，星月静更闌。須有三莖白，心留一寸丹，高吟挂帆席，東望海漫漫。

仲冬廿四日作

三旬雲水跡，小住歲殘時。深院梅花放，寒江雪片遲。賓朋多逸興，僮僕有歸思。我是隨緣住，詩懷舊不移。

盂縣道上雨中作

細雨灑芳塵，河陽又暮春。慣爲行路客，遲却看花辰。夾路泉聲活，連雲麥浪勻。關情惟歲事，茅屋有窮人。

試院聞鐘

未扣聲原在，初聞韻已微。有情上雲路，隨夢到金扉。似與風痕落，還同月影飛。多才群待鑄，應響入春闈。

將赴江左，早發長清，行二百里宿寧陽，簡同行阿廣庭農部

回首華陽觀，鐘聲杳不聞。隨人山疊疊，辭樹葉紛紛。欲渡西江水，初離東岱雲。年來離緒在，聯轡話斜曛。霜月雲收影，寒燈旅況幽。終朝三過郡，是日經濟南、泰安、兖三郡屬邑。小別五經秋。身世云何住，馳驅任所投。恩深各努力，且喜暫同舟。時余以東撫奉命暫署江撫，廣庭以郎官暫署臬司。

七月二日燕子磯阻風作

江闊浪迢遥，停舟聽晚潮。寺深鐘隱隱，秋至樹蕭蕭。匝歲已三度，卅年如昨朝。江雲飛不定，羡我坐僧寮。

甲戌九月永平道中

西風吹駿馬，鼓鬣出雄關。酬答心逾切，馳驅意轉閒。鳴泉横古道，疏樹隔秋山。憶上南臺寺，十年一瞬間。

重過峽江舟中對雨

寒雪孤舟夢，分明寄此間。滿江風松雨，隔岸樹移山。城僻人煙靜，村稀野色閒。波濤新漲後，愁更聽潺潺。

南昌看中作

獨坐聽風雨，江城此暫停。幽篁更添碧，垂柳未凋青。近水冬偏暖，閒門晝不扃。白雲常在眼，踪跡意如萍。空廊轉明月，竹樹影扶疏。冷入千家夢，閒翻一卷書。睡遲憐燭短，夜久覺窗虛。偶憶年來事，宵鐘若起予。

西江漫賦

栳栲人如醉，軥輈鳥自呼。浮雲隔東郡，細雨滿西吴。暫駐心猶切，長籌願早迂。回頭念風雪，寒意隔江湖。

鎮江樓

城外山如畫，憑山更起樓。佛香散空界，塔影倒江流。細雨遲征馬，寒煙隱釣舟。廬峰不可望，瀟灑暫勾留。

庚午暮春白雲寺有述

舊憶曼陀雨，花香護梵天。人來已三度，山别未經年。慣識雲間磬，新疏竹下泉。斜陽林外盡，歸路指峰巔。

重過薄壁鎮

攬轡曾經地，情懷憶隔年。雲雷驚薄壁，花雨下焦泉。半夜月華净，高樓凉意偏。去歲二月十七日，雨中自白雲寺宿鎮中寺樓。薄暮雷雨交驟，夜半月上，山峰陡立，林木清華，獨立長吟，不覺東方既白，思之宛如目前，刹那間已九閲月矣。無端春又暮，飛絮撲鞍韉。

登金山

江天寄高寺，樓閣盡虚空。豁眼山雲白，當心海日紅。繁華認彼岸，來去看飛篷。我亦云何住，聊乘兩袖風。

閒情

無事掩重門，官衙静以村。翻書本隨意，隱几忽忘言。瓣落花微動，煙消香尚存。滿窗好晴日，人共喜冬温。

龍潭寺

遠磬疏鐘外，人隨澗水行。鉢龍眠自穩，潭月影長清。我愛松三品，僧耕田一坪。當年來此地，白付有餘情。

六月六日早發南昌

再放東吴棹，樓船帆影雙。黄鸝語高閣，白鷺起晴江。風雨懷前夕，山川接小窗。提封數千里，籌畫愧愚春。

樵 舍 舟 次

朱夏征途客，青春回首情。微風帆不飽，細雨水無聲。前度渾如昨，他年未可評。漁郎滿樵舍，罾向夕陽擎。

水廣下小憩聚龍庵

遍踏上猶山，西來境更閒。鐘傳萬壑外，庵在兩溪間。欲渡寧須筏，長征亦閉關。巡櫚好翠竹，相對一開顔。

和改之春暮偶然作原韻

一雨净塵寰，雲歸川岳間。物情各有托，春意總相關。身世隨緣住，風花入夢閒。轉輪看歲月，須認去爲還。

興化舟中答嵇少農

離緒經年月繞梁，兹行且喜共裝囊。雲霞詩思來仙嶠，蝦菜風懷寄水鄉。曉日漸開寒霧影，歸程應得早梅香。他時後會知何地，酬唱閒情此夜長。

萬 安 舟 中

碧樹青峰冬似春，風消薄霧露江濱。險過十八灘頭路，静坐三千里外人。鐘際樓臺空有憶，窗間魚鳥會相親。蓬瀛迢遞瀟湘隔，滿地煙波寄此身。

豐城道中

風定潮平霧盡開，客懷隨處覺悠哉。村藏翠竹千重出，江轉青山四面來。章貢煙波連棹影，匡廬路徑隔雲隈。明朝且向南昌去，高閣登臨溯往回。

雪後即事

寒林積雪照人明，獨坐江城歲暮情。常似看梅會春意，偶從煮茗得濤聲。見聞有觸因緣在，去住無心念慮清。吏散門扃宵正永，一燈疏影一編横。

薄暮登樓

向晚登樓縱遠眸，可憐殘臘似清秋。煙開樹色平連郭，日落江光斜上樓。東岱北邙遥悵望，西山南浦小勾留。他時臨眺知何處，雪霽風亭記此游。

立秋重過南陵簡幕中諸君子

南陵山水足清幽，聞道當年太白遊。我是重來仍復去，誰能到此竟長留。蓮花静浥雲間露，桐葉初飛江上秋。正好賞心新雨霽，佇看杭稻即豐收。

癸酉元日南昌作

暫寄梅花香里身，年華流水去頻頻。常爲行脚東西客，今是平頭四十人。閒聽甘膏融積雪，高燒紅燭待青春。元日亥刻立春。舟車明歲知何處，一駐江城已七旬。

有　寄

林外斜陽案牘清，或隨閒步或舟行。野鳧慣向深塘宿，山鳥頻來老樹鳴。不必出門見峰色，縱然閉户有泉聲。却思舊侣同欣賞，離緒徒深千里情。

登蓬萊閣二首

朔雪嚴風海上來，幾曾清淺隔蓬萊。一輪紅日波濤静，數點青煙島嶼開。自昔靈槎空想像，至今怪石足徘徊。艨艟鼓角蕭閒久，天際新傳貢使回。

平生蹤跡滿江湖，飄渺還能似此無。不羨虛空起樓閣，也應零落有珊瑚。達觀已覺窮千里，周覽仍同舉一隅。眼底澄清襟抱豁，方壺圓嶠任模糊。

舟次和韻

櫓挾輕舟兩腋風，江波渺渺去無窮。欲看暮靄朝霞遍，仍在千岩萬壑中。幾日沙頭逢翠竹，仲冬村落有丹楓。眼前好景供詩興，莫向人間歎轉蓬。

臨清道上次張定夫偶成原韻

霜天寒夜片帆遲，獨坐舟中無限思。更有何人憐此意，且隨幽境和新詩。灘邊風月鴻初托，水面煙波魚不知。漸喜清流安穩在，西南回首正堪悲。

春　　暮

微陰散去露斜曛，小院風光隔市氛。柳絮未飛吟處雪，梨花已謝夢中雲。閒情不結滄洲想，樂意相關鳥雀羣。獨坐春和觀衆妙，任他榮落自紛紛。

春暮柬暮中諸君子

遲日當窗白晝明，川雲飛盡畫堂清。每緣晴雨懷民事，漫捲詩書悦道情。小草緑階都有意，落花滿徑不知名。夜半纖月微風裏，誰把幽琴松下横。

過　徐　州

彭城在望夕陽殘，九里山頭月色寒。影落驚濤渡輕楫，光涌危堞接平灘。千秋清晏須深計，一線堤防未忍看。獨恨封留人不見，赤松黄石兩無端。

將赴洛陽呈同行諸君子

二年蹤跡寄征塵，此日重尋洛水濱。且喜青山常在望，也曾白鳥暫相親。玉臺我愧成新詠，金谷誰能認舊春。想得雲溪溪上好，桃花流水滿通津。

即　　景

長途攬轡思悠悠，真景翻從畫裏求。煙抹林腰疑没骨，雪殘山腹似雙鈎。亂鴉幾點斜陽送，寒水無聲曉月流。不使此心淚塵跡，朝昏是處可勾留。

宿章邱氏別業

山雪湖冰古道隈，晚投客館亦悠哉。孤松挺特煙霞在，拳石峻嶒丘壑開。更上樓臺峰色遍，未離城郭水聲來。繡江錦野無須問，蕭爽偏宜樗散才。

蓮亭疊和夜行山中詩有白髮青山之思奉酬

青松翠竹白雲阿，竟日林泉足嘯歌。行間已看殘照盡，出山仍見落霞多。蓬萊仙跡三生幻，滄海塵緣四紀過。早分馳驅終老去，不從猿鶴戀煙蘿。

登 州 道 上

馬首東來十日餘，真看好景畫全虛。石含凍雪相忘瘦，樹聚寒煙不覺疏。任重每慚膺海岳，思深何取羨樵漁。殷勤林下頻相問，恐有高人老敝廬。

自南安回南昌有寄

江流宛轉萬峰間，六郡風光一棹還。嶺上梅花看未放，岸頭楓葉望來殷。雙魚時起潭中網，孤鷺横飛灘外山。寫向詩篇已陳跡，歸途仍不是鄉關。

年來到處惜離羣，好景當前欲寄聞。深水魚龍淺水石，近山松竹遠山雲。猶憐冬日如春日，才看朝曛又暮曛。便上臨江最高閣，煙波彌望總難分。

晚飯柳泉和壁上韻

凍雲將雨一時開，竹裏安厨絶點埃。江北江南望鴻雁，人行人住賦莓苔。猶憐樹影兼花影，才到山限更水限。却憶重過是何日，寒梅香綻或歸來。

元日暑齋和青溪見過韻

海涯行遍復江涯，信是乾坤到處家。從俗何須燒柏子，有人且共看梅花。頻年不作林泉夢，此日仍排早晚衙。隨分杯盤酬節序，自將舊雪煮新茶。

江都舟行和蓮亭原韻

一棹東吴三度來，廣陵帆影又重開。繁華不繫雲中鶴，風月虚傳江上杯。夾岸樓臺秋笛冷，滿湖煙雨暮鴻哀。持籌愧乏肥人策，蒿目何由得解推。

月　山　寺

明月清風意渺然，香雲花雨暮春天。去年到此是今日，新句吟成悟舊緣。修竹曾迷山下路，天桃偏破座中禪。等閒四度清凉地，豈獨尋松與問泉。

桃 源 九 日

江干海上重徘徊，風雨桃源九日來。幾處臺波浮矮屋，誰家黄菊泛深杯。半宵待月雲煙豁，别路驚秋鴻雁哀。遥憶庭闈念諸弟，不堪獨上最高臺。

東　林　寺

遠公不見見廬岑，殘夜聞鐘現在心。層疊峯巒背晴影，周圍楓柏護霜陰。虎溪流水閒相問，蓮社餘香未可尋。好記今年小春月，西林有客到東林。

三月二日作

昨夜東風吹雨來，曉天晴影滿樓臺。夢中若被芭蕉喚，醒後空教蝴蝶猜。紅濕花枝重桃李，綠深草色隱莓苔。明朝試看登龍客，袯褉都從春宴回。

渡大凌河

晴川迢遞去茫茫，秋草平沙古戰場。一日拓疆窮海上，百年歸馬在山陽。溝渠但使分清溜，豐樂端應見此鄉。聞道昔年煙火集，河間五十有三莊。

同林曉峰郎中觀潮

雪浪風濤望渺然，蓬壺方丈漫相傳。大觀上徹三千界，元氣週流尺五天。澄海樓臺含夕照，遥空帆席破秋煙。憑君細會盈虧理，一勺由來滙萬川。

早發廣寧驛寺

佛火青熒一穗寒，滿天風雨夜初殘。十年愧我依温室，此日從人笑冷官。便啟禪扉通古道，得逢客舍且晨餐。錦韉勿畏銜泥滑，徒步紛紛行路難。

山海關道中作

萬里邊城望不分，鞭絲影里静塵氛。馬頭霜樹飛黄葉，海上秋帆掛白雲。行趁凉天宜縱目，偶聽斷雁惜離群。憑誰更問滄洲趣，重向關門望夕曛。

宿撫寧縣觀音寺即事

石徑行回水數灣，盧峰路盡渡潺湲。縣城低納煙巒入，佛閣高懸斗極間。東望蒼茫應是海，西來青翠總連山。登臨此際誰同賞，惆悵秋風落日間。

山　海　關

屹立關門壓九州，兩京相望劃營幽。岡巒西北連雄寨，渤碣東南仰上游。自昔一丸緘鎖鑰，只今三箭守貔貅。皇威在德寧夸險，使節高瞻正早秋。

登澄海樓

樓閣凌虚攬勝全，皇華使節駐秋煙。眼明樂浪元菟外，身在蜚廉桂觀邊。萬里朝宗分市舶，百年漸被沃桑田。登臨我本蓬瀛客，清宴風光一暢然。

過松山渡小凌河

凉煙濯露静秋雯，一渡凌河曉色分。此日聽雞過使節，當年嘶馬駐將軍。山含嵐氣晴飛雨，海接天光水似雲。欲問戰場無故老，臨風惆悵吊斜曛。

沈陽萬壽寺詠佛手柑

羅浮樹下初徑露，雲夢枝頭未點霜。何事獨先成妙果，竟來相伴在禪堂。空中掛月無煩指，座下拈花自有香。總爲慈雲覆遼海，南來曾否費梯航。寺中有御書“遼海慈雲”四字。

登首山絶頂

獨上層宵望眼開，危巒峭壁出塵埃。鷹巢高寄浮雲外，鴉背低翻落照回。瀛海波濤奔足下，山城煙火散林隈。誰能不動滄洲想，野鶴天風共往來。

撫寧道中

霜染征袍九月期，碧雲黄葉冷秋思。展舒襟袍須憑遠，領取風光不在奇。四面好山松歷歷，一條官路柳垂垂。海天無際頻回首，百里行程日午時。

天妃宫待潮

仙宫層疊敞朱扉，過客重來秋未歸。青鳥自應傳玉簡，白雲長許近珠幃。萬重駭浪迎人起，一片風帆傍鶴飛。晚去沙邊空夕照，老龍石上坐忘機。

馬上見海鶴飛鳴

蓬瀛迢递水天開，野鶴應從海上來。碧落有聲傳下界，清秋何事出仙臺。羽邊白雪含風舞，頂上丹砂帶日回。華表語存人在否，不應重入舊塵埃。

早發寧遠沿河取路投松山

星斗稀疏殘夜留，曉來晴景滿瀛洲。重山深處一黄蝶，大海中間雙白鷗。破霧有人馳驛騎，臨流無客釣清秋。臺邊怪石供閒眺，煙火微茫向遠投。

兩月間三宿二道井野寺用壁上韻

三度雙林笑我生，夕陽滿地寂無聲。一餐胡餅雲門味，半炷清香雪竇情。入世心懷頻問訊，隔林風月乍分明。太平事業堪酬國，忍效終軍説請纓。

僧房雜興

秋老霜林黄葉乾,晚風吹送法堂寒。斷腸不在三生石,進步休驚百尺竿。錫杖舊傳隨海鶴,蒲團也許坐朝官。得皮得髓從渠説,飯熟黄粱且一餐。

詩思禪心兩不違,冷吟苦坐事全非。維摩善病寧辭老,妙喜多言總入機。白佛自應留古壁,黄塵何必隔雙扉。大千世界繁華影,消盡閒情夢亦稀。

入山海關

裘葛忽從馬上换,小春時序鎮相催。風吹邊塞寒無敵,日近關門暖又回。野鶴一行衝海去,龍城萬里壓山來。百年渾合兼中外,鎖鑰無妨徹曉開。

草橋感舊兼懷友人

愁眼看花花不紅,草橋流水舊東風。浴凫飛鷺依然在,茅舍疏籬半是空。春草寄情人卧病,青雲滿眼客飄蓬。何事抛得塵中景,竹杖芒鞋到處同。

高橋驛

舊跡徒存古戍樓,煙痕草色夕陽秋。憑誰更問當年事,人到升平早白頭。

宿寧遠州野寺不寐

花下蟲吟一枕秋，荒城鼓角夕陽收。西風吹斷邊關夢，不是鐘聲動客愁。

寧遠道中

山海風煙野興豪，秋原冷趣屬吾曹。黄棲碧草牛眠穩，白點青天鶴唳高。草際吟蟲應有字，山邊斷雁不成文。行人匹馬秋風格，千里情懷一片雲。

宿練潭驛

山青水碧驛亭新，雲護沙泥使騎頻。忽憶陽明春月句，練潭風雨正愁人。

絶　句

野鳥飛鳴俱自得，閒花開落兩相因。静中我是旁觀者，高捲湘簾對暮春。

癸酉三月蘇州作

吴會春深花滿船，楓橋燈火夜娟娟。寒山寺裏鐘仍在，重到姑蘇三十年。

楓　香　驛

人家大半竹爲墻,樹樹丹黄葉葉霜。竟日清音好山水,陶沖才過又楓香。

過　黄　梅

峯巒無盡夕陽催,野火光中驛騎來。夜半東山霜月上,一聲畫角入黄梅。

詠菊百絶句

（清）鄂忻　撰

序

菊爲花中逸品，陶處士特愛之，醉卧東籬輒采之，插諸甕。六朝以後，唐宋人賦黄花者夥矣。

怡雲束髮能詩，稟承西林師相庭訓，復從家旭之先生游，揚風扢雅，日無虚晷，所詣日益進。勾山陳京兆及余時時讀其詩，即驚爲不凡。

戊寅秋七月，復出《詠菊百絶》示余。其種爲南中佳品，深紅淺紫，粹白微黄，每當舒蕊，五色迷離，幾不可方物。怡雲一一鏤形摹狀，盡態極妍，與秋明主人同抱菊癖。酒酣耳熱時，作爲詩歌，異趣奇芬，引人入勝。雖詠物小品，不足盡怡雲蒼茫雄健之才，然人瘦如菊，即此已可見其風標矣。

世同學弟同長發

題　詞

芳蹊轍滿，多忘籬下西風；朱戟門高，莫把霜天卮酒。是以蟬無見雪，螗不知秋，狃於喧競之場，遂隔幽清之韻。夫處安樂而不淫者，其慮周；蓄英華而有待者，其光遠。菊耶？人也？二而一焉。徒觀其體物之工，摛詞之美，珠玉隨其咳唾，錦繡溢乎肝腸。潘岳腐毫，方兹刻苦；江郎夢筆，儷乃紛披。是豈凡夫所能抗手？然而動關至極，别有會心。溯江左之風流，青氊無恙；思魏公之嫵媚，故笏依然。出葉秋花，雖開雙淚；西園夜月，猶照孤根。“山果隨風落，秋花出葉開”，文端師《西園》句也。唯澹泊以相遭，庶芬芳其彌永。將見芙蓉江上，猶難被此籤題，可知松柏山頭，定得攀君麈論。

乾隆甲戌重九後十日，錢唐世弟陳兆崙具稿

弁　言

若夫氣稟靈和，香連根葉，惟黄惟白，可佩可餐。得真意於南山，羡長年於甘谷。名成五美，秀比三花，偏宜處士之家，亦種朱門之下。則有台階公子，比部郎官，其臭如蘭，奕奕椒房之戚；其人如玉，翩翩槐閣之才。墨潤冰紋，毫拈翠軸，吟成百首之詩，寫盡三秋之景。緣與秋明主人雅愛幽芳，爰攄佳詠，女几之繁英都擷，石崖之異種俱羅，既隨形以命名，洵登高而工賦。

予也，夙侍春風之坐，旋叨西席之賓，一字推敲，千言倚待。久辭東閣，歸高卧於江干；頻藉南鴻，接芳音於日下。乃新詞之是寄，爰弁語以相酧。十八香中，開樊川之笑口；三千里外，思元亮之孤標。

乾隆壬午十二月，吴門世弟周日藻書

秋明主人雅好菊，購南中異種百品，植於東園，每至花時，召客賞玩，分席賦詩，都下傳爲盛事。更錫以嘉名，著之《譜》。予目覩其盛有年矣，爰各繫絶句一章，知不足爲名花寫照也。

鼬　粉

嬌紅初着露華新，心抱冰凡絶點塵。未許夭桃相並立，豔含清氣不隨春。

柘　枝　黄

昨夜西風達晚榮，重重嫩蕊疊金英。輕黄帶赭紛相映，可是新絲簇箔成。

檀　香　毬

深黄淺白一枝枝，花色深黄，近蒂淺白。斸自優曇别樣奇。却笑良工雕不得，和霜伴月影裲褷。

粉　蝴　蝶

花葉雙清價倍增，此種葉清甘，與花争勝。絳紗白雪一層層。其花大瓣如桃花，小瓣如雪。翩翻似欲臨風舞，栩栩籬邊力不勝。

紫　薇　郎

毳衣絢爛助秋妍，密守冰心濯露鮮。纖穎參差看弄影，最宜華省冷香傳。

紅　絲　玉

粉潤脂凝意態舒，寒煙淡影補籬疏。芙蓉未及秋容瘦，祇恐紅絲玉不如。花大如木芙蓉。

銀　鳳　羽

冰姿不解入時妝，偃仰風晨態自狂。疑是瑶臺仙鳳子，飛來猶帶滿身霜。

赤　瑛　盤

纖標曲體傲秋風，自與羣葩豔不同。瘦蝶寒蛩應見訝，盤堆紅玉綺霞籠。

燈　下　黄

韓公獨愛黄花淡，老圃秋容晚更融。却得好山低半額，看從燈火後堂中。

蜜　　荷

新抽細瓣還成管，獨斂霜心便擬簪。花瓣類簪，近心上捲成筩。老圃幽妍人意淡，素娥青女漫相尋。

松子菊

奇葩常占百花宗，松子房承露氣濃。花瓣尖齒齒如松子房。借問陶家曾見否，似添五粒漫尋蹤。

青心玉

娟娟芳質秀宜餐，蓓蕾初裁氣若蘭。雪是肌膚冰是骨，月明人倚玉闌干。

綠衣黄裳

數枝瑣瑣拆金苞，疏影涵流月半梢。碧蕊懷芬清霧合，鳳儀鵷集隱仙巢。

紫龍鬚

日精澄豔畫難摹，瓔絡紛披態自殊。怪底紫龍飛不見，人間摘得幾莖鬚。

姑射肌

蓊鬱芳藥散晚香，晶瑩吐潤吸清光。疑從姑射山中見，綽約冰肌映玉堂。

靚妝西子

疏枝冷豔露精神,秋水寒潭面目真。若把名花比西子,靚妝也合伴幽人。

繡芙蓉

分黄微暈異春容,雲布星羅障幾重。却似天孫裁碎錦,佳名初錫繡芙蓉。

大金輪

紛紛細瓣成千叠,碧葉青莖映一窗。麗草自應仙客采,縷金錯繡影雙雙。

紫袍金帶

繁枝錯落帶霜栽,紫潤金浮次第開。二采相融幽且異,含情終日獨看來。

青蓮

傍籬臨水幾枝妍,冷淡丰神品是仙。若使柴桑栽此種,早應名字號青蓮。

含煙鋪錦

花大經風不自持，花徑六寸許。含煙鋪錦織疏籬。靈苗未肯同羣卉，獨占秋光故故遲。

銀鶴鷺

霜毛初濯愛清肥，恍見山人着白衣。自識孤芳踰蘭蕙，月明相對影依稀。

粉妝

亭亭華萼叠層樓，花大如甌，高疊樓子三四寸。露冷風清相與幽。無限閒情成小隱，心隨彭澤思悠悠。

紫羅襦

爛似玫瑰蔚以佳，忽疑火鳳落寒階。爲憐色貌真無匹，欲記芳名篆玉牌。

水精毬

誰人削得冰丸子，濯月披煙望眼迷。深羡化工多妙趣，離離疏影晚淒淒。

紫　金　盤

翠枝蕭颯傲霜寒，百草凋時花不闌。姚冶分明看未識，向人呼作紫金盤。

楊 妃 晚 妝

寒煙薄暮染衣襦，占盡風華態自姝。光豔何須真解語，海棠春睡故應輸。

檀　香　盤

疏枝落落拂霜痕，香入旃檀色自温。花似旃檀香。夜静天清人跡遠，閒吟秋月唤冰魂。

麯　　紫

嬌靨新妝解鬱陶，幽姿最合沁仙醪。須知能制頹齡妙，一曲秋風興自高。

解　環　絲

蘢茸初發瓣氍毹，朵朵晶毬吐半含。亂結環絲誰解得，池邊籬落影虚涵。

雪　蓮　臺

重叠新開滴露圓，白花如對白衣仙。淵明老去濂溪遠，愛菊而今兼愛蓮。

珊　瑚　枝

翠葉丹英細品論，支離璀璨映朝暾。誰知女几山頭種，即是蓬萊石上根。

紫　　茸

毰毸散影漫相招，花自清幽香自饒。宛若紫鸞棲未穩，煙沉雲净舞飄蕭。

一　粒　毬

圓采飛懸散綺霞，結根宜在羽人家。高標自出風塵外，不用重煩翠幙遮。

玉　毫　光

碎疊瓊瑶費剪裁，不須映雪自皚皚。生來擅得神仙品，瑩净何關玉是胎。

銀撚線

妍静真堪君子比，清芬還與故人同。纚纚倒挂天工妙，誰把銀繩結碧虆。

天孫錦

牽絲摛錦細摩抄，巧綴頻勞織女梭。髣髴霓裳錯金縷，斕斑朵朵壓霜柯。

玉連環

勾盤絡索勢宜攀，凝露枝頭態更閒。誰向藍田竊靈璧，瓏鬆斵得玉連環。

錦心繡口

翠袖紅衣迥不羣，秋來獨自競芳芬。天然豔色分深淺，濡染從知造物勤。

白鮫綃

不數鮫人製薄綃，冰絲雪縷引香飆。皎然獨立黄昏後，月淡籬邊色欲消。

海 紅 蓮

海上傳來花樣新,火蓮千片是前身。移根雪苑尤堪寶,冷豔亭亭九月春。

粉 鶴 翎

昔人放鶴去滄溟,遺得霜毛若有靈。散作秋花千百片,月明猶自學梳翎。

金 撚 線

芳越芝英花態異,細開非是借霜黄。幽人莫怨秋光淺,撚得金繩繫日長。

粉 鍼

便娟風際多幽致,日淡秋空浣碧紗。可是天孫閒卜巧,鍼投纖影散成花。

金 膏 水 碧

柳蒲零落楸梧冷,猶有餘芳殿歲寒。愛護莫教孺子服,朱孺子服菊草升天,見《名山記》。飛金沉碧耀虛欄。

琥　珀　蓮

宛疑桃瀋千年化，琥珀，《世説》以爲桃瀋所化。細結紅絲帶露肥。但使移從江上種，吴娃錯認采蓮歸。

紫　霞　觴

桂樹香殘動白商，絳霞深染女華芳。多情此物能瘳疾，欲共僊人泛一觴。

白　　鳳

玩影分明見標格，縞衣瀲瀲喜沾沾。最憐不比梨兼李，獨飽風霜性自廉。

六　郎　面

此是圖澄鉢裏蓮，現身籬外證香禪。六郎嫵媚何堪比，顧影當時祇自憐。

七　寶　盤

沉光浮影交相映，瑟瑟風枝冷露催。秋圃更添千萬朵，莊嚴七寶自仙臺。崑崙上有金臺玉樓，七寶宫殿。

嬴師管

深領天公多妙相，削成朵朵瓣如箭。閒情可有新詩貯，繞遍秋叢句未工。

金鳳羽

鶯黄淹潤色堪誇，弄影中庭舞鳳斜。飛上霜枝不肯去，將身化作九秋花。

國色天香

榮舒獨識朱嬴種，豈惜鉛華染絳衫。花態軒軒成異采，生來矜貴自非凡。

金鍼

繩繩花樣勝於鈿，澹穆蘭心晚歲堅。其花心如蘭。玉女多情漫相戲，好拈金線細縫穿。

玉玲瓏

不與寒梅共試妝，纖塵應自辟花光。當軒一簇凝秋雪，骨節珊珊玉有香。

粉　翠

杏婢桃奴寧比媚,碧蓮丹桂不經寒。宜霜最是重陽菊,一種花須兩樣看。此種花備二色,中白邊紅,如文杏、碧桃。

落紅萬點

鬅鬆籬下晚秋時,皎皎風光綴滿枝。素節翻驚春意老,碧琉璃外碎燕脂。

軟枝桃紅

楚楚風神象外幽,垂枝夭裊帶霜柔。武陵春色原無限,洞口花開直到秋。

金絲蓮

香裊朱欄遠益清,細看不省是秋英。却思當日潘妃步,枉說金蓮貼地生。

金剪絨

多謝司花女剪裁,阿誰移得此間栽。何須更假金絲織,獨向霜階細細開。

福　橘　紅

擢秀疑分南劍柿,凌霜直亞瀟湘姿。羣葩羅列添幽興,旖旎蕭晨獨見奇。

杏　花　順

娟媚還如東海種,東海都尉于台獻杏,一株花五色,見《西京雜記》。託根非是杏園洲。《述異記》:洲在南海,有冬杏。孤英自合迎商氣,秀朗亭亭誰與儔。

黄　玉　琮

截得甘黄異種材,黄玉貴,色如栗者謂之甘黄。天然方質幾枝開。此種花樣宛如方觚,最爲奇異。若教生向羅含宅,應把秋花當酒杯。

紫　裝

圓花浮景耀斑斑,疏影寒香人意閒。最愛光深照幽獨,紫綃丹縠老秋顔。

金　海　棠

旻天新賜金衣潤,交插疏莖嫩蕊開。深憐不似川紅媚,江左謂海棠爲川紅。一任秋風冷露催。

銀　牡　丹

白雪新裁秀色攢，扶疏秋影耐清寒。熒明琪樹争堪比，月映精神在曲欄。

金　芙　蓉

初試新裝學道家，鵝黄匀染净無瑕。他時移向邛州種，未數文官弄色花。邛州有弄色芙蓉，一日白，二日淺紅，三日黄，號爲文官花。

佛　手　黄

凉影翩翩勢欲仙，瓣香浥露裊秋煙。瞿曇真面何煩説，悟徹當年一指禪。

白玉纏光

黄金爲佩玉爲衣，别有幽香世所稀。對此怡然文藻美，歲寒心事每相依。

朝　陽　素

素心真可成佳友，豈爲輕身帶露餐。秉志凛然常不拔，向陽葵藿喜同看。

粉撚線

着意西風幾度吹，眼中秋卉最相宜。却緣天女渾多事，勤向疏蘺織粉絲。

雨闌紅

此身已欠金蘭友，今日重尋舊菊盟。紅入畫欄相照映，一籬秋影雨初晴。

金絲樓

陰陽爲炭物爲銅，鑄得花成造化功。茂密芳叢金縷細，絲絲相繚舞秋風。

鷺鷥管

蘭芽纖細曉風微，花瓣如蘭芽。擢影高秋望欲飛。恐是春鉏相鬭舞，閒庭輕颺脱霜衣。

截肪玉

温然疑是層城樹，碧蕊瓊花照夜光。可愛貞心常抱蜀，孤根偏向冷中芳。

玉　芙　蓉

耐久偏宜誇壽客，傲霜偶爾發餘薰。盎然自覺丰神異，高起瓊樓照夕曛。此種花最耐久，其瓣開久愈厚，玉樓高起且三四寸，視之獨異。

粉　心　蓮

深漬嫣紅愛久妍，素風商節韻凄然。遥思關尹生時瑞，果否伊家陸地蓮。

御　愛　黄

黄羅衣着經秋麗，乍結涼颸品物堅。但使争先端午放，却疑渠是徐延年。《列仙傳》：道士徐延年，見人持黄羅衣，云：延年五月五日三更時，月明若晝，從五億萬人登仙。

紫　　鋮

鬱鬱鴻絅擬紫髯，霜痕老幹影修纖。秋風真个如刀利，剪得花同石筍尖。

旨　　藹

夢回蝴蝶飛無數，此種花有細瓣，三五飛出，宛如蝶舞。三徑秋香我共幽。望處彯彯如綬帶，臨風曳影自風流。

海獻金毬

輾轉隨風不定時，寒花尤喜獨開遲。昊天無事呈餘技，抛下金丸掛滿枝。

松鍼

抽蕤交亂散鬖髿，花貌難分西嶺松。周景式《廬山記》曰：西嶺松如馬鬣。羣芳凋落獨相見，愛爾渾忘物與儂。

碧桃紅

嫩紅初綻擬霜林，漢明帝時常山獻巨核桃，植于霜林園。冷澹秋光子細尋。須識栽培非一日，碧桃花發到如今。

粉菉竹

味苦何人能領略，每同青士抱貞心。紅絲隱約多閒麗，不是知音莫訪尋。

海雲紅

延年正似瓊田草，照灼秋陽豔晚楓。冷性自能成異態，雲衣千片雪霜中。

紫荷衣

紫雲絳雪擬清輝，對菊披襟願未違。南國騷人如蚤見，含情不賦芰荷衣。

虎皮蓮

霜質不隨芳萼暈，蒼顏獨愛虎皮斑。宦情只可如花澹，常領秋園一味閒。

二喬

年年借得西風便，並蒂榮華品自優。却使淑妃相對影，更須重號見花羞。《太平廣記》：王淑妃美色，號花見羞。

波斯帽

尋幽非比龍山會，對酒誰成冰雪文。露頂若來花下坐，傍人錯認孟參軍。

紫纓

擢穎纖纚向晚榮，珠離玉綴更難名。看花宴罷風吹燭，却恐佳人誤絶纓。

赤 脂 瓣

酒暈妝成不待敷，灑然豐瓣費形模。濃姿更覺經霜好，借問燕支比得無。

栗 留 黄

羞競芳菲百五辰，融融冶冶態尤新。金衣公子春啼罷，棲入秋蘂認不真。

珊 瑚 雪

冰丸疊裹猩紅茂，欣賞香腴幻色兼。每怪秋來寒信蚤，珊瑚枝上雪纖纖。

銀 繡 毬

亂繫冰稍澄景霽，隋珠萬點爲誰彈。蕭閒莫待花神擊，琢玉團酥欲畫難。

绿 荷 衣

每愛高人製菊裳，而今相對世情忘。秀顔好共秋雲碧，鮮茂寒枝引興長。

硃砂盤

初旭光凝秋萼攢，焜煌如對荔枝丹。亭亭亦自能承露，慚愧江州占景盤。《潛確類書》：郭江州有占景盤，銅爲之，底上出細筒，酌清水，擇繁花插筒中。

紫翠蓮

羣仙何事展花幢，蝕紫拖藍對影雙。君子不妨成隱逸，柳池異種亦須降。漢昭帝遊柳池，有芙蓉，紫色，大如斗。

蠟盤

染得薔薇露氣盈，褐衣蠟屐入詩評。繞畦菴藹增幽致，留與黄梅作弟兄。

錦邊蓮

是菊是蓮須記取，非紅非白細端相。魏公身繫三朝望，衣錦歸來晚節香。

追金琢玉

秋風栽植莫辭勞，金玉相成品格高。謾向范家尋舊譜，黄花今且不知陶。

附鄂忻詩二十九首(一)

勵志詩

元化遷流，日爲紀綱。方值春和，倏爾秋霜。嗟我志士，無已太康。朝既聞道，夕死何傷。言念古者，焚膏繼光。畢誠然薪，好學忘身。陸佃映月，讀書安貧。閒居寡欲，味道探真。海不擇水，山不辭塵。士不厭學，與聖爲鄰。皇皇修業，其德日新。

枕石

窗外數峰列，樹底來輕飆。倦坐聊枕石，於焉息紛囂。乍看花影動，仰與明月邀。野鳥歸林去，徐起步逍遥。

初冬雜詠

北風從天來，穿我新補屋。白日照庭隅，冉冉下高木。坐看小園中，青蒼獨修行。竹上止鳴禽，竹下卧幽鹿。嚶嚶和呦呦，可以悦心目。

(一) 輯自《熙朝雅頌》卷五六。

讀《漢書》三首

賈誼

賈生吊屈原，余亦吊賈生。當其年少日，意氣傾豪英。痛哭策治安，議論何峥嶸。後來入宣室，君王前席迎。頗恨夜半語，不復關治平。傷悼雒陽人，未識進退情。漢代失此才，莫徒罪勃嬰。

汲黯

吾暮汲長孺，耿介無比倫。寧伏矯制罪，倉粟賬饑貧。性本逢比流，退非二季君。古劍可寸折，焉能爲屈伸。雖學黄老術，卧治静生民。能靖淮南志，真爲社稷臣。

司馬相如

長卿甚都雅，追慕趙相賢。弱冠好詩書，文采何便便。吐辭燦雲霞，落筆掃風煙。如何封禪書，没猶陳君前。故知文章士，易爲名所牽。勿輕落紙筆，漫令後代傳。

秋日曉行望西山作

朝雲未歸山，留作盤龍跡。野曠秋風寒，天高霜氣白。羲和東海升，照見千點碧。寄語山中人，去來名利客。

齋中對月

静坐開軒窗，了了清虚府。緑樹影婆娑，飛光曜庭廡。萬物寧有常，明月自終古。颯然懷抱清，結念在天宇。

雜詩四首

春風扇和氣，蘭卉多芬芳。芬芳亮可采，移近幽人牀。朝夕共居止，臭味久相忘。此意誰能領，四顧心蒼茫。

大氣轉青陽，發我園中木。夭桃斂内紅，荑柳含新緑。天意自平均，萬物豈私畜。身世等秋毫，勞生何多欲。快讀莊生篇，差可齊榮辱。

愁人識漏長，志士惜晝淺。愛彼芳春日，遲遲斜影轉。尋我圖與書，閒窗一披展。深探至入趣，妙理髮清辯。浮慮自刊除，寸陰寧虚遣。慎哉失業徒，兹言當黽勉。

皎皎天上月，回光燭我牀。遥憶瀟湘沚，中心何日忘。故人處遐遠，有如參與商。參商安可偶，歎息更搔首。爲問江南春，能寄一枝否。

秋日清虚齋獨坐

幽齋何寂寞，不聞人事喧。開窗惟白雲，相對終無言。秋花與秋鳥，隨意共朝昏。足以暢我懷，咫尺丘壑存。

園居秋雨

斜日猶未歸，層陰忽疑暮。白雲抱空山，青煙嫋高樹。蕭蕭細雨來，灑我扶筇路。溪流何冷然，褰裳不可度。清曠開我懷，颯爾涼風遇。緬思江上人，獨適扁舟趣。

春日繫影軒作

虛室最幽絶，往來無行跡。穿簾花影紅，侵階苔色碧。好鳥時飛鳴，聽之中心適。更有詩與書，相將樂朝夕。

竹虛齋詩

結廬亦何間，咫尺塵囂隔。逸情付白雲，心空忘地窄。半窗竹影清，一徑苔痕碧。惟兹懷幽人，無言倚孤石。

詠　蘭

叢蘭蔭玉池，高標絶塵坱。丹穎獨秀拔，翠葉看俯仰。流水澮而幽，抱琴自來往。時有清香生，凉風颯開爽。

重過陶然亭作

朝出城南隅，逍遥重遊眺。池塘秋水清，遠峰銜夕照。山鳥如故人，山花亦含笑。幽亭風日佳，佇立領衆妙。懷抱自空明，忘情獨長嘯。即此得真意，無乃衛生要。

和闐四景詩并序

平湖新柳

使署東軒下，有平湖數頃，惜其水淺，鑿而深之。沿湖種柳三百株，越一載，其柳茂甚，鵝黄鴨緑，秀色襲人，開窗静對，殊覺心跡雙清。

凱風清且和，新陽發新木。蕩漾春水春，掩映緑揚緑。雲影浣天光，澹然而無欲。即此慊吾心，惟以慎幽獨。

緑樹聞鶯

和闐黄鳥頗多，夏日羣集。移牀緑蔭，坐聽綿蠻，冷然清耳，何必斗酒雙柑也。

緑樹千章榮，葉底藏新鶯。新鶯歌睍睆，散作笙簧聲。移牀面碧水，有茗時一烹。默然忘物我，陶陶心太平。

東林秋霽

使署之東二里許，萬木青翠，一望無際，惟夏春常多霧氣，至八月後，始清朗可觀。

牂牂東林樹，日出而有曜。原濕净氛霾，葱翠挹返照。高牖納涼風，清輝每臨眺。歸鳥亦忘機，怡情弄微妙。

南山積雪

山不高，其上積雪。雖盛暑不消，四時常籠煙霧，相隔數十里，非甚晴明不得見。至冬積雪望之，如銀河倒掛。亦佳景也。

南山非烈烈，隱顯變朝暮。風雲擁其顛，疑有神靈護。百尺掛寒雪，萬峰同縞素。太上本無華，元奥會須悟。

登秘魔崖

山深寂人語，但聞野喜鵲。鳥道横虚空，孤雲若可捫。斷崖石室秘靈怪，潭中水落蒼龍奔。長空浩浩吹我身，飄然直上臨天門，下視城郭漲紅塵。大呼仙人鬼谷子，相與結伴登昆侖。

元夕觀燈歌

千門醉燈火，九陌煙霞鎖。春風海上來，倒影玉蟾墮。白鷺轉花翦羽輕，黃龍吐水凝寒晶。白鷺、轉花、黃龍、吐水，俱燈名。世上寧知玩歲月，中夜鼓瑟吹鸞笙。超然脱去塵土情，一酌金莖瓊露清。願隨素女成巢去，相與仙人朝紫京。

秋　　懷

秋風發兮，草木黃。思故人兮，何日忘。菊挺葩兮，蘭飛香。登高丘兮，望遠方。不可見兮，中情傷。明月皦皦臨軒房，星漢横斜漏轉長。披衣坐起巡回廊，空階露下砧杵涼。徘徊無語沾我裳，短歌微吟夜未央。

重陽日北園登高即呈主人

北園之地幽且閒，咫尺迴出人煙寰。主人瀟灑興不淺，爲我一啟青雲關。黄花含笑竹枝瘦，梧桐樹老蒼苔斑。欣逢佳節具糕酒，登樓縱飲開芳顏。吾生此樂誠難遇，相知莫怪癡而頑。臨風長嘯欲歸去，回頭落日明秋山。

萬柳堂，相傳本元廉右丞别墅，今歸石氏，名拈花寺，山僧居焉，而舊址無存。乙酉八月過此，見遺石零落，與荒草爲伍，愛其質古，遂以米與僧易之，異致緑筠書屋，作移石詩記其事

萬柳堂空人跡稀，惟有山僧守寂寞。白雲無主任去留，瘦石墻根

歎零落。米顛已老誰人憐，攲斜影與荒草連。日來相對手摩撫，秋緑尚不埋寒煙。愛之移置我老屋，虚引蒼煙静倚竹。非徒貴石貴其堅，要使此心比石樸。

予得緑萼梅一株，頗蒼老，種之齋頭，終日相對，興致殊不淺也。周思遠有詩見贈，因次韻答之

種石山人懶成癖，斗室數椽多静僻。有時却下董生帷，終歲無勞謝公屐。心田喜色暖如春，閉息時觀鼻端白。鼻觀忽爾幽香來，滿目清華緑萼擘。友人遺我伴清癯，雪魄冰魂傳遠驛。群芳摇落獨見尊，冷澹心情得真適。周生遠至江之南，風塵幾載京華客。快覩南枝眼亦明，雪助精神影垂簾。融融芳氣襲衣襟，霽月風光成莫逆。賦詩煮茗歡相留，媚此良辰豈虚擲。周生周生聽我歌，人生百歲蜉蝣夕。孤山處士去悠悠，何須更訪藐姑射。吾身安樂順其天，許身竊比陶彭澤。如花願得壽而清，羌抱潔兮侶竹石。

和　闐　吟

却喜桑麻地，經年無客過。大都春雨少，惟有夏雲多。秋日光偏潔，春夏常多風霧，至秋後始晴明。冬時氣亦和。冬日和暖過於内地。葫蘆争取水，來往汲清波。此地無井，回人咸荷葫蘆取水於池。

附鄂敏詩一首

湖上修禊招同厲太鴻孝廉、杭堇浦太史、王曾祥秀才、施竹田、丁敬身二布衣賦詩[一]

修禊逢佳節，春風上巳天。黄堂無底事，白髮有諸賢。湖水明於雪，桃花吹滿船。一觴還一詠，不讓永和年。

【校記】

［一］據《熙朝雅頌集》卷四〇輯録。按袁枚《隨園詩話補遺》卷五："近得鄂筠亭敏守杭州《修禊西湖詩》，首唱云：'修禊三春好，風花二月天。黄堂無底事，白髮有諸賢。筆濯西湖水，花摇鷲嶺煙。風光徵往事，不減永和年。'"所録文句頗有出入。《西湖修禊詩》今存光緒五年錢塘丁丙嘉惠堂輯刻《武林掌故叢編》本，未見該詩，而首録鄂敏四言、五言各一首，作：

芳節歸餘，冶春未晚。雨暗平湖，雲停絶巘。緬彼前良，風微人遠。浮杯禊堂，鼓枻而返。

佳氣鬱煙景，游宴欣遲遲。披襟坐茂林，絶勝前月時。春心重複度，浣澡結長思。臨池愛清流，相與泛輕巵。

圖書在版編目(CIP)數據

鄂爾泰文學家族詩集 /（清）鄂爾泰等撰；多洛肯點校. —上海：上海古籍出版社，2018. 9
（清代少數民族文學家族詩集叢刊第一輯）
ISBN 978-7-5325-8767-4

Ⅰ. ①鄂… Ⅱ. ①鄂… ②多… Ⅲ. ①古典詩歌—詩集—中國—清代 Ⅳ. ①I222. 749

中國版本圖書館 CIP 數據核字(2018)第 047723 號

清代少數民族文學家族詩集叢刊第一輯

鄂爾泰文學家族詩集

［清］鄂爾泰　等撰

多洛肯　點校

上海古籍出版社出版發行

（上海瑞金二路 272 號　郵政編碼 200020）

（1）網址：www. guji. com. cn

（2）E-mail：guji1@guji. com. cn

（3）易文網網址：www. ewen. co

上海惠敦科技印务有限公司印刷

開本 890×1240　1/32　印張 11. 625　插頁 2　字數 292,000

2018 年 9 月第 1 版　2018 年 9 月第 1 次印刷

ISBN 978-7-5325-8767-4

I・3258　定價：52. 00 元